Sylter Geheimnis

Die unbekannte Tote

Sylter Geheimnis

Die unbekannte Tote

Sina Marten ermittelt

Mara Tamen

Kapitel eins

Lisa faltete den Brief zusammen und legte ihn in die Schublade zu den anderen. Das Foto behielt sie noch einen Moment in der Hand, betrachtete die beiden Gesichter.

So jung, so glücklich.

Mit dem Zeigefinger fuhr sie über das im Laufe der Jahre leicht wellig gewordene Fotopapier. Manchmal wünschte sie sich, sie könnte die Zeit zurückdrehen. Natürlich nicht bis zu dem Zeitpunkt, an dem dieses Foto aufgenommen worden war. Damals war sie selbst ja schließlich noch überhaupt nicht auf der Welt. Aber einige Jahre. Fünf, vielleicht sogar zehn Jahre.

Wie viel anders hätte doch alles kommen können. Wir hätten so viel mehr Zeit füreinander haben können.

Sie legte das Foto zwischen die Briefe und schob entschlossen die Schublade zu.

Es war Zeit.

Zeit sich sowohl ihrer Zukunft zu stellen als auch ihre Vergangenheit aufzuarbeiten.

Bevor sie aufstand, betrachtete sie sich kurz im Spiegel, der über dem Schreibtisch hing. Die Ränder unter ihren Augen deuteten darauf hin, dass sie die letzten Nächte wenig Schlaf bekommen hatte. Doch sie fielen dank des Make-ups, das sie gerade aufgetragen hatte, kaum auf, man sah sie wirklich nur, wenn man ganz genau hinsah.

Und wer tat das schon?

Nicht dass Lisa nicht eine sehr attraktive Frau gewesen wäre. Blond, schlank, mit einem bezaubernden, meistens ein wenig schüchternen Lächeln. Sie zog die Blicke vieler Männer auf sich.

Aber das war heute nebensächlich. Denn der Mann, mit dem sie sich heute treffen würde, war kein potenzieller Lebensgefährte. Sie wollte zwar unbedingt einen guten Eindruck auf ihn machen, doch das alles hatte mit ihrem Äußeren nichts zu tun.

Ob er auch so nervös ist wie ich?

Sie lächelte ihr Spiegelbild an.

Falls ja, steht er aber garantiert nicht vor dem Spiegel und denkt über sein Aussehen nach.

Lisa straffte die Schultern und atmete tief ein. Dann vergewisserte sie sich noch einmal, dass sie den Zettel mit der Adresse des Treffpunkts eingesteckt hatte.

Ja, da war der Zettel, zusammengefaltet in ihrer Handtasche. Siedend heiß fiel ihr ein, dass sie nicht nachgesehen hatte, wie sie dorthin kam.

Ein Blick auf die Uhr verriet ihr, dass sie noch reichlich Zeit hatte.

Ich frage unten an der Rezeption nach. Wenn es zu weit weg ist, lasse ich mir ein Taxi rufen. Zu spät kommen darf ich auf keinen Fall.

Kurz wunderte sie sich über den Treffpunkt, den er ausgesucht hatte. Warum trafen sie sich nicht einfach ganz ungezwungen in einer der zahlreichen Strandbars? Oder sogar hier in ihrem Hotel?

Weil er will, dass dieses erste persönliche Treffen etwas Besonderes ist. Er will nicht, dass es bei Kaffee und Kuchen zwischen lauter Touristen stattfindet.

Sie ließ ihr Smartphone in die Handtasche gleiten. Nach Tagen, in denen sie sich alles, was vor ihr lag, bis hin zu den kleinsten Einzelheiten ausgemalt hatte, war sie nun bereit. Sie wusste zwar, dass sie nicht nur bei dem bevorstehenden Treffen einen guten Eindruck machen musste, sondern dass es noch eine weitere Person gab, deren Zustimmung und Zuneigung sie erringen musste, doch sie war zuversichtlich.

Das kriege ich hin. Und dann steht mir nichts und niemand mehr im Wege. Dann werde ich endlich das Leben führen können, das ich mir schon immer erträumt habe.

Wieder lächelte sie. Ja, sie fühlte sich diesem Treffen, das so wichtig für ihre Zukunft sein würde, gewachsen.

Sie wusste nicht, dass es für sie nicht mehr viel Zukunft gab.

Als Lisa Riel ihr Hotelzimmer verließ, hatte sie nur noch wenige Stunden zu leben.

Kapitel zwei

Cornelia reckte das Gesicht der Sonne entgegen. Die sanften Strahlen der Morgensonne kitzelten ihre Stirn, ihre Nase, ihre Wangen. Ganz tief sog sie die frische Meeresluft in ihre Lungen. Sie lächelte.

Es tat gut, nach so langer Zeit wieder hier zu sein. Wie hatte sie die ausgedehnten Spaziergänge am Strand vermisst. Den Sand unter ihren Füßen, die sanfte Brise in ihrem Haar.

Welten entfernt von meinem Leben im Hamburg. Graue Großstadt, höchstens mal ein bisschen Natur im Stadtpark. Wenn ich denn dazu Zeit habe und nicht gefühlt rund um die Uhr arbeite.

Als Marketingmanagerin in einer großen Agentur mit internationalen Klienten war Cornelia Lemke beruflich stark eingespannt. Umso wertvoller waren diese anderthalb Wochen Urlaub hier auf ihrer Lieblingsinsel, auf Sylt.

Allein das Rauschen der Wellen hatte auf Cornelia eine beruhigende Wirkung. Sie konnte förmlich fühlen, wie ihr Stresslevel und ihr Blutdruck auf ein normales Niveau sanken.

Zehn Tage Nichtstun. Ausschlafen, spazieren gehen, essen, ein Buch lesen. Ein Traum. Diese Auszeit habe ich mir wirklich verdient.

Cornelias Gedanken wanderten zum nächsten Punkt auf ihrer gedanklichen Urlaubsliste.

Ausgeschlafen habe ich heute zwar nicht, aber der Sonnenaufgang war's wert. Den Spaziergang mache ich gerade, was gönne ich mir zum Frühstück?

French Toast, ein Omelette oder etwas ganz anderes?

Abrupt blieb Cornelia stehen. Sie lachte auf und schüttelte den Kopf über sich selbst.

Da bin ich jetzt im Urlaub und benehme mich genauso wie in Hamburg bei der Arbeit. Listen machen und mit maximaler Effizienz abarbeiten. Am besten ich nehme auch noch ein Buch mit zum Frühstück, dann kann ich den Punkt Lesen für heute auch gleich von meiner To-Do-Liste abhaken.

Sie streckte die Arme weit über den Kopf und drückte den Rücken durch.

Urlaub! Du hast Urlaub, Cori. Da wird nicht Punkt für Punkt abgearbeitet und das möglichst schnell und produktiv. Urlaub heißt Seele baumeln lassen, alles auf dich zukommen lassen.

Die Arme immer noch ausgestreckt, drehte sie sich um sich selbst, wurde immer schneller. Himmel, Meer und Horizont, Sand und Dünen.

Cornelia lachte, dann ließ sie sich in den warmen Sand fallen. Sie bewegte die Arme auf und ab, so wie sie das als Kind immer im Winter getan hatte, um einen Schneeengel zu machen.

Das wird mein Sommersandengel.

Eine Weile blieb sie noch liegen und blinzelte in den blauen Sommerhimmel hinauf, dann rappelte sie sich auf und betrachtete ihr Werk.

Sieht nicht gerade wie ein Engel aus.

Sie zuckte mit den Schultern und sah in beide Richtungen den Strand entlang. Der Sylter Weststrand war wirklich einmalig. Nicht nur in seiner Schönheit, sondern auch weil es hier trotz des Massentourismus immer noch so viele scheinbar unberührte Strandabschnitte gab.

So weit Cornelias Auge reichte, deutete nichts darauf hin, dass es in der Nähe noch andere Menschen gab.

Ja, so muss ein Urlaub sein. Einfach mal weg von allem.

Sie wandte sich dem Meer zu. Betrachtete die glitzernden Wellen.

Vor ihrem inneren Auge erschien die Szene, die sie am Vorabend beobachtet hatte. Die Szene, die ihr kurzzeitig die Vorfreude auf den Urlaub gründlich verdorben hatte. Den halben Abend hatte sie mit Grübeln darüber verbracht, was sie da eigentlich genau gesehen hatte. Gab es vielleicht eine harmlose Erklärung?

Heftig schüttelte sie den Kopf.

Davon lasse ich mir den Urlaub nicht vermiesen. Auf gar keinen Fall!

Sie drehte sich um, ließ den Blick über die Dünenlandschaft schweifen.

Ich setz mich noch kurz auf die Düne und genieße die Aussicht.

Tief bohrte Cornelia die Füße in den Sand, um die Düne zu erklimmen. Als sie den Dünenkamm erreicht hatte, atmete sie schwer. Sie drehte sich zum Meer um und bewunderte dessen majestätische Schönheit. Dann streckte sie beide Arme zur Seite aus und legte den Kopf in den Nacken. Hier am menschenleeren Strand kam sie sich vor wie die Königin der Welt.

Dafür brauche ich keine Titanic.

Dieser Gedanke brachte sie zum Grinsen. Sie nahm die Arme herunter und wandte sich zum Gehen. Ein kleiner Spaziergang zu ihrem Fahrrad, das sie auf einem ungefähr einen Kilometer entfernten

Parkplatz abgestellt hatte, dann zurück ins Hotel. Bis sie dort ankam, hatte sie sich ihr Frühstück wirklich redlich verdient.

Nach wenigen Schritten blieb Cornelia abrupt stehen.

Einige Meter vor ihr, teilweise verdeckt vom langen, dichten Dünengras, lag eine Frau im Sand, das Gesicht dem Boden zugewandt.

***

Sina Marten zog die Tür hinter sich zu und schloss ab. Kritisch betrachtete sie die fleckige Außenhaut ihres Wohnmobils.

Höchste Zeit, dass ich mal wieder den Schlauch hole und dem Teil eine Reinigung verpasse.

Sie wandte sich ab und trottete auf ihren Wagen zu.

Der sah kaum besser aus als das Teil, Sinas ein wenig respektloser Name für das Wohnmobil, das eigentlich nur vorübergehend ihr Zuhause hatte sein sollen. Nur so lange, bis sie eine Wohnung gefunden hätte. Doch bezahlbarer Wohnraum war knapp auf Sylt. So knapp, dass Sina jetzt bereits seit acht Monaten auf dem Campingplatz residierte, ohne Aussichten auf eine richtige Wohnung.

Bei einem Neubauprojekt hatte sie sich um eine der knapp fünfzig entstehenden Wohnungen beworben, doch ob diese Bewerbung von Erfolg gekrönt sein würde, war noch lange nicht absehbar. Fertigstellungstermin der Wohnanlage: in knapp zwei Jahren. Bis dahin wollte Sina natürlich nicht den Lebensstil einer Budget-Inselurlauberin führen.

Die Kommissarin fuhr mit einem Finger über die Fahrertür und seufzte, als sie den dunkelgrauen Film sah, der ihre Fingerkuppe bedeckte. Für die Waschanlage würde sie zumindest heute keine Zeit haben.

Außerdem ist der doch eh gleich wieder dreckig. Genauso wie das Teil. Bei dem Wetter, das wir hier haben. Sogar im Sommer.

Sie stieg ein und fuhr los. Dass sie heute keine Zeit für private Erledigungen haben würde, lag an dem Anruf, den sie gerade erhalten hatte.

Dabei wäre heute mein freier Tag gewesen.

Sie setzte den Blinker und bog auf die Hauptstraße ab.

Erst hatte sie gedacht, ihr Kollege Sven Haycken übertreibe und wollte ihn schon abwimmeln. Eine Urlauberin hätte eine Tote am Strand gefunden.

Was haben wir damit zu schaffen, hätte sie fast gefragt, wollte dem Kollegen schon sagen, er solle das dem Notarzt überlassen. Kreislaufkollaps, Schlaganfall und Herzinfarkt fielen schließlich nicht in ihren Zuständigkeitsbereich.

Doch dann hatte Sven das entscheidende Detail genannt.

Blaue Flecken im Nacken, eindeutig erkennbar die Abdrücke zweier Hände.

»Die hat wohl jemand mit dem Gesicht in den Sand gedrückt, so lange, bis sie tot war«, hatte Sinas Kollege verkündet.

Seufzend hatte Sina nach dem genauen Fundort gefragt und versprochen, sofort loszufahren.

Der Abschnitt des Weststrandes, der ihr Ziel war, lag ein gutes Stück von der Wohnwagensiedlung entfernt, in der Sina lebte. Auf der Fahrt drehten sich ihre Gedanken nicht um den neuen Fall, sondern kehrten zu ihrer prekären Wohnsituation zurück.

Sie wusste, dass sie bei weitem nicht die Einzige war, die auf Sylt nicht nur arbeiten, sondern hier auch wohnen wollte. Doch dass sie als Polizistin ebenso große Schwierigkeiten hatte, eine bezahlbare Wohnung zu finden, hatte sie dann doch nicht erwartet.

Sina gehörte nicht zu denjenigen, die Tag für Tag vom Festland nach Sylt pendeln wollten, also war das Wohnmobil eine Notlösung gewesen. Eine Notlösung, für die leider immer noch kein Ende absehbar war.

Wenn ich auf dem Festland wohnen würde, dann hätte ich jetzt richtig Stress. Dann bräuchte ich Stunden, um zum Fundort dieser Toten zu gelangen. Dann doch lieber das Teil.

Sie seufzte.

Ein weiteres Detail, das Sven ihr bereits genannt hatte, war, dass die Tote keinerlei Ausweispapiere bei sich trug. Auch ein Handy war bei der Leiche nicht gefunden worden. *Vollständig bekleidet, aber das war's dann auch schon*, hatte er am Telefon gesagt.

Eine unbekannte Tote am Strand und das an meinem freien Tag. Hoffentlich können wir die Frau schnell identifizieren.

***

»Gar nichts?«

Sina starrte ihren Kollegen Sven mit gerunzelter Stirn an.

»Nüscht. Keine Papiere, kein Handy. Auch in der näheren Umgebung konnten wir keine Handtasche finden.« Er nickte in Richtung der Toten. »Die liegt da einfach nur im Sand in ihrem himmelblauen Sommerkleid und ihren Sandalen. So als sei sie beim Spazierengehen umgekippt.«

»Ist sie aber nicht«, meinte Sina und ging neben dem leblosen Körper in die Hocke. Jemand, wahrscheinlich die herbeigerufenen Sanitäter, hatte der Toten die überschulterlangen Haare zur Seite gestrichen, sodass ihr Nacken zu sehen war.

Dunkelpurpurne Hämatome hoben sich hässlich von der leicht gebräunten Haut ab.

»Besondere Kennzeichen?« Sina ließ den Blick über den lang ausgestreckt auf dem Bauch liegenden Körper gleiten.

»Wenn sie nicht gerade Muttermale, Narben oder Tätowierungen hat, die das Kleidchen verdeckt, auch nüscht«, sagte Sven.

Sina richtete sich auf, kaute an ihrer Unterlippe. »Was meinst du? Urlauberin oder Einheimische?«

»Ich tippe auf Urlauberin. Welche Einheimische würde schon so früh am Morgen am Strand spazieren gehen?«

Sina nickte. Was Sven sagte, machte Sinn. »Dann hoffen wir, dass sie keine Alleinreisende ist und sie Freunde oder Familie bald als vermisst melden.«

»Ich kümmere mich auf jeden Fall darum, dass eine Personenbeschreibung an sämtliche Hotels, Pensionen und Ferienwohnungsbetreiber geht«, meinte Sven. »Wenn es geht, schicken wir auch ein Foto mit. Retuschiert natürlich.«

Allein bei dem Gedanken daran, ein Foto der unbekannten Toten im Dutzend per E-Mail zu verschicken, lief Sina ein Schauer über den Rücken. Wie schnell würde ein solches Foto bei den Medien oder im Internet landen?

Zu schnell, dachte sie. Doch ihr war auch klar, dass es nicht möglich sein würde, sämtliche Hotels und Feriendomizile auf Sylt abzuklappern und den Angestellten ein Foto zu zeigen. Dafür hatten sie einfach nicht genug Personal. Also hatte Sven recht. Sie würden das Risiko eingehen müssen, eine Bilddatei zu versenden.

Bei WhatsApp gibt es doch jetzt diese Funktion, dass sich Nachrichten selbsttätig löschen, nachdem sie gelesen worden sind. So etwas Ähnliches bräuchten wir auch.

Mit der Schuhspitze trat sie eine Kuhle in den Sand. Dann hob sie den Blick und nickte in Richtung einer schlanken, dunkelblonden Frau, die außerhalb des um die Leiche abgesperrten Bereiches im Sand saß. »Ist das die Dame, die die Leiche gefunden hat?«

Sven nickte. »Cornelia Lemke aus Hamburg, hier im Urlaub.«

»Was macht die so früh am Strand?«

»Frag sie selbst«, meinte Sven. »So weit war ich noch nicht.«

Die Frage, was Sven, der doch schon lange vor Sina am Tatort eingetroffen war, denn eigentlich die ganze Zeit getan hätte, verkniff sie sich.

Stattdessen stapfte sie auf Cornelia Lemke zu. Blass sah sie aus, die frühaufstehende Urlauberin aus der Großstadt. Wollte wahrscheinlich das Optimum aus ihrem Sylt-Aufenthalt herausholen.

Nur nichts verschlafen. Sonnenaufgang am Strand, Büfettfrühstück im Hotel, dann Peoplewatching in Kampen, bevor es bei Gosch eine Krabbenpfanne gibt. Das alles am besten schön auf Insta-

gram mit den hoffentlich neidischen Freunden daheim teilen.

Sina schalt sich im Stummen selbst für ihren Zynismus. Die Frau sah doch eigentlich ganz sympathisch aus. Sicher war sie von ihrem Fund tief erschüttert.

Wahrscheinlich hat sie gar kein Instagram.

»Moin, Hauptkommissarin Sina Marten. Ich müsste Ihnen ein paar Fragen stellen, Frau Lemke.«

Cornelia Lemke nickte und erhob sich mit elegantem Schwung. Als sie stand, überragte sie Sina um ungefähr zehn Zentimeter.

Einmal mehr verfluchte die Kommissarin ihre geringe Körpergröße von nur eins achtundsechzig. Wie sollte man denn Autorität ausstrahlen können, wenn man fast immer die Kleinste war?

Sie trat einen Schritt zurück, damit sie nicht den Kopf in den Nacken legen musste, um der Urlauberin in die Augen sehen zu können.

Augen, die überraschenderweise relativ gefasst wirkten. Wie die ganze Frau. Außerdem war da noch ihr Aussehen.

Wenn die im Urlaub bei einem einsamen Morgenspaziergang schon aussieht wie ein Fotomodell, möchte ich gar nicht wissen, was los ist, wenn die sich zum Ausgehen stylt.

Cornelia Lemke machte tatsächlich einen Eindruck wie aus dem Ei gepellt. Sorgfältig frisiert, ein dezenter Hauch von Make-up, ein wie frisch gebügelt wirkendes hellgrünes Kleid mit weißen Punkten.

Wann ist die aufgestanden? Um fünf und dann erst mal eine Stunde ins Bad?

Sina fuhr sich mit der Zunge über die Zähne. Svens Anruf war so früh gekommen, da war sie gerade erst aufgewacht. In ihrer Eile, zum Fundort zu fahren, hatte sie sich mit Zähneputzen und Katzenwäsche am Spülbecken ihres Wohnmobils begnügt. Für eine Dusche im Sanitärbereich des Campingplatzes war keine Zeit gewesen. Dementsprechend fühlte sie sich jetzt ungepflegt und schlecht gelaunt. Vor allem angesichts der perfekten Erscheinung ihres Gegenübers.

»Also, Frau Lemke«, begann sie. »Erzählen Sie mir doch bitte mal von Anfang an, wie Sie die Tote gefunden haben.«

Cornelia Lemke strich sich eine Haarsträhne aus der Stirn, die ihr der Wind jedoch sofort wieder ins Gesicht wehte. »Ich bin gestern auf Sylt angekommen. Anderthalb Wochen dringend nötiger Urlaub.« Sie sah an Sina vorbei in Richtung der Leiche. »Und dann das.« Sie schüttelte den Kopf. »Entschuldigen Sie, Sie wollen nur die Fakten. Ich bin heute sehr früh aufgewacht, Macht der Gewohnheit. Also entschloss ich mich, meinen ersten Urlaubstag voll auszunutzen. Ich lieh mir eines der hoteleigenen Fahrräder und machte mich auf den Weg zum Strand.« Mit einer Hand deutete sie über ihre Schulter. »Das Fahrrad steht in die Richtung auf einem der Strandparkplätze.« Sie holte tief Luft. »Ich wanderte eine Weile am Meer entlang, genoss die Ruhe und Einsamkeit. Dann kam ich auf die Idee, auf die Düne zu klettern.« Wieder sah sie zu der toten jungen Frau hinüber. »Ich hatte gerade mal zwei Schritte getan, da sah ich sie. Kurz dachte ich, sie sei in Ohnmacht gefallen, eilte zu ihr, wollte helfen.« Sie schauderte. »Aber als ich sie am Arm berührte, war sie eiskalt.«

»Was taten Sie als Nächstes?«

»Ich hatte zum Glück mein Handy dabei. Ausgeschaltet zwar, weil ich es im Urlaub eigentlich nicht benutzen will. Aber ich habe es heute früh trotzdem eingesteckt, einfach weil ich dachte, ich will nicht allein am einsamen Strand unterwegs sein.« Sie lachte humorlos auf. »Ich dachte, falls mir was passiert, kann ich so Hilfe rufen.« Sie schüttelte den Kopf. »Daran, dass jemand anderem etwas passieren könnte, habe ich natürlich im Leben nicht gedacht.« Sie sah Sina direkt in die Augen. »Ich rief den Notruf an. Dann setzte ich mich hier hin und wartete.«

Sina nickte. »Gut, vielen Dank fürs Erste. Wir müssen Ihre Aussage auch noch offiziell zu Protokoll nehmen. Hat mein Kollege bereits Ihre Kontaktdaten aufgenommen?«

Cornelia Lemke nickte. »Ja, hat er. Ich wohne im Hotel Sylter Oase. Ich bin noch bis Ende nächster Woche auf der Insel.«

»Wir melden uns bei Ihnen. Soll Sie jemand zurück ins Hotel fahren?«

»Nein, die Bewegung wird mir guttun. Ich darf also gehen?«

»Ja, wir melden uns bei Ihnen.« Sina wandte sich von der Urlauberin ab und ging zurück zu Sven und der unbekannten Toten.

»Die Spurensicherung ist unterwegs«, verkündete ihr Kollege, als sie auf ihn zuging. »Dem Bestatter habe ich Bescheid gesagt, dass wir in ein paar Stunden einen Leichenwagen brauchen, der die Tote ins Krankenhaus nach Westerland bringt. Den Rechtsmediziner ruf ich später an.«

Sina nickte, erfreut darüber, dass ihr Kollege so viel Eigeninitiative und Effizienz an den Tag legte.

»Dann lass uns die Wartezeit dafür nutzen, dass wir uns eine Strategie überlegen, wie wir die Identität dieser Toten feststellen können.«

***

Cornelia Lemke warf ihr Handy achtlos auf das Hotelzimmerbett, dann zog sie sich das verschwitzte Kleid über den Kopf.

Erst eine Dusche, alles andere hat Zeit.

Barfuß tappte sie ins gekachelte Bad und drehte das Wasser auf. Gründlich seifte sie sich von Kopf bis Fuß ein, wusch sich auch die Haare.

Wenn ich doch nur das, was ich heute erlebt habe, einfach wegwaschen könnte.

Lange blieb sie unter dem auf sie herabprasselnden Wasserstrahl stehen, dann drehte sie den Hahn zu und wickelte sich in ein großes Handtuch.

Auf dem Badewannenrand sitzend, dachte sie über ihre nächsten Schritte nach.

Es kann kein Zufall sein. Gestern Abend beobachte ich, dass er sich mit einer Frau trifft und mit ihr zum Strand fährt. Heute finde ich an genau dem Strandabschnitt eine Frauenleiche.

Sie presste sich die Handwurzel gegen die Stirn und dachte nach.

Hatte ich gestern einen falschen Eindruck und das war gar kein Rendezvous? Wer war die Frau dann, wenn nicht seine Geliebte?

Grimmig verzog sie das Gesicht.

Seine andere Geliebte. Mich gibt es ja schließlich auch noch.

Sie stand auf und trat an den Spiegel. Beschlagen. Mit einer Hand wischte sie einen Teil der Scheibe blank.

Tief sah sie sich in die Augen.

Bin ich nur eine von vielen?

Sie ließ das Handtuch fallen und ging nackt zurück ins Schlafzimmer.

Wie herzlos bin ich eigentlich?, dachte sie, als sie vor dem Kleiderschrank stand. *Statt erschüttert zu sein, dass ich eine Leiche gefunden habe und mir darüber Gedanken zu machen, ob mein Geliebter ein Mörder ist, beschäftige ich mich nur mit der Frage, ob er seine Ehefrau mit mehreren Frauen betrügt und nicht nur mit mir.*

Seufzend griff sie nach einem frischen Kleid. *Vielleicht ist das eine Art Verdrängungsmechanismus. Darüber nachzudenken, ob er diese Frau getötet hat, das ist eine so gewaltige Sache, damit kann ich mich einfach nicht auseinandersetzen.*

Sie zog den Reißverschluss an der Seite des geblümten Sommerkleides zu und setzte sich auf das Bett. Nahm das Smartphone zur Hand. Tippte eine Nachricht.

Bleibt es bei heute Nachmittag?

Regungslos saß sie da, den Blick auf das Display geheftet. Es dauerte einige Minuten, bis seine Antwort eintraf.

Tut mir ganz schrecklich leid. Geschäfte. Wir müssen das auf morgen verschieben. Ich freue mich auf dich.

Cornelia biss sich auf die Unterlippe. *Ich freue mich im Moment leider gar nicht auf dich*, dachte sie und legte das Telefon wieder weg. *Hast du etwas mit dem Tod dieser Frau zu tun?*

Trotz aller inneren Aufgewühltheit meldete sich ihr Magen. Sie hatte seit dem Vorabend nichts mehr gegessen.

Fürs Frühstücksbüfett ist es zu spät. Aber ich muss etwas essen. Sobald das erledigt ist, denke ich darüber nach, wie ich mich ihm gegenüber verhalten werde.

Erneut seufzte Cornelia Lemke und zupfte ihre noch feuchten Haare zurecht.

So hatte ich mir meinen Urlaub wirklich nicht vorgestellt.

***

Sina ließ sich in ihren Bürostuhl fallen. Ihr Schreibtisch im Polizeirevier von Sylt war unaufgeräumt wie immer.

Und jetzt noch der neue Fall, dachte sie und seufzte. *Noch mehr Papierkram.*

Die Kollegen von der Spurensicherung hatten nicht lange gebraucht. In der näheren Umgebung der Leiche gab es nichts zu sichern, nur Sand und Dünengras. Ob sich an der Leiche selbst Hinweise auf den Täter - Fasern, Hautschüppchen, Haare - befunden hatten, würde sich in den nächsten Tagen herausstellen, wenn die Laboruntersuchungen abgeschlossen waren.

Ich bezweifle ja, dass die Kollegen was finden. Bei der Brise, die hier immer weht, waren doch sämtliche Haare und Fasern längst weggeweht.

Sina rümpfte die Nase. Keine Spuren und keinerlei Hinweise auf die Identität der Toten. Da die Leiche an einem einsamen Strandabschnitt gefunden wurde, standen wohl auch die Chancen auf Augenzeugen extrem schlecht.

Der Rechtsmediziner hatte in seiner ersten Einschätzung angegeben, dass sie am Vorabend gestorben sei und das Alter der Frau auf Anfang bis Mitte dreißig geschätzt.

Gut, damit fangen wir jetzt an. Hotelgäste und Mieterinnen von Ferienwohnungen mit blonden Haaren in einem Alter um die dreißig. Die müssen wir jetzt finden.

Düster starrte Sina auf einen Stapel Telefonnotizen, der am Rande der Schreibtischplatte balancierte.

Die können doch weg, oder? Die sind ich weiß nicht wie alt. Aber auf jeden Fall nicht mehr aktuell.

Sie griff sich den Stapel mit den rosafarbenen Zetteln und beförderte ihn mit spitzen Fingern in den Papierkorb. Dabei fiel ihr auf, dass auch der Papierkorb unter ihrem Schreibtisch kurz vor dem Überquellen war.

Chaos, wohin ich auch blicke.

»Sven?«, rief sie laut. »Weißt du wie viele Hotels und Ferienwohnungen es auf Sylt insgesamt gibt?«

»Frag mich was Leichteres«, kam die Antwort. Dann erschien ihr Kollege im Türrahmen, in der Hand eine Kaffeetasse. »Ich weiß nur, dass es insgesamt etwas über dreißigtausend Betten gibt. Auf wie viele Hotels, Pensionen, Ferienwohnungen und Campingplätze die sich verteilen, weiß ich aber leider nicht.«

Sina verdrehte die Augen.

»Bevor du was sagst, ich denke, es wäre logisch, mit Hotels und Wohnungen in der Nähe des Fundortes anzufangen, meinst du nicht? Das sind dann nicht mehr gar so viele.«

Sina nickte. Das war ein guter Ansatz, den Sven da lieferte.

An der Wand ihres Büros hing eine große Karte von Sylt, an die Sina nun herantrat. Mit einem Papierfähnchen markierte sie die Stelle, an der die Leiche gefunden worden war. Über die Schulter sah sie Sven an, der immer noch im Türrahmen stand.

»Steh da nicht so untätig rum, mach dich an die Arbeit. Kaffeetrinken kannst du später.«

Sven murmelte etwas Unverständliches und machte sich auf den Weg in sein eigenes Büro.

Während ihr Kollege sich um die undankbare Aufgabe kümmerte, eine Liste sämtlicher Hotels und Ferienwohnungen zusammenzustellen, öffnete Sina ihr E-Mail-Postfach. Eine E-Mail schrieb sie an den Rechtsmediziner, um ihm mitzuteilen, dass ihm für die Obduktion am nächsten Tag ein Raum im Krankenhaus Westerland zur Verfügung stand, eine weitere an den Tatortfotografen, mit der Bitte um ein gut retuschiertes Porträtfoto der Toten.

Sagt man überhaupt Porträtfoto, wenn es um eine Leiche geht?, überlegte sie kurz, doch dann zuckte sie nur mit den Achseln und schickte die Nachricht ab.

Egal wie das heißt, Hauptsache, wir können das Bild Hotelmitarbeitern vorlegen, ohne allzu großen Aufruhr zu verursachen.

Als die beiden E-Mails abgeschickt waren, lehnte Sina sich in ihrem Schreibtischstuhl zurück und verschränkte die Arme. Was nun? Es gab nichts, was sie noch tun konnte, bevor sie ein Foto des Opfers und Svens Liste der wahrscheinlichsten Hotels und Ferienwohnungen hatten.

Kurz kam ihr der Gedanke, Sven bei seiner mühseligen Arbeit zu helfen. Doch genauso schnell wie dieser Gedanke kam, schob Sina ihn beiseite.

Ich bin seine Vorgesetzte, das darf ja auch mal einen Vorteil haben.

Sina öffnete ein Textdokument und tat das, was sie bei komplizierten Fällen schon immer getan hatte. Sie schrieb ein Memo an sich selbst. Diesen Text würde sie nie jemandem zeigen, der war nur für sie ganz alleine bestimmt.

In dieses Memo packte sie alles, was sie über einen laufenden Fall wusste, schrieb alle ihre Ideen und Vermutungen auf, egal wie abwegig diese auch sein mochten. Dadurch bannte sie alles, was sich in ihrem Kopf tat, auf Papier, machte es greifbar, schaffte Ordnung.

Es dauerte keine zehn Minuten und sie war fertig. Die Fakten waren dünn. Junge, tote Frau, keinerlei Anhaltspunkte auf ihre Identität, offensichtlich gewaltsamer Tod. Höchstwahrscheinlich erstickt, indem der Täter sie mit dem Gesicht voran in den Dünensand drückte.

Die Vermutungen hielten sich auch noch im Rahmen. Ganz oben stand wie fast immer bei Tötungsdelikten die Frage danach, ob es sich um eine Beziehungstat handelte.

Falls ja, welcher Art war wohl die Beziehung zwischen Opfer und Täter gewesen? Verwandt, ein Paar oder sogar verheiratet, Freunde, Arbeitskollegen. Mehr war Sina dazu nicht eingefallen.

Ein Raubüberfall kam natürlich ebenfalls in Frage. Vielleicht hatte die Tote wertvollen Schmuck getragen und eine Handtasche dabei gehabt, in der sich Bargeld und Kreditkarten befunden hatten. Natürlich wäre dann die Tötungsmethode eher ungewöhnlich. Bei einem Raubmord würde man mit Messerstichen oder vielleicht sogar Schusswunden rechnen.

Als nächsten Punkt hatte Sina *Sexualdelikt* notiert. Außer den blauen Flecken im Nacken hatte die Tote zwar keinerlei äußerliche Verletzungen aufgewiesen, doch hier würde sie die Obduktion abwarten müssen, bevor sie diese Vermutung streichen konnte.

Noch einmal überflog Sina alles, was sie notiert hatte. Sie unterdrückte einen Seufzer, speicherte die Datei ab und schloss sie.

Mal sehen, wie weit Sven schon mit seiner Liste ist.

Gerade als sie aufstehen und ins Büro ihres Kollegen gehen wollte, erschien Sven auf ihrer Türschwelle, die Wangen gerötet, einen Zettel in der Hand schwenkend.

»Ich glaube, ich habe unsere Tote identifiziert.«

***

Das Mirage Strandhotel kannte Sina natürlich dem Namen nach, doch sie hatte es noch nie betreten. Die Zielgruppe des erst im Vorjahr neu eröffneten Fünfsternehotels bestand natürlich aus gut betuchten Urlaubern, nicht aus Polizistinnen mit bescheidenem Gehalt.

Ich könnte mir wahrscheinlich nicht einmal ein Abendessen im Hotelrestaurant leisten, dachte Sina, als sie gemeinsam mit Sven die Lobby durchquerte. *Außer ich ernähre mich dann den Rest des Monats nur von Tütensuppen.*

An der Rezeption stellte sie sich und Sven kurz vor, zeigte ihren Dienstausweis und fragte nach Dominik Jürgens, dem Mitarbeiter, mit dem Sven telefonierte hatte.

Auf der Autofahrt zum Hotel hatte Sven Sina bereits erklärt, warum er so schnell ein Ergebnis erzielt hatte. Die Liste der Unterkünfte, mit der er gearbeitet hatte, sei nach Kategorien sortiert gewesen. Ganz oben standen die Hotels mit fünf Sternen, da wiederum war das Mirage die Nummer drei auf der Liste gewesen. Als er eine telefonische Kurzbeschreibung der unbekannten Toten abgab, hatte Dominik Jürgens sofort gesagt, dass es sich um ihren Gast Lisa Riel handeln könnte.

Herr Jürgens schien bereits auf die Polizei gewartet zu haben, zumindest erschien er keine zwei Minuten, nachdem sein Kollege ihn telefonisch verständigt hatte, an der Rezeption. Generalschlüssel in der Hand, begrüßte er Sina und Sven mit passend erschüttertem Gesichtsausdruck und dirigierte sie zu den Aufzügen.

»Frau Riel hat ein Zimmer für zwei Nächte gebucht. Das Zimmer befindet sich im vierten Stock.«

Sina versuchte, sich von der eleganten Umgebung nicht beeindrucken zu lassen. Cremefarben gestrichene Wände, goldene Wandleuchten, vornehme Stille, der hellgraue Teppichboden schluckte jeden Schritt.

Wäre ja auch noch schöner, wenn die Gäste bei ihrem teuer bezahlten Aufenthalt durch so etwas Ordinäres wie Schritte auf dem Hotelflur gestört würden.

Jürgens machte vor einer Tür halt und hielt die Schlüsselkarte vor das Lesegerät unter der Türklinke.

Klar, mit so etwas Altmodischem wie Schlüsseln gibt man sich hier nicht ab. Und man muss auch die

Karte nicht durch einen Schlitz ziehen, das geht heute alles Contactless.

Der Hotelmitarbeiter ließ Sina und Sven den Vortritt, blieb unschlüssig im Türrahmen stehen. »Brauchen Sie mich noch?«

Sina winkte ab. »Danke, Sie können uns allein lassen. Wir melden uns, falls wir noch etwas benötigen.«

»Wählen Sie einfach die zwei eins, das ist meine direkte Durchwahl.«

Mit einem leisen Schnappen fiel die Tür hinter Jürgens ins Schloss.

Fast hätte Sina laut aufgeseufzt, nur um zu wissen, wie ein Seufzer in dieser vornehm gedämpften Welt wohl klingen mochte. Doch sie verkniff sich den Seufzer und sah sich um.

Standardausstattung. Bett, Schrank, Schreibtisch samt Stuhl, Spiegel, kleiner runder Tisch und zwei Sessel, Tür zum Badezimmer. Geschlossen.

Sie streifte Handschuhe über und drückte die Türklinke hinunter.

Klinisch weiße Fliesen, blitzblank polierte Armaturen und kein einziger Zahnpastafleck auf dem Spiegel über dem Waschbecken.

»Da war das Zimmermädchen aber gründlich«, meinte Sven, der Sina über die Schulter geblickt hatte.

Kopfschüttelnd wandte sie sich ab, ohne etwas zu antworten. Spuren welcher Art auch immer würden sie in diesem Bad keine finden.

Höchstens Meister Proper-Rückstände, aber die interessieren in diesem Fall ja nicht.

Sven zog die Schiebetür des Kleiderschrankes auf.

Ein Koffer in Flugkabinengröße lag auf dem Boden des Schrankes, auf den Bügeln darüber hingen einige wenige Kleidungsstücke. In den seitlichen Fächern lagen T-Shirts und Unterwäsche.

Sina trat zu dem Schreibtisch, wich dem Anblick ihres Spiegelbildes aus - ihr war klar, dass sie in dieser Umgebung wirken musste wie eine Vogelscheuche, dafür brauchte sie keine Bestätigung - und zog die Schublade auf.

Sie erwartete, außer einigen Bogen Hotelbriefpapier und vielleicht einigen Broschüren zu Freizeitangeboten auf Sylt nichts vorzufinden, doch dem war nicht so.

Eine unbeschriftete Mappe aus hellgelber Pappe, groß genug, um Blätter im DinA4-Format aufzubewahren.

Sina hob die Mappe aus der Schublade und schlug sie auf.

»Volltreffer«, sagte sie.

»Was gefunden?«, rief Sven und ließ den Kleiderschrank Kleiderschrank sein.

»Handschriftliche Briefe«, antwortete Sina. »Und ein Foto.«

»Sieht alt aus«, meinte Sven und nahm ihr das Bild aus der Hand. »Den Klamotten und den Haaren nach zu urteilen sind das die tiefsten Achtziger.« Er gab ihr das Foto zurück. »Was sind das für Briefe?«

»Keine Ahnung, das müssen wir uns in Ruhe ansehen. Ich kann die Sauklaue auf die Schnelle nicht entziffern. Sieht aus wie die Schrift eines Mannes.«

»Warte, lass mich mal«, sagte Sven und griff nach dem obersten Blatt. »Liebe Tochter«, las er vor. Dann stockte er. »Das ist wirklich eine Sauklaue, du hast recht.«

Sina nahm ihm den Brief wieder aus der Hand und steckte ihn in eine der mitgebrachten Beweismittelttüten. »Hast du im Schrank eine Handtasche gesehen?«

Kopfschütteln. »Da ist aber ein kleiner Safe, den müssen wir uns öffnen lassen. Vielleicht hat sie da Personalausweis und Handy eingesperrt.«

»Ich glaube eher, sie hatte gestern ihre Handtasche dabei und der Mörder hat sie mitgenommen«, meinte Sina und tütete auch die anderen Briefe und das Foto ein.

»Warum trägt die Briefe ihres Vaters mit sich rum? So was nimmt man doch üblicherweise nicht mit in den Urlaub«, dachte Sven laut nach.

Sina zuckte die Achseln. »Vielleicht war sie ja gar nicht auf Urlaub hier? Ich kann mir allerdings tatsächlich auch keinen Grund vorstellen, warum man einen Stapel Briefe mit auf Reisen nimmt.«

»Das Einzige, was mir dazu auf die Schnelle einfällt, wäre eine Familienfeier. Der Vater wird achtzig, sie und andere Verwandte bringen Andenken mit, um ihn gebührend zu feiern. Rückblick auf das bisherige Leben des Geburtstagskindes, irgend so was in der Art.«

»Die Idee ist gar nicht mal so schlecht«, nickte Sina. Sie hielt die Tüte mit dem Foto hoch. »Aber was ist so Besonderes an diesem Foto? Das sieht mir nicht gerade nach einem Meilenstein im Leben einer der beiden abgebildeten Personen aus. Mehr wie ein beliebiger Schnappschuss, von dem man Dutzende besitzt.«

»Interessant wäre natürlich vor allem auch, was das denn für Leute sind. Lisa Riel selbst kann das hier nicht sein, die war wahrscheinlich noch ein Kind, als dieses Bild aufgenommen wurde.«

Nachdenklich blickte Sina auf das Foto unter der Plastikumhüllung. »Vielleicht ihre Eltern oder andere Verwandte? Jetzt wo wir ihren Namen haben, können wir ja problemlos ihr Geburtsdatum herausfinden.«

»Wenn das Bild 35, 40 Jahre alt ist, könnten das gut ihre Eltern sein«, meinte Sven. »Ich kann zwar schlecht das Alter von Leuten schätzen, aber für mich war die Anfang, Mitte 30.«

»Ja, erste Hälfte der Dreißiger, das war auch die Einschätzung des Rechtsmediziners.« Sina legte die Beweismittelbeutel zu einem ordentlichen Stapel zusammen. »Lass uns den Rest des Zimmers durchsuchen, dann nichts wie zurück aufs Revier. Ich kann es kaum erwarten, den Namen Lisa Riel durch den Computer zu jagen.«

***

Sina war enttäuscht. Sie hatte sich großartige Erkenntnisse versprochen, doch viel hatte der Computer nicht hergegeben.

Lisa Riel war in Flensburg gemeldet, dort war sie auch geboren worden, und zwar am 5.8.1988. Sie war in ihrem Leben nur drei Mal umgezogen, zuletzt vor vier Jahren.

»Nicht gerade ein aufregendes Leben, das die gute Lisa geführt hat«, meinte Sven. »Aber das hätte ich mir schon fast denken können, als wir gesehen haben, dass die ihre Rückfahrkarte für den Zug im Zimmersafe eingesperrt hatte.«

»Da kann ich dir nur zustimmen. Nicht einmal ein Strafzettel wegen Falschparkens.«

»Oder ein Bußgeldbescheid wegen Geschwindigkeitsübertretung. Lisa Riel war wohl eine Sauberfrau.«

Sina beugte sich vor. Gemeinsam mit Sven saß sie an ihrem Schreibtisch, wo sie gerade die wenigen Informationen über Lisa Riel ausgedruckt hatte. »Ganz genau das richtige Wort. Sauberfrau. Wer bringt so jemanden um?«

Sven zog die Augenbrauen zusammen. »Nur weil sie ihr ganzes Leben lang in einer Stadt gelebt und sich nie etwas zuschulden hat kommen lassen, heißt das ja noch nicht, dass sie in ihrem Privatleben genauso brav war.«

Sina verschränkte die Arme. »Du tippst also auf eine Beziehungstat? Riel war allein im Urlaub. Das Hotelzimmer war zur Einzelbelegung gebucht und es gab auch keinerlei Anzeichen darauf, dass sich jemand anderes als Riel selbst dort aufgehalten hat.«

»Vielleicht hatte sie ja eine Affäre mit einem Sylter? Das war gar kein normaler Urlaub hier, sondern sie kam nur her, um sich mit einem Mann zu treffen.«

Sarkastisch zog Sina eine Augenbraue in die Höhe. »Bitte, Sven, wir sind hier nicht in einer Seifenoper. Als Nächstes kommst du mir noch mit einer eifersüchtigen Ehefrau.«

Ihr Kollege hob beide Hände. »Eifersucht, top Motiv.« Er griff nach einem der Tatortfotos, die auf Sinas Schreibtisch lagen. »Allerdings kann ich mir nicht vorstellen, dass das eine Frau getan hat. Die müsste ganz schön viel Kraft gehabt haben, um auf diese Weise zu töten. Lisa Riel wird sich sicher heftig gewehrt haben.«

Sina schnippte mit den Fingern. »Falls sie dazu überhaupt in der Lage war. Wir müssen die Obduktion und das Ergebnis der Blutuntersuchungen abwarten. Vielleicht hat der Mörder oder die Mörderin Riel ja zuerst betäubt. Dann wäre wieder alles möglich. Auch eine weibliche Täterin.«

»Wir sollten mit den Briefen anfangen«, schlug Sven vor. »Die sind ja nur mit dein Vater unterschrieben, da steht kein Name. Wenn wenigstens die dazugehörigen Briefumschläge dabei gewesen wären. Ich schau mich mal im Melderegister nach Leuten mit dem Nachnamen Riel um.«

»Tu das«, sagte Sina. »Ich nehme mir so lange die Briefe selbst vor und versuche, sie zu entziffern.«

Sobald ihr Kollege ihr Büro verlassen hatte, breitete Sina die Fotokopien der Briefe, die sie hatte anfertigen lassen, bevor sie die Originale für die Spurensicherung zurückgelegt hatte, auf der Schreibtischplatte aus.

Nicht einmal datiert sind die Schreiben, das macht es mir auch nicht gerade leichter. Wenn wenigstens die richtige Reihenfolge ersichtlich wäre.

Sie stand auf und betrachtete die Briefe, ohne zu versuchen, die Texte zu lesen. Täuschte sie sich oder unterschied sich die krakelige Schrift von Brief zu Brief?

Sie schob die Fotokopien ein wenig hin und her.

Die Schrift wird immer unleserlicher. Ist der Schreiber alt und krank, hat seine Körperfunktionen nicht mehr voll unter Kontrolle? Zittert seine Hand beim Schreiben?

Den Brief, bei dem ihr die Handschrift noch am wenigsten zitterig erschien, legte sie ganz links oben ab. Denjenigen mit den unleserlichsten Krakeln nach rechts unten.

Sie sortierte, starrte auf die DinA4-Blätter, sortierte um, nickte schließlich.

Das könnte die Reihenfolge sein, falls meine Theorie stimmt. Mal sehen.

Sie schob die Kopien zu einem Stapel zusammen und nahm sich den Brief vor, den sie für den ältesten hielt.

Dann lehnte sie sich in ihrem Bürostuhl zurück und begann zu lesen.

***

Liebe Tochter,

es fühlt sich seltsam an, diese Worte zu schreiben. Vor allem jetzt, nach all diesen vielen Jahren.

Ich hoffe, du nimmst sie mir nicht übel, diese vertrauliche Anrede. Doch was sollte ich auch sonst schreiben. Liebe Lisa? Das kommt mir zu steif, zu unpersönlich vor. Denn schließlich bist du genau das: meine Tochter. Auch wenn ich dir nie ein Vater war.

Doch sagt man nicht, Blut sei dicker als Wasser?

Mein Blut fließt in deinen Adern, das verbindet uns. Eine Verbindung, die stärker ist als alles andere.

Darum schreibe ich dir heute.

Ich weiß, ich hätte dies viel früher tun sollen und nicht erst jetzt, wo ich weiß, dass es dem Ende zugeht. Oft habe ich darüber nachgedacht, einen Privatdetektiv zu engagieren, um dich zu finden.

Deine Mutter hatte jeden Kontakt zu mir abgebrochen und mir eindeutig zu verstehen gegeben, dass sie mich nie wieder sehen oder von mir hören wollte.

Erst wollte ich diesen Wunsch nicht respektieren. Ich bot ihr Geld für deinen Unterhalt. Das war wohl das Verkehrteste, was ich tun konnte.

Deine Mutter war stolz. Zu stolz, um einfach mein Geld zu nehmen.

Ihr Ultimatum war ganz einfach: Entweder ich verlasse meine Familie, reiche die Scheidung ein und heirate sie oder ich könne nicht länger ein Teil ihres Lebens sein.

Ich gebe zu, ich war ein Egoist. Ich wollte beides. Meine Familie zu verlassen, kam für mich nicht in Frage. Doch deine Mutter wollte ich auch nicht aufgeben.

Viele Jahre hatte ich Zeit, darüber nachzudenken, wie ichbezogen ich doch gewesen bin, als ich jünger war. Ich hoffe, das hat sich mittlerweile geändert. Zumindest ein wenig.

Bevor es zu spät ist, möchte ich dich kennenlernen. Die Tochter, die ich immer haben wollte, aber nie haben konnte.

Weil ich zu schwach war.

Ich hoffe, du kannst mir meine damalige Schwäche verzeihen.

Liebe Lisa, liebe Tochter, ich schreibe dir, weil es in diesem Leben nur noch eines gibt, das ich mir wünsche. Dich kennenzulernen, Zeit mit dir zu verbringen. Ich hoffe sehr, dass du mir meinen größten, meinen letzten Wunsch erfüllen möchtest.

Dein Vater

***

Kopfschüttelnd legte Sina die beiden fotokopierten Blätter zur Seite.

Was für ein pathetischer, schwülstiger Schreibstil.

Sie griff nach dem Foto, von dem Sven angenommen hatte, dass es in den 1980er Jahren aufgenommen worden war.

Dann wird das wohl der Vater mit der Mutter sein. Lisa Riel wurde 1988 geboren, das könnte zeitlich passen.

Ganz genau studierte Sina die Gesichtszüge des Mannes, versuchte sich vorzustellen, wie er wohl heute aussehen mochte.

Das Bild ist mindestens 35 Jahre alt, er sieht aus wie Mitte 30, Ende 30, dann wäre er heute 70, 75. In seinem Brief schreibt er, dass sein Leben zu Ende geht. Also ist er wohl schwer krank. Dann lag ich sicher richtig mit meiner Vermutung, dass deswegen die Schrift in den Briefen immer fahriger und krakeliger wird.

Ein Mann um die 75, vermutlich hier auf Sylt lebend, der todkrank war oder sogar schon im Sterben lag. Sein letzter Wunsch: die illegitime Tochter zu treffen. Ein Foto, ein halbes Dutzend Briefe.

Und eine Tote. Vermutlich die Tochter des Briefeschreibers.

Sina faltete die Hände unter dem Kinn.

Wo bleibt eigentlich Sven? Seine Suche nach Männern hier auf Sylt, die den Nachnamen Riel tragen, ist überflüssig. Riel wird der Name der Mutter gewesen sein.

Sina nahm die Hände herunter und beugte sich vor, zog die Computertastatur zu sich heran.

Wir brauchen die Geburtsurkunde von Lisa Riel, vielleicht ist der Name des Vaters darauf vermerkt.

Unschlüssig starrte sie auf die Tastatur.

Soll ich mich da jetzt wirklich mit dem ganzen Papierkram rumschlagen oder soll ich einfach darauf hoffen, dass bei der Durchsuchung von Riels Wohnung auch Unterlagen wie ihre Geburtsurkunde gefunden werden?

Sie schob die Tastatur wieder weg, griff stattdessen zum Telefon. Während sie die Nummer der Kollegen in Flensburg wählte, kam Sven zurück in ihr Büro.

»Lass mich raten, keine Riels auf Sylt?«, begrüßte sie ihn.

Er schwenkte einen Ausdruck. »Doch, drei. Soll ich die gleich überprüfen?«

Sina bedeutete ihm mit einem Handzeichen, einen Moment zu warten, da sich am anderen Ende jemand meldete.

Es handelte sich um Hauptkommissar Johannes Bente, einen Kollegen, den Sina nicht aus ihrer Flensburger Zeit kannte. Es stellte sich heraus, dass Bente erst seit Kurzem in Flensburg arbeitete.

Newbies unter sich. Er auf dem Festland, ich hier auf der Insel, dachte Sina. Dann informierte sie Bente so kurz und prägnant wie möglich über den Leichenfund und darüber, dass erste Ermittlungen ergeben hatten, dass die Tote in Flensburg gewohnt hatte. Der Kollege versicherte Sina, sich schnellstmöglich um die Beschaffung eines Durchsuchungsbeschlusses für die Wohnung von Lisa Riel zu bemühen.

»Geben Sie mir dann bitte gleich Bescheid, ich möchte gerne dabei sein«, sagte Sina und verabschiedete sich.

Sven sah sie erstaunt an. »Du willst nach Flensburg?«

»Wollen ist anders«, murmelte Sina und streckte die Hand nach dem Ausdruck aus.

Zwei männliche Vornamen, ein weiblicher. Sie tippte auf den einzigen weiblichen Namen. »Elenore Riel, unterhalt dich zuerst mit der.«

Sie gab Sven das Blatt Druckerpapier zurück und deutete auf den kleinen Stapel fotokopierter Briefe. »Ich habe den ersten Brief entziffert. Dramatische Story.« Kurz fasste sie für Sven den Inhalt zusammen. »Ich denke also, dass Riel auf keinen Fall der Name ihres Vaters ist. Entweder es ist der Mädchenname ihrer Mutter oder diese hat noch vor Lisa Riels Geburt geheiratet und ihr Ehemann hat das Kind adoptiert.« Sie deutete auf den Computer, auch wenn der Bildschirm längst nicht mehr die persönlichen Daten der Toten anzeigte, die sie bis jetzt abgefragt hatte. »Lisa Riel selbst war nie verheiratet.«

»Die Frage sollte sich mit einem Blick auf die Geburtsurkunde schnell beantworten lassen«, meinte Sven.

Sina nickte. »Genau mein Gedanke. Aber ich hatte keinen Lust auf den Papierkrieg. Da wir die Wohnung sowieso durchsuchen lassen müssen, können wir uns die Urkunde auch auf diesem Wege beschaffen.«

Sven grinste. »Gut gedacht.« Er sah auf die Armbanduhr. Wie es sich für einen Sportfanatiker gehörte, natürlich ein großes, auffälliges Modell. Wasserdicht und mit allen möglichen Schikanen ausgestattet. »Falls sonst heute nichts mehr anliegt, würde ich gerne pünktlich Feierabend machen. Der Wind steht einfach zu gut heute.«

Dass ihr Kollege begeisterter Kitesurfer war, hatte sogar Sina bereits mitbekommen, obwohl sie noch nicht so lange auf Sylt arbeitete. In Svens Büro standen nicht nur einige Trophäen, die er bereits gewonnen hatte, sondern zierten auch zahlreiche vergrößerte Fotos von Sven in voller Action die Wände. Als Sina die Fotos das erste Mal gesehen hatte, dachte sie, es seien Poster von Profisportlern. Ihren Kollegen hätte sie in dem hautengen Neoprenanzug nicht vermutet.

»Ja, geh nur, stressig wird dieser Fall noch früh genug«, sagte Sina.

»Na, sei nicht so pessimistisch«, gab Sven zurück. »Du wirst sehen, wir finden einen eifersüchtigen Freund oder jemand anders in der Richtung. Den Fall klären wir in Nullkommagarnix auf.« Er tippte sich gegen die Schläfe. »Bis morgen dann also.«

»Ja, bis morgen.« Sina unterdrückte einen Seufzer.

Ich wünschte, ich könnte Svens Optimismus teilen.

Da auch Sina nichts weiter zu tun hatte, als auf Nachrichten zu warten, wann die Obduktion und wann die Wohnungsdurchsuchung stattfinden würden, nahm sie sich erneut die Briefe vor, die sie in Lisa Riels Hotelzimmer gefunden hatten.

Sie runzelte die Stirn, als sie sich wieder der krakeligen Handschrift gegenübersah. Damit sie die Briefe nicht nochmals entziffern müsste, falls sie im weiteren Verlauf der Ermittlungen Informationen daraus nachsehen wollte, öffnete sie eine Spracherkennungssoftware und las die schwer leserlichen Worte eines nach dem anderen laut vor.

***

Liebe Tochter,

ich kann kaum in Worte fassen, wie sehr ich mich über deinen Brief gefreut habe. Viel mehr noch tatsächlich als über einen Anruf. Denn ein Brief ist etwas, das man sich immer wieder ansehen, erneut durchlesen, voll auskosten kann. Ein Anruf dagegen ist flüchtig. Vorbei, kaum dass er begonnen hat.

Das heißt nun nicht, dass ich nicht deine Stimme hören möchte, ganz im Gegenteil. Ich kann es kaum erwarten, mit dir zu sprechen. Aber dieser Brief ... er wird für immer einen wichtigen Platz in meinem Herzen haben. Er ist eines meiner wichtigsten Besitztümer.

Ich weiß, ich weiß, ich drücke mich schwülstig aus, aber verzeihe bitte einem alten Mann seine Sentimentalitäten.

Wie ich dir ja bereits geschrieben hatte, geht es mit mir zu Ende. Das große K, der Fluch der modernen Menschheit. Meinen Ärzten zufolge habe ich nur noch einige Monate. Es fühlt sich so an, als hätten sie recht. Ich glaube nicht, dass ich noch ein Weihnachten, noch einen Jahreswechsel erleben werde.

Ich freue mich so, zu hören, dass du eine gute Arbeit hast, die dich erfüllt und begeistert. Auch wenn das bedeutet, dass du nicht alles stehen und liegen lassen kannst, um mich zu besuchen.

Schließlich bin ich derjenige, der schuld ist an der jahrelangen Funkstille. Immer mehr Vorwürfe mache ich mir, dass ich dich nicht schon viel früher habe suchen lassen, dann wären wir jetzt nicht in diesen zeitlichen Nöten.

Doch komme mich besuchen, sobald du kannst, bitte. Du bist hier jederzeit herzlichst willkommen. Über das Finanzielle brauchst du dir natürlich keinerlei Gedanken machen; ich würde liebend gerne all deine Kosten übernehmen.

Wann immer du es einrichten kannst, ich freue mich auf dich.

Dein Vater

***

»Punkt, speichern«, sagte Sina und lehnte sich in ihrem Schreibtischstuhl zurück.

Sie machte sich nicht die Mühe, den Text Korrektur zu lesen, den die Spracherkennungssoftware generiert hatte. Für ihre Zwecke würde es genügen, auch wenn einige Fehler enthalten sein sollten.

Der im Sterben liegende Vater, der unbedingt seine illegitime Tochter kennenlernen möchte, bevor es zu spät ist. Wer ist dieser Mann? Lebt er auf Sylt, wollte Lisa Riel ihn hier besuchen?

Sina fuhr sich mit beiden Händen über das Gesicht, versenkte die Finger in ihren Haaren.

Erneut bedauerte Sina, dass Riel die zu den Briefen gehörenden Umschläge nicht ebenfalls aufbewahrt hatte. Dann hätte ein einfacher Blick auf den Absender und auf den Poststempel genügt, um die Frage nach dem Wohnort des Vaters zu beantworten.

So muss ich mich wohl jetzt weiter durch diese Kritzeleien quälen.

Sina schielte auf die verbliebenen vier Briefe. Lust darauf, Wort für Wort zu entziffern, hatte sie keine.

Sie beschloss, sich zuerst eine große Tasse Kaffee zu gönnen, um ihre Lebensgeister zu beleben.

Mit Sahne.

Doch noch bevor sie vom Schreibtisch aufstehen konnte, klingelte ihr Telefon.

***

Cornelia räkelte sich im Whirlpool. Ihr eigenes Hotel war zwar eher bescheiden, doch erfreulicherweise verfügte es über ein Abkommen mit einem anderen Hotel. Alle Gäste der Sylter Oase durften den Wellnessbereich des Partnerhotels nutzen. Ohne Aufpreis. Ein Angebot, das Cornelia natürlich nur zu gerne in Anspruch nahm.

Eigentlich ist es gar nicht so schlecht, dass er mich auf morgen vertröstet hat. So konnte ich mich heute richtig entspannen. Für morgen Vormittag buche ich mir noch eine Massage und eine Gesichtsbehandlung, dann bin ich auf unser Treffen vorbereitet.

Sie grinste. Mit den Waffen einer Frau würde sie ihm schon beikommen.

Dann werden wir ja sehen, ob ich die Einzige bin oder nur eine von vielen.

In allen Einzelheiten malte sie sich die Begegnung aus. So wie sie verlaufen würde, wenn alles nach ihren Wünschen ging.

Zu hoch darf ich meine Erwartungshaltung aber auch nicht schrauben. Dann ist die Enttäuschung vorprogrammiert.

Sie stellte sich vor, dass er ihr Blumen mitbrachte, vielleicht auch noch ein anderes kleines Geschenk. Natürlich würde er sich wortreich entschuldigen, dass er ihr Treffen um einen Tag verschoben hatte. Und auch wenn sie schon für den Nachmittag verabredet waren, würde er sich doch so viel Zeit nehmen, dass es für ein frühes gemeinsames Abendessen reichte. In einem hübschen, romantischen kleinen Restaurant. Dort hätten sie einen Tisch für zwei in einer lauschigen Ecke, wo sie ganz ungestört wären.

Und dann zahlt er, bringt mich zurück ins Hotel und fährt heim zu seiner Frau.

Bei diesem Gedanken, der ihr schönes Traumbild brutal zerstörte, verzog Cornelia den Mund.

Ich muss mich auch darauf einstellen, dass es nicht so perfekt läuft. Wie reagiere ich dann?

Sie seufzte und ließ sich im heißen, sprudelnden Wasser ein wenig tiefer sinken.

Nein, sei nicht so negativ, Cori. Morgen kommt ihm nicht schon wieder etwas dazwischen. Morgen bekommst du seine ungeteilte Aufmerksamkeit. Ganz allein für dich.

Träge schloss sie die Augen, genoss die wohlige Wärme des Wassers.

Und über die Frage, ob das hellblaue Kleid, das die Tote am Strand trug, dasselbe hellblaue Kleid war wie das, das die Frau trug, die gestern Abend in sein Auto gestiegen ist, denke ich jetzt nicht mehr nach.

***

Der Anruf war aus der Gerichtsmedizin gekommen. Dr. Gerhard Singer hatte Sina mitgeteilt, dass die

Autopsie von Lisa Riel am nächsten Morgen um 10 Uhr stattfinden würde. Allerdings nicht wie ursprünglich geplant im Krankenhaus von Westerland, sondern in Flensburg. Die Überführung der Leiche habe er bereits veranlasst.

Am liebsten hätte Sina laut aufgestöhnt. Wenn sie dabei sein wollte, hieß das extrem früh aufstehen.

Da sie sich nach dem anstrengenden und aufregenden Tag wie zerschlagen fühlte, ließ sie die restlichen Briefe auf ihrem Schreibtisch liegen und verabschiedete sich direkt nach dem Telefonat in den Feierabend.

Sie musste noch einen Platz für den Autozug buchen und ihre Handtasche mit allem bestücken, was sie für den Tagesausflug aufs Festland benötigen würde.

Ich darf mein Diktiergerät nicht vergessen, damit ich meine Erkenntnisse aufzeichnen kann.

Schon auf halbem Wege zum Ausgang, drehte sie noch einmal um und ging in ihr Büro zurück. Sie musste nicht lange suchen, bis sie das Diktiergerät gefunden hatte. Sie versenkte es in ihrer Handtasche und wandte sich erneut zum Gehen.

Doch wieder hielt sie inne. Kurzentschlossen griff sie nach den fotokopierten Briefen und stopfte sie ebenfalls in ihre Tasche.

Damit ich morgen während der Zugfahrt etwas zu tun habe.

Die Autofahrt bis zum Campingplatz brachte Sina zügig hinter sich.

Sie parkte neben ihrem Wohnmobil, grüßte kurz ihre Nachbarin, die das üppig bepflanzte Blumenbeet neben ihrem Vorzelt wässerte und sperrte die Tür ihres Zuhauses auf. Das Windspiel neben der Tür klimperte in der abendlichen Brise.

Sobald die Tür hinter ihr zugefallen war, warf Sina ihre Handtasche auf den Esstisch und zog die Schuhe aus.

Zuallererst was Bequemeres anziehen, dann Tee, dann Zug buchen.

Sie drängte sich an der Küchenzeile vorbei in den winzigen Schlafbereich, wo sie ein weiches T-Shirt und eine bequeme Trainingshose aus dem Koffer zog, der ihr als Kleiderschrankersatz diente.

Am Spülbecken stehend wusch sie sich rasch die Hände und benetzte ihr Gesicht mit ein wenig Wasser. So erfrischt setzte sie Teewasser auf und wandte sich dann ihrem Laptop zu.

Als der hochgefahren war und der Tee in einem großen Steingutbecher zog, machte Sina es sich auf der Sitzbank am Esstisch so gut es eben möglich war, bequem. Sie zog die Beine unter sich und öffnete die Buchungswebsite des Autozuges, die sie sich bereits vor längerer Zeit als Lesezeichen gespeichert hatte.

Kurz debattierte Sina mit sich, ob sie es riskieren könnte, den Zug um 8 Uhr 30 zu nehmen.

Eine Stunde länger schlafen. Aber was, wenn ich dann zur Autopsie zu spät komme?

Sie nahm einen ersten Schluck Tee und rechnete in Gedanken die Zeiten durch. Dann schüttelte sie den Kopf.

Selbst wenn kaum Verkehr ist und ich gut durchkomme, bin ich dann erst kurz vor zehn dort. Parken und direkt in den Sektionssaal rennen? Das ist mir zu stressig.

Seufzend reservierte sie einen Platz für den Zug um halb acht.

Sobald das erledigt war, ging sie den Inhalt ihrer Handtasche durch, vergewisserte sich, dass sie genügend Kugelschreiber und einen Notizblock hatte, der noch nicht ganz vollgekritzelt war. Dann suchte sie noch Ersatzbatterien für das Diktiergerät heraus.

Dazu der übliche Kram wie Labello und Taschentücher. Damit wäre die Tasche gepackt.

Sina stand auf und hängte ihr Handy an das Ladekabel. Dann widmete sie sich wieder ihrem Tee.

Jetzt gleich ins Bett gehen, wäre dann doch ein wenig übertrieben. Ich könnte mir noch einen Film anschauen.

Ihr Blick wanderte über den winzigen Wohnbereich. Im Spülbecken standen ein paar Teller, Gläser und Tassen, die abgewaschen werden mussten, auf der Rückenlehne der Sitzbank stapelten sich Zeitungen und Zeitschriften, die längst ins Altpapier gehörten, und Staub wischen müsste sie auch mal wieder.

Sina blies die Backen auf. Auf Hausarbeit und sei diese auch noch so minimal wie in ihrem winzigen Reich, hatte sie nun wirklich keine Lust.

Aber es hilft ja alles nichts. Wenn ich jetzt auch noch diese Tasse hier zum Abwasch stelle, habe ich morgen früh dann überhaupt noch eine saubere Tasse für meinen Morgenkaffee? Ohne Koffein geht morgen früh gar nichts.

Betrübt starrte sie in ihren Tee. Die Tasse war fast leer.

Mit zwei großen Schlucken trank sie den Jasmintee aus, dann erhob sie sich.

Aber nur Abwaschen. Der Staub kann warten. Sobald ich fertig bin, ab ins Bett mit einem Buch.

Kapitel drei

Der Wecker hatte Sina um Viertel nach sechs unsanft aus unruhigen Träumen gerissen.

Noch im Halbschlaf war sie mit Handtuch und Kulturbeutel zum Duschen gegangen. Als sie wesentlich wacher in ihr Wohnmobil zurückkehrte, ärgerte sie sich, dass sie zuvor vergessen hatte, die Kaffeemaschine einzuschalten.

Dabei habe ich extra gestern schon Wasser und Pulver eingefüllt.

Sie drückte den roten Knopf, hängte das benutzte Handtuch und ihren Morgenmantel auf und zog sich an. Als sie mit einem Kamm durch ihre noch feuchten Haare fuhr, verbreitete sich bereits der wohltuende Duft von frisch gebrühtem Kaffee im Wohnmobil.

Sie beschloss, auf Make-up zu verzichten, band sich nur rasch die Haare zusammen und ging zurück in den Wohn-Küchenbereich. Sie schenkte sich eine Tasse Kaffee ein und füllte den Rest in eine Thermoskanne, damit sie sich auf der Zugfahrt stärken konnte.

Dann setzte sie sich an den kleinen Tisch und butterte eine Scheibe Vollkornbrot, die sie anschließend dick mit Erdbeermarmelade bestrich. Kauend sah sie auf die Uhr. Sie lag gut in der Zeit, musste sich nicht abhetzen.

Langsam und bewusst aß sie ihr Brot und trank ihren Kaffee. Dann erst schaltete sie ihr Smartphone ein, um nachzusehen, ob es Neuigkeiten gab. Befriedigt stellte sie fest, dass sich seit gestern Abend keine weltbewegenden Ereignisse zugetragen hatten.

Als sie wenige Minuten später die Tür ihres Wohnmobils von außen verschloss und mit Thermoskanne und Handtasche zu ihrem Auto ging, hatte sie trotz der immer noch frühen Stunde fast so etwas wie gute Laune.

***

Auch die Zugfahrt war überraschend glatt verlaufen. Kein Chaos beim Verladen, keine ausufernden Wartezeiten.

Lag wahrscheinlich an der frühen Uhrzeit, dachte Sina, als sie sich einen halben Becher Kaffee aus ihrer Thermoskanne einschenkte.

Sie genoss den Blick auf das Wattenmeer, als der Zug über den Hindenburgdamm fuhr. Wie immer fand sie es ein seltsames Gefühl, dass sie zwar am Steuer ihres Wagens saß, jedoch nicht selbst fuhr, sondern sich fahren ließ.

So muss es sich anfühlen, mit einem dieser automatischen Autos zu fahren, die zurzeit entwickelt werden. Du sitzt drin, aber der Wagen fährt von alleine.

Als der Zug in Niebüll ankam, war damit jedoch Schluss. Jetzt musste Sina wieder selbst fahren, und zwar hochkonzentriert.

Um halb zehn parkte sie auf dem großen Parkplatz hinter dem Krankenhaus, in dem sich der Sektionssaal befand, in dem die Obduktion von Lisa Riels Leiche vorgenommen wurde.

Sie stieg aus und streckte ihre nach der Fahrt steifen Glieder. Dann trank sie den Rest Kaffee aus ihrer Thermoskanne und machte sich schließlich auf den Weg zur Anmeldung des Krankenhauses.

Den Weg in die Pathologie kannte Sina bereits, schließlich hatte sie bis vor Kurzem in Flensburg gearbeitet. Auch Dr. Gerhard Singer, der die Obduktion vornehmen würde, war ein alter Bekannter.

Sie traf überpünktlich ein, legte die vorgeschriebene Schutzkleidung an und folgte Singer in den Sektionssaal. Dort hatten zwei seiner Assistenten die Leiche von Lisa Riel bereits auf einen der beiden Stahltische gelegt.

Aufmerksam verfolgte Sina die äußere Leichenschau, lauschte Singers Ausführungen zur Totenstarre und den Livores, den Totenflecken. Diese waren - auch für eine Laiin wie Sina unverkennbar - auf der Vorderseite der Leiche, vor allem im Gesicht und am Vorderhals sowie im oberen Brustbereich extrem stark ausgeprägt.

»Ein sicheres Anzeichen dafür, dass sich der Körper über lange Zeit in Bauchlage befunden hat«, dozierte Singer.

Als der Rechtsmediziner die äußere Leichenschau abgeschlossen hatte und damit begann, den Körper zu öffnen, wappnete Sina sich. Dies war naturgemäß für sie immer der schlimmste Teil einer Obduktion.

Zu ihrer großen Erleichterung arbeitete Dr. Singer schnell und zielstrebig, ohne es dabei jedoch an Gründlichkeit missen zu lassen. Zahlreiche Blutungen in und unter der Haut waren laut Singer ein weiteres Anzeichen für einen Tod durch Ersticken.

»Dazu die Hämatome im Nacken, sowie schwach ausgeprägte Hämatome an beiden Handgelenken deuten darauf hin, dass der Täter das Opfer überwältigt und mit dem Gesicht voran auf den Sandboden gepresst hat. Ein weiterer großer Bluterguss im unteren Rückenbereich könnte vom Knie des Täters stammen.«

Sina nickte. Es sah ganz so aus, als wäre die allererste Einschätzung Svens genau richtig gewesen. Jemand hatte Lisa Riel auf den Boden gezwungen, sich dann entweder auf sie gesetzt oder ihr zumindest ein Knie in den Rücken gerammt, um sie bewegungsunfähig zu halten, ihren Nacken mit beiden Händen gepackt und mit aller Kraft ihr Gesicht so lange in den Sand gedrückt, bis sie erstickt war.

»Wie lange hat das in etwa gedauert?«, fragte Sina.

»Der gesamte Erstickungsvorgang dauert in der Regel etwa drei bis acht Minuten. Genauer eingrenzen kann ich das nicht«, sagte der Gerichtsmediziner.

Sina war versucht, die Augen zu schließen. Bis zu acht Minuten Todeskampf. Blinde schwarze Panik, die einen verschlang, wenn man merkte, dass man hilflos ausgeliefert war, sich nicht rühren konnte. Wie lange mochte es gedauert haben, bis Lisa Riel realisiert hatte, dass sie sterben würde?

Oder denkt man in einer solchen Lage nicht mehr so? Denkt man überhaupt nicht mehr, ist die Panik zu übermächtig?

Sie räusperte sich. »Können Sie auch eine Einschätzung zum Todeszeitpunkt geben?«

»Keine zwölf Stunden vor dem Auffinden der Leiche«, antwortete Dr. Singer prompt. »Zwischen 21 Uhr und Mitternacht am Vorabend würde ich sagen.«

Sina nickte. Das waren fürs Erste genug Informationen. Gerade wollte sie sich von Dr. Singer verabschieden, als ihr Handy vibrierte. Sie wandte sich vom Sektionstisch ab und zupfte hastig die Handschuhe von den Fingern der rechten Hand. Dann fischte sie das Handy aus der Hosentasche.

»Marten«, meldete sie sich.

»Bente hier. Wir haben den Durchsuchungsbeschluss für Lisa Riels Wohnung.« Ihr örtlicher Kollege sprach schnell und geschäftsmäßig. »Sie wollten informiert werden.«

»Das trifft sich gut, ich bin bereits in Flensburg. Ich kann sofort hinkommen.« Sina hob die Linke und versuchte, durch den halb transparenten Handschuh ihre Armbanduhr zu erkennen. Es gelang ihr nicht.

»Wir beginnen um 13 Uhr 30. Ich stelle gerade mein Team zusammen.« Kurz und knapp verabschiedete Johannes Bente sich.

Sina verstaute das Handy wieder und schob den linken Handschuh ein wenig hoch. Kurz vor zwölf, da hätte sie sogar noch Zeit für ein Mittagessen.

Als sie den Kopf hob und ihr Blick auf Lisa Riels sterbliche Überreste fiel, packte sie das schlechte Gewissen.

Wie kann ich jetzt nur an Mittagessen denken?

***

Sina hatte ein kleines, lauschiges Café gefunden, in dem sie eine Quiche Lorraine mit gemischtem Salat bestellt hatte. Erleichtert stellte sie fest, dass ihr die Obduktion nicht den Appetit verdorben hatte.

Das wäre auch noch schöner, schließlich muss ich bei Kräften bleiben, ich habe heute noch viel vor.

Während sie aß, sah sie sich auf dem Smartphone an, wie sie am schnellsten zu Lisa Riels Wohnung kam. Laut Routenplaner betrug die Fahrtzeit keine fünfzehn Minuten, doch Sina wollte natürlich auf keinen Fall zu spät kommen, plante also ein wenig mehr Zeit ein.

Trotzdem konnte sie sich mit dem Essen Zeit lassen. Sie hatte auch genug Zeit, um die Obduktion und was sie dabei erfahren hatte, Revue passieren zu lassen.

Als sie ihren Teller bis auf ein paar wenige Krümel geleert hatte, tippte sie eine kurze Zusammenfassung ihrer neuen Erkenntnisse ins Handy. Viel lieber hätte sie ihr Diktiergerät benutzt, doch in aller Öffentlichkeit in einem Café ging das natürlich leider nicht.

Auf jeden Fall handelt es sich um eine ganz schön brutale Methode, jemanden zu töten. Drei bis acht Minuten eine andere Person mit roher Gewalt gepackt halten und ihr Gesicht so lange in den Sand drücken, bis sie tot ist, das zeugt von unglaublicher Entschlossenheit. Aber auch von Hass, vielleicht auch von Verzweiflung. Der Täter wollte Riel auslöschen, bedingungslos. Eine Beziehungstat? Ein eifersüchtiger Ex-Freund oder aktueller Liebhaber? Ihr alter, offensichtlich todkranker Vater wird es ja wohl nicht gewesen sein.

Sina stutzte, legte das Handy weg und zog die fotokopierten Briefe, die sie mitgebracht hatte, aus ihrer Tasche. Dass diese Briefe allesamt nicht datiert waren, war ihr natürlich sofort aufgefallen, doch sie hatte sich noch keinerlei Gedanken darüber gemacht, wie alt sie wohl waren.

Ich bin die ganze Zeit davon ausgegangen, dass Riel nach Sylt gefahren ist, um ihren Vater zu treffen. Aber was, wenn diese Briefe gar nicht neu sind? Die könnten Jahre alt sein.

Sie trommelte mit den Fingern der freien Hand auf die Tischplatte.

Aber natürlich bin ich davon ausgegangen, dass sie neu sind, weil wie Sven und ich ja schon im Hotelzimmer überlegt hatten: Warum sollte sie solche Briefe sonst mit sich herumtragen?

Sina schob die Briefe zurück in ihre Tasche und nahm erneut das Smartphone zur Hand, um ihre Notizen fortzusetzen.

Häng dich nicht daran auf, dass sie auf Sylt war, um ihren bisher unbekannten Vater zu treffen. Die Briefe könnten schon Jahre alt sein. Aber klar, vielleicht war sie dort, um ihn zu treffen, aber halt nicht zum ersten Mal. Die Vater-Spur auf jeden Fall weiterverfolgen, aber dabei nicht zu engstirnig denken, sondern alle Möglichkeiten in Betracht ziehen.

Sina nahm einen Schluck von ihrem Mineralwasser, dann überflog sie noch einmal ihre Notizen.

Um auf die Brutalität der Tötungsmethode zurückzukommen: Ich bin mir ganz sicher, dass es jemand war, der eine - wie auch immer geartete - persönliche Beziehung zu Riel hatte. Wir müssen auf jeden Fall ganz genau ihr persönliches Umfeld durchleuchten. Familie, Freunde, Kollegen, Partner und Ex-Partner.

Zufrieden lehnte sie sich zurück und legte das Handy beiseite. Bei der Wohnungsdurchsuchung würden sie sicher reichlich Informationen finden, die ihnen bei der Arbeit helfen würden.

Sie sah auf die Uhr, forderte die Rechnung an und trank ihr Wasser aus. Dann machte sie sich auf den Weg.

***

Lisa Riels Wohnung befand sich in einem Mehrparteienhaus in der Flensburger Südstadt. Am Straßenrand vor dem Haus standen bereits zwei Polizeiwagen.

Sina betrachtete die rote Backsteinfassade mit den weiß eingefassten Fenstern, nachdem sie ihren Wagen geparkt hatte. Als sie auf die Haustür zuging, sah sie, dass diese offen stand. Ein Blick auf die Klingelschilder verriet ihr, dass Lisa Riel im zweiten Stock gewohnt hatte.

Langsam stieg Sina die Treppe hinauf. In der zweiten Etage klopfte sie mit den Fingerknöcheln an die ebenfalls offen stehende Wohnungstür, um die Aufmerksamkeit der im Inneren der Wohnung beschäftigten Kollegen auf sich zu lenken.

Ein gedrungener Mann mit Stirnglatze kam auf sie zu. »Sina Marten?«

Sina nickte.

»Johannes Bente, wir hatten telefoniert.« Er hielt die Rechte hoch, die in einem hellblauen Nitrilhandschuh steckte. »Ich würde Ihnen ja die Hand geben, aber ...«

»Schon gut«, winkte Sina ab und zog ein Paar Handschuhe aus ihrer Tasche. »Wie lange sind Sie schon hier?«

»Minuten. Wir haben gerade erst angefangen.«

»Ich würde mir gerne erst einen allgemeinen Überblick verschaffen«, meinte Sina.

»Klar, tun Sie sich keinen Zwang an.« Bente trat ein wenig zur Seite, damit Sina in dem engen Flur an ihm vorbeikam.

So eng der Flur auch war, Lisa Riel hatte das Beste aus dem wenigen verfügbaren Raum herausgeholt. Zu Sinas Rechter befand sich eine an die Wand geschraubte Garderobe, an der einige Halstücher und eine Jacke hingen, auf der Hutablage darüber befand sich ein kleiner, zusammengerollter Schirm. Einige Schritte weiter stand ein kleiner Schuhschrank an der Wand, darauf eine Schale für Schlüssel, das Telefon und ein Notizblock samt Kuli.

»Wie viele Zimmer hat die Wohnung?«, fragte sie Bente.

»Zwei Zimmer, Küche, Bad«, kam die Antwort.

Dann wird die Durchsuchung nicht allzu lange dauern. Wäre gut, dann komme ich zu einer halbwegs vernünftigen Zeit heim.

Sina trat durch die Tür am Ende des Flurs. Das Wohnzimmer.

Zartgelb gestrichene Wände, die Möbel modern, aber ganz offensichtlich nicht sonderlich teuer. Entweder aus dem allseits bekannten schwedischen Möbelhaus oder von einem seiner Konkurrenten.

Hellbraune Zweisitzercouch, niedriger schwarzer Couchtisch, wandmontierter Flachbildfernseher, ein Sideboard, auf dem eine leere Obstschale stand, und ein Regal, in dem sich neben einigen Büchern, CDs und DVDs auch Aktenordner befanden.

Einen dieser Ordner blätterte gerade eine Polizistin in Uniform durch. Sie sah auf, als sie Sina bemerkte.

»Moin, Sina Marten aus Sylt.«

»Jacky Sommer«, stellte sich die Polizistin mit einem zurückhaltenden Lächeln vor.

»Schon was gefunden?«

Sommer schüttelte den Kopf. »Steuerunterlagen. Das ist aber der erste Ordner, den ich durchsehe. Wir haben gerade erst angefangen.«

Sina nickte und sah sich weiter in dem nicht gerade großen Zimmer um. Am Fenster hingen zur Couch passende hellbraune Vorhänge, der Blick ging auf die Straße, an der auch Sina geparkt hatte.

Keine Bilder oder Poster an den Wänden, keine gerahmten Familienfotos. Einzige Deko ist diese Obstschale, ziemlich unpersönlich alles.

Sina ging weiter in die Küche, die makellos aufgeräumt war. Kein benutztes Geschirr in der auf Hochglanz polierten Spüle.

Auch hier sieht's aus wie bei IKEA in der Ausstellungsküche. Keinerlei persönliche Gegenstände, keine Magnete, Fotos oder Merkzettel am Kühlschrank.

Sie zog die Kühlschranktür auf. Keine frischen Lebensmittel, nur Dinge, die während einer kurzen urlaubsbedingten Abwesenheit nicht verderben würden, wie Marmelade, Senf und Ketchup.

Kurz spähte Sina auch in die Oberschränke. Teller, Schüsseln, Tassen, Gläser, alles war weiß, passte zusammen und war vier Mal vorhanden.

Wahrscheinlich auch alles von IKEA. Da gibt's doch immer Vierersets.

Die Schubladen der Küchenschränke boten nichts außer Besteck und Kochutensilien. Keine Schlamperschublade, in der sich aller mögliche Krimskrams angesammelt hatte, alles ordentlich.

Sina ging zurück in den Flur und dann ins Schlafzimmer. Nachdem sie den hier vor sich hin werkelnden Polizisten mit einem kurzen *Moin* begrüßt hatte, sah sie sich kopfschüttelnd um.

Das gibt's doch wirklich nicht. Hier sieht's auch aus wie im Möbelkatalog. Was hat die Frau für ein Leben geführt?

Der Kollege hatte sich den Kleiderschrank zuerst vorgenommen, also wandte Sina sich der Kommode zu. Auf der Oberfläche befanden sich immerhin einige Fläschchen und Tiegel mit Kosmetika und Parfüm, darüber ein großer Spiegel.

Sina stutzte. Fast hätte sie den kleinen Bilderrahmen übersehen, der zwischen einem Spender mit Handcreme und einer Flasche mit Gesichtswasser stand.

Vorsichtig, um nichts umzustoßen, hob sie den versilberten Rahmen hoch, um das Foto besser sehen zu können.

Eine jüngere Lisa Riel mit einer älteren Frau, beide verhalten in die Kamera lächelnd.

Das ist die Frau von dem Foto, das wir im Hotel gefunden haben.

Sina überlegte. Die Frau sah alt genug aus, um Riels Mutter zu sein.

Dann ist der Mann auf dem alten Foto wohl tatsächlich ihr Vater.

Vorsichtig stellte Sina den Fotorahmen zurück an seinen Platz.

Wenn ich nur wüsste, wie das alles zusammengehört. Hoffentlich kann uns die Mutter helfen, die Zusammenhänge zu verstehen.

Sina ging zurück in den Flur, wo das Telefon stand.

Der Notizblock neben dem Apparat war leer. Prüfend spähte sie in den Schuhschrank, doch der enthielt wirklich nur Schuhe, kein Adressbuch.

Wo bewahrt sie das wohl eher auf, im Wohnzimmer oder im Schlafzimmer?

»Was gefunden?«

Sina blickte auf, Bente war gerade aus der Küche getreten und sah sie fragend an.

»Nein, ganz im Gegenteil. Ich suche ein Adressbuch. Hier beim Telefon ist nichts.«

Bente zuckte die Schultern. »Vielleicht in der Nachttischschublade.«

Sina nickte, obwohl ihr diese Vermutung nicht unbedingt logisch erschien.

Bei dem Bett im Schlafzimmer handelte es sich zwar um ein Doppelbett, doch es gab nur ein Nachtkästchen. Offensichtlich hatte Riel nicht nur allein gelebt, sondern auch nicht vorgehabt, das zu ändern.

Drei kleine Schubladen hatte der Nachttisch, auf dessen Oberfläche eine Leselampe stand.

Lange dauerte Sinas Inspektion nicht. Taschentücher, Aspirin, Hustenbonbons und eine gepolsterte Schlafbrille in der obersten Lade. Die beiden unteren waren leer.

Stirnrunzelnd richtete Sina sich wieder auf.

Das gibt es doch wirklich nicht. Wie lange wohnt die schon hier? Seit zwei Wochen?

Kaum hatte sie diesen Gedanken zu Ende gedacht, fiel ihr wieder ein, dass sie bei der ersten Abfrage zu Lisa Riel festgestellt hatte, dass sie vor vier Jahren letztmalig umgezogen war.

Kopfschüttelnd sah Sina sich im Schlafzimmer um.

Hatte die einen Freund, bei dem sie ihre meiste Zeit verbracht hat und wo sie schon einen Großteil ihrer Sachen hingebracht hat? Oder war sie eine Anhängerin des Minimalismus?

»Frau Marten? Wir haben einen Ordner mit Unterlagen gefunden, die Sie interessieren dürften.«

Bente stand im Türrahmen, Sina folgte ihm ins Wohnzimmer.

Dort lag ein aufgeschlagener dunkelgrauer Leitz-Ordner auf dem Couchtisch.

»Geburtsurkunde, Miet- und Arbeitsvertrag, Versicherungsscheine und der Totenschein der Mutter.«

Sina riss die Augen auf. »Die Mutter ist tot?«

»Ja, vor knapp zwei Jahren gestorben. Krebs.«

Sina versuchte, ihre Enttäuschung herunterzuschlucken.

Die können wir also leider nicht mehr befragen. Wir müssen den Namen des Vaters auf andere Weise herausbekommen.

»Wo ist die Geburtsurkunde?«

»Ganz hinten in dem Ordner.« Bente deutete auf den Leitzordner. »Der ist quasi chronologisch von hinten nach vorn angelegt. Die neuesten Unterlagen obenauf, Geburtsurkunde ganz unten.«

Macht Sinn.

Sina setzte sich auf den Rand der Couch und schlug den Inhalt des Ordners so um, dass sie direkt zur letzten Seite kam. Die Geburtsurkunde steckte in einer Plastikhülle.

Sinas Augen flitzten über das Formular.

Vater unbekannt.

Am liebsten hätte sie laut aufgestöhnt.

Naja, wäre wohl zu einfach gewesen.

***

Wie Cornelia befürchtet hatte, war das Stelldichein tatsächlich äußerst unbefriedigend verlaufen.

Keine Blumen, kein Geschenk und er hatte kaum Zeit für sie gehabt, hatte wie so oft seine Arbeit vorgeschoben. Er müsse dringend zurück ins Büro, ohne ihn würde der ganze Laden ja zusammenbrechen.

Markige Sprüche der Sorte *Wenn man will, dass etwas richtig erledigt wird, muss man es schon selbst machen*, hatte er ja schon immer draufgehabt.

Zu der Aussprache, die sie sich so sehr wünschte, die sie so dringend brauchte, war es natürlich nicht gekommen. Erst ein Mittagessen in einem kleinen, aber ganz und gar nicht romantischen Restaurant mitten in Westerland, dann zurück in ihr Hotel für einen alles andere als erfüllenden Quickie. Als er sich schon wieder angezogen hatte, vertröstete er sie mit einem flüchtigen Kuss auf den nächsten Abend.

Morgen werde ich mehr Zeit für dich haben, mein Goldstück, hatte er gesagt, dann hatte er sich sein Anzugjackett geschnappt und war verschwunden.

Lange, nachdem das Klappen der Tür verstummt war, lag Cornelia noch auf dem Bett und starrte an die Decke.

So hatte ich mir mein Leben nicht vorgestellt, ganz und gar nicht. Ich muss etwas ändern, so kann das nicht weitergehen.

Sie rollte sich auf die Seite.

Doch was sollte sie tun? Ihm ein Ultimatum stellen?

Wie er reagieren würde, wenn sie ihm die sprichwörtliche Pistole auf die Brust setzte, konnte sie sich nur zu gut vorstellen.

Abservieren würde er mich. Sofort und gnadenlos, ohne mit der Wimper zu zucken.

Sie schüttelte den Kopf.

Das will ich auf gar keinen Fall. Wenn jemand diese Geschichte zwischen uns beendet, dann werde ich das sein. Das bin ich mir und meiner Selbstachtung schuldig.

Cornelia seufzte. Genau da hakte es nämlich. Sie wollte eigentlich nicht wirklich Schluss machen.

Er ist immer noch besser als gar nichts.

Heftig schüttelte sie den Kopf.

So darfst du nicht denken, schalt sie sich selbst.

Sie schwang die Beine aus dem Bett und ging, nackt wie sie war, ins Bad. Dort ließ sie das kalte Wasser laufen, ließ es sich über Handgelenke und Unterarme fließen.

Ich bin zu gut für diese billige Affäre. Ich habe etwas Besseres verdient.

Entschlossen drehte sie den Wasserhahn wieder zu und griff nach einem Handtuch.

Aber ich werde die Sache beenden. Zu meinen Bedingungen. Und dazu gehört eine Aussprache. Alles muss auf den Tisch kommen. Auch, was er vorgestern Abend mit dieser anderen Frau am Strand wollte.

Sie biss sich auf die Unterlippe.

Was, wenn diese andere Frau wirklich die Tote war, die sie gestern früh gefunden hatte? Wie würde er dann reagieren, wenn sie ihm erzählte, dass sie ihn gesehen hatte? Wenn sie erwähnte, dass sie glaubte, das Kleid wiedererkannt zu haben?

Sie zuckte die Schultern. Die Aussprache würde in einem Restaurant stattfinden. In der Öffentlichkeit, umgeben von vielen Menschen. Nicht irgendwo an einem einsamen Strandabschnitt. Sie würde sich nicht in Gefahr bringen.

Aber jetzt erst einmal Schluss mit diesen trüben Gedanken. Ich habe Urlaub, und den werde ich genießen. Mit ihm oder ohne ihn.

Sie drehte die Dusche auf und überlegte, was sie mit dem angebrochenen Nachmittag noch anfangen könnte.

***

Sina scrollte durch die Fotos, die sie in Lisa Riels Wohnung aufgenommen hatte. Da sie nicht darauf warten wollte, dass die Flensburger Kollegen Scans anfertigten und ihr diese per E-Mail sandten, hatte sie sämtliche Unterlagen, die sie interessant fand, einfach abfotografiert.

Neben der Geburtsurkunde waren dies Lisa Riels aktueller Arbeitsvertrag, ihr Mietvertrag und sämtliche Seiten aus dem schmalen Adressbuch, das Kollegin Sommer gefunden hatte und das nicht gerade viele Einträge bot.

Diese Einträge sah Sina sich jetzt, während sie im Auto auf dem Autozug zurück nach Sylt saß, genauer an.

Die meisten Telefonnummern hatten die Flensburger Vorwahl, einige waren aus Hamburg, keine einzige aus Sylt.

Enttäuscht schob Sina das Handy zurück in ihre Handtasche.

Hat Riel wirklich nur per Brief mit ihrem Vater kommuniziert oder hat sie sich die Nummer woanders aufgeschrieben? Oder sind die Briefe doch uralte Relikte, der Vater mittlerweile gestorben und es gibt gar keine Telefonnummer mehr, unter der man ihn erreichen könnte?

Kurz starrte Sina aus dem Seitenfenster in die Abenddämmerung.

Ich muss mich davon lösen, dass ich alles an Riels Vater festmache. Morgen im Büro teile ich mit Sven die Aufgaben auf. Er soll sich um die Hotelmitarbeiter und anderen Gäste kümmern, ich telefoniere das Adressbuch durch und mache Termine mit Riels Freunden und Kollegen aus. Und mit Verwandten, falls irgendjemand aus dem Adressbuch zu ihrer Familie gehörte.

Es hatte einige Einträge gegeben, bei denen nur ein Vorname stand. Sina ging davon aus, dass einige dieser Leute mit Lisa Riel verwandt waren.

Sie seufzte.

Da werde ich wohl morgen am Telefon auch einigen Personen die traurige Nachricht überbringen müssen.

Eine Aufgabe, die Sina alles andere als gern übernahm. Doch in diesem Fall blieb ihr natürlich kaum etwas anderes übrig.

Kapitel vier

»Gut, dann mach ich mich gleich auf den Weg ins Hotel«, sagte Sven. Er machte einen gut gelaunten Eindruck, was Sina darauf zurückführte, dass er wohl am Vortag in ihrer Abwesenheit früh Feierabend gemacht und den späten Nachmittag am Strand beim Kitesurfen verbracht hatte. Viel konnte er nicht gearbeitet haben, denn er hatte ihr eigentlich nur berichtet, dass seine Befragung von Elenore Riel zu nichts geführt hatte. Die Frau hatte noch nie von Lisa Riel gehört und war definitiv nicht mit ihr verwandt.

»Bevor du abdampfst, könntest du dich bitte noch darum kümmern, dass wir Verbindungsnachweise für Riels Handy erhalten? Ich habe ein Foto vom Vertrag mit ihrem Mobilfunkanbieter gemacht, das maile ich dir.«

»Ich kontaktier die sofort. Aber dann dauert das doch wieder ewig.« Sven verzog das Gesicht. »Naja, bis dahin sind wir durch mit den Befragungen. Vielleicht finden wir da ja schon den entscheidenden Hinweis und brauchen die Verbindungsnachweise gar nicht mehr.«

»Das wäre natürlich ideal«, meinte Sina und griff zum Telefon. Auf dem Bildschirm ihres PCs befand sich das Foto der ersten Seite von Lisa Riels Adressbuch.

Gehe ich alphabetisch vor oder sehe ich mir die ganzen Namen genau an und schaue, ob irgendjemand besonders heraussticht?

Kurz überlegte Sina. Doch bei der ersten Durchsicht auf dem Autozug am Vorabend war ihr nichts Besonderes aufgefallen. Einfach nur Namen und Telefonnummern, keinerlei nähere Beschreibungen zu den einzelnen Personen. Die alphabetischen Einträge waren nach den Anfangsbuchstaben der Vornamen sortiert, das war ihr gleich aufgefallen.

Da bleibt mir nur eine Möglichkeit, um herauszufinden, ob Anna Walters eine Freundin oder ihre Frauenärztin ist.

Sina wählte die Telefonnummer.

Anna Walters stellte sich als Arbeitskollegin Lisa Riels heraus. Auch wenn die Frau ehrlich betroffen klang, als Sina ihr die traurige Nachricht überbrachte, so konnte sie der Kommissarin doch nicht weiterhelfen. Außerhalb der gemeinsamen Arbeitsstelle hätte sie mit Lisa nicht viel zu tun gehabt. Sie wusste natürlich, dass Lisa im Urlaub war, hatte jedoch keine Ahnung, wohin sie gefahren war und warum.

»Tut mir wirklich schrecklich leid, dass ich Ihnen so gar nicht weiterhelfen kann.«

»Gibt es vielleicht andere Kollegen, die Lisa Riel näher kannten?«, fragte Sina.

»Lassen Sie mich überlegen. Beim letzten Betriebsausflug hat sie die meiste Zeit mit Sabrina Gercke aus der Buchhaltung verbracht. Und mit Michael Kroos, das ist einer unserer Außendienstmitarbeiter. Soll ich Ihnen die Telefonnummern geben?«

»Ja, bitte«, sagte Sina, obwohl sie nach einigen Klicks durch ihre Fotogalerie bereits gesehen hatte, dass es einen Eintrag für eine Sabrina in Riels Adressbuch gab.

Die Ziffernfolge, die Anna Walters ihr durchgab, entsprach der Telefonnummer auf dem Adressbuchfoto. Die Nummer von Michael Kroos hingegen notierte Sina sich sorgfältig auf einem Post-it. Auch den Nachnamen ließ sie sich zur Sicherheit buchstabieren.

Sie bedankte sich und beendete das Gespräch. In einem neuen Textdokument auf ihrem PC legte sie eine zusammenfassende Tabelle an. Sie trug ein, dass Anna Walters eine Arbeitskollegin war und sie an Gercke und Kroos verwiesen hatte.

Kurz spielte Sina mit dem Gedanken, Gercke und Kroos als nächste anzurufen, doch dann beschloss sie, bei ihrer alphabetischen Vorgehensweise zu bleiben.

Nicht dass ich sonst noch aus Versehen einen Namen auslasse.

Die Kollegin war der einzige Eintrag unter *A* gewesen. Unter *B* gab es niemanden, unter *C* eine Christiane und einen Christian.

Wie überaus unoriginell, dachte Sina und wählte die erste Nummer.

Weder Christiane noch Christian gingen ans Telefon.

Das kann ein langer Tag werden, dachte Sina und seufzte.

***

Zwei Stunden hatte Sina am Telefon verbracht. Die Ausbeute war erschreckend mager.

Sie hatte sich nur mit wenigen der Personen aus Lisa Riels Adressbuch ausführlicher unterhalten. Darunter waren eine gewisse Marlies Wagner, die sich als beste Freundin der Toten bezeichnet hatte, sowie Martina Riel, eine Tante und angeblich die einzige Angehörige.

Der hat Lisa Riel wohl nichts von den Briefen erzählt.

Diesen Gedanken hatte Sina am Telefon noch für sich behalten. Doch für den nächsten Tag hatte sie Gesprächstermine mit den beiden Frauen ausgemacht, da würden natürlich auch die Briefe von Riels Vater zur Sprache kommen.

Zusätzlich zu den Treffen mit der Freundin und der Tante hatte Sina auch einen Termin mit Riels Chef, Kaspar Waldschmidt, ausgemacht. Diesen würde sie im Büro aufsuchen, denn sie wollte sich ein möglichst genaues Bild über das Umfeld der Toten machen. Dazu gehörte natürlich auch deren Arbeitsplatz bei der Fortonia Versicherung.

Noch einmal sah Sina die Tabelle durch, die sie angelegt hatte. Die meisten Telefonnummern gehörten flüchtigen Bekannten oder Kollegen. Auch einige Handwerker und Riels Hausarzt waren dabei gewesen.

Wohnung wie aus dem Möbelhauskatalog, kaum Freunde. Was war das nur für ein Leben?

»Ich bin wieder da«, ertönte Svens Stimme.

Sinas Kollege stand im Türrahmen und wirkte ein wenig erhitzt, so als sei er vom Hotel zurück zum Polizeirevier gelaufen.

»Wie sieht's aus?«, fragte Sina.

Sven blies die Backen auf. »Keiner der Gäste konnte sich an Lisa Riel erinnern, alle waren entsetzt und machten einen harmlosen Eindruck. Insgesamt drei sind kurz nach dem Mord abgereist, ein Ehepaar und ein männlicher Alleinreisender. Die Namen und Anschriften hab ich, um die kümmere ich mich gleich noch.«

»Was ist mit den Hotelangestellten?«, fragte Sina.

»Da muss ich morgen noch einmal hin, ein paar hatten heute keinen Dienst. Alle, mit denen ich heute gesprochen habe, hatten nichts zu sagen, was uns irgendwelche Erkenntnisse bringen könnte.«

»Schade«, murmelte Sina. Sie hatte sich mehr erhofft. Doch dass eine Frau, die in einer Wohnung ohne jeglichen Charakter lebte und kaum Einträge in ihrem Adressbuch hatte, im Urlaub auf Sylt rasch Bekanntschaften schloss, war wohl von vornherein eher unwahrscheinlich gewesen.

»Ich lasse die drei Namen mal durch den Computer laufen. Liegt sonst noch was an heute?«

Sina sah aus dem Fenster. »Steht der Wind mal wieder günstig?«

Sven lachte. »Hier auf Sylt doch so gut wie immer.«

»Gut, dann überprüf noch die drei Namen, sag mir kurz Bescheid, was du rausfindest, und dann kannst du von mir aus Feierabend machen.«

»Danke, Chefin.«

Kopfschüttelnd wandte Sina sich wieder ihren Aufzeichnungen zu.

Ich kann für heute auch bald Schluss machen. Morgen die ganzen Termine in Flensburg, dazu die Fahrerei. Außerdem hat Sven recht: Es liegt sonst nichts mehr an für heute.

Sina unterdrückte ein Gähnen und schloss die Tabelle. Dann druckte sie eine Übersicht über ihre Termine für den nächsten Tag aus, samt Telefonnummern und Adressen.

Als sie gerade ihren PC herunterfahren wollte, kam Sven in ihr Büro gestürmt.

»Sina, das wirst du nicht glauben.«

***

Cornelia Lemke lächelte. Am Telefon hatte es so geklungen, als sei er ganz heiß darauf, sie zu sehen.

Das wird mein Abend.

Dieses Mal war sie sich ganz sicher, dass er weder seine Arbeit noch seine familiären Verpflichtungen vorschieben würde. Er hatte ihr sogar schon gesagt, sie hätten alle Zeit der Welt, da seine Ehefrau eine Nacht in Kiel bei Verwandten sei.

Perfekt.

Bis zu ihrer Verabredung hatte sie zwar noch einige Stunden Zeit, doch Cornelia wollte bestens vorbereitet sein. Also hatte sie nach einem ausgiebigen Spaziergang das Partnerhotel aufgesucht, wo sie jetzt im Wellnessbereich auf einer Liege lag.

In einer halben Stunde hatte sie eine Massage gebucht, anschließend eine Kosmetikbehandlung samt Abend-Make-up.

Ich will einfach umwerfend aussehen heute Abend. Er soll sich nach mir verzehren, soll den Boden anbeten, auf dem ich gehe.

Beim Gedanken an die High Heels, die sie zu ihrem kurzen Cocktailkleid tragen wollte, wurde Cornelias Lächeln noch breiter.

Aber dann verlange ich erst einmal ein paar Antworten von ihm.

Genüsslich malte Cornelia sich seine möglichen Reaktionen aus. Ungläubigkeit? Auf jeden Fall. Was dann? Würde er versuchen, alles abzustreiten und sie einzulullen? Oder würde er wütend werden?

Fast wünschte Cornelia sich, dass er wütend würde. Das würde die Dramatik des Moments erhöhen.

Mit seinem Zorn werde ich fertig. Den wickle ich doch um den Finger wie nichts. Ich verklickere ihm, dass er mir nicht an die Wäsche gehen darf, solange er mir nicht erzählt hat, was ich wissen will. Das sollte doch reichen.

Zufrieden strich sie sich über die schmalen Oberschenkel. Sex war schon immer ihre stärkste Waffe gewesen. Diese Waffe würde auch dieses Mal wieder perfekt funktionieren.

Sie räkelte sich auf ihrer Sonnenliege.

Wenn er dann ausgepackt hat, serviere ich ihn ab. Eiskalt. Dann noch ein paar entspannte Urlaubstage, dann fahre ich nach Hause und da suche ich mir dann einen anständigen Kerl. So schwer kann das ja nicht sein.

Cornelia hatte nicht die leiseste Ahnung, dass ihr wohlüberlegter Plan komplett nach hinten losgehen würde.

***

»Vorbestraft?«

»Wegen schwerer Körperverletzung. Das ist doch kein Zufall.«

Sina nahm den Ausdruck entgegen, den Sven ihr reichte.

Thomas Brand, zweiunddreißig Jahre alt, wohnhaft in Kiel, vor knapp drei Jahren zu zwei Jahren auf Bewährung verurteilt.

»Er hat seine Freundin verprügelt?«

»Einzelheiten habe ich noch keine, ich habe die Akten aus Kiel angefordert.«

Sina lehnte sich zurück. »Du hast recht, das kann wirklich kein Zufall sein.«

»Allerdings. Ein Vorbestrafter allein auf Sylt, im gleichen Hotel wie eine alleinreisende Frau, die kurz vor seiner Abreise tot aufgefunden wird. Das stinkt doch zum Himmel.«

»Ist Brand vorzeitig abgereist?«, fragte Sina.

Sven schüttelte den Kopf. »Das nicht. Er hatte zwei Übernachtungen gebucht.«

Sina reichte Sven den Ausdruck zurück. »Kontaktiere bitte die Kollegen in Kiel, die sollen ihn verhören. Ich will wissen, was er auf Sylt wollte und natürlich, ob er Riel kannte beziehungsweise hier auf der Insel kennengelernt hat.«

Sven hüstelte. »Das hat aber doch Zeit bis morgen, oder?«

Sina kniff die Augen zusammen. »Nein, hat es nicht. Diesen Anruf erledigst du noch, damit die Sache ins Rollen kommt. Ich will, dass er gleich morgen verhört wird. Nachdem du in Kiel angerufen hast, kannst du von mir aus ab durch die Mitte, aber nicht vorher.«

Ohne ein weiteres Wort verschwand Sven aus ihrem Büro.

Sina konnte sich ein Grinsen kaum verkneifen, als sie sich vorstellte, wie ihr Kollege seine Aufgabe so schnell wie möglich erledigte, um sich anschließend in den Feierabend und in die Wellen zu stürzen.

Er hat mir ja erklärt, dass er deswegen so eifrig trainiert, weil er in einigen Tagen an einem Wettkampf teilnimmt. Da muss ich eigentlich hin und mir das ansehen. Bei dem ganzen Training müsste er ja schließlich richtig gut sein.

In ihrer noch recht kurzen Zeit auf Sylt waren sogar Sina bereits die farbenfrohen Drachen der Kitesurfer aufgefallen. Ein Sport, von dem sie immer noch kaum etwas wusste, da sie noch nicht die Gelegenheit gefunden hatte, einmal ausführlich zuzusehen.

Dass mein Privatleben nur daraus besteht, dass ich im Teil rumsitze und fernsehe, muss ein Ende haben, und zwar möglichst bald. Ich muss mehr unter die Leute. Da wäre doch ein Sportwettbewerb genau das Richtige.

Sie wandte ihre Aufmerksamkeit wieder dem Computer zu. Eine Sache wollte sie noch erledigen, bevor auch sie sich in den Feierabend aufmachte.

***

Die Datenbankabfrage war erfolglos geblieben. Sina hatte keinen einzigen Fall gefunden, der dem Mord an Lisa Riel ähnelte. Ersticken war zwar als Mordmethode relativ beliebt, doch dass das Opfer mit dem Gesicht in den Sand gedrückt worden war, schien bisher einzigartig zu sein. Die meisten Täter in den Fällen, die sie in den Datenbanken gefunden hatte, hatten sich als Mordwerkzeug eines Kissens bedient.

Außerdem waren die Opfer in der Regel ältliche Verwandte, deren Erben die Täter waren. Oder eher die Personen, die geerbt hätten, wenn der Mord denn unerkannt geblieben wäre.

Sina schob die Tiefkühllasagne in die Mikrowelle und sah auf der Verpackung nach, welche Einstellungen sie wählen müsste.

Während sich ihr Abendessen hinter der Glasscheibe drehte, deckte sie den Tisch und verfluchte sich, dass sie nicht auch noch eine Flasche Rotwein eingekauft hatte. Jetzt ein Glas zum Entspannen wäre genau das Richtige gewesen. Stattdessen musste sie sich mit langweiligem Wasser zum Essen begnügen.

Obwohl sie sich fest vorgenommen hatte, beim Essen nicht über den aktuellen Fall nachzudenken, sondern die Arbeit Arbeit sein zu lassen und ihren Feierabend zu genießen, wanderten ihre Gedanken zu Thomas Brand zurück.

Das klingt eigentlich nach einer guten Spur. Brand und Riel treffen sich im Hotel, egal, ob sie sich dort erst kennenlernten oder ob sie sich schon von früher kannten, es kommt zum Streit und Brand tötet Riel.

Was Sina bei dieser Theorie nicht gefiel, war, dass sie sich kaum vorstellen konnte, dass Riel abends oder sogar nachts allein mit einem Mann, den sie gerade erst kennengelernt hatte, an einem einsamen Strandabschnitt spazieren gehen würde.

So naiv kann sie doch nicht gewesen sein, oder?

Gegen die Annahme, dass die beiden sich kannten und vielleicht sogar auf Sylt verabredet waren, sprach die Tatsache, dass sie getrennte Zimmer bewohnt hatten und dass Brand vor Riel eingetroffen war.

Außer das war eine Online-Bekanntschaft. Sie kannten sich nur aus Chats und wollten sich jetzt erstmals treffen. Dann teilt man sich natürlich noch kein Zimmer.

Die Mikrowelle verkündete, dass die Lasagne fertig war.

Aber wenn die beiden sich aus dem Internet kannten, warum sollte dann ihr erstes Treffen ausgerechnet hier auf Sylt stattfinden? Warum nicht bei Riel in Flensburg oder bei Brand in Kiel? Wollten sie sich an einem neutralen Ort treffen?

Sina zuckte die Schultern, schob entschlossen alle Gedanken an die Arbeit beiseite und machte sich über die köstlich duftende Lasagne her.

Kapitel fünf

Die wunderschöne Wattlandschaft zog draußen vorbei, doch Sina hatte keinen Blick dafür. Sie nutzte die Fahrtzeit im Autozug dafür, noch einmal die Fragen durchzugehen, die sie den drei Personen, die sie im Laufe des heutigen Tages befragen würde, stellen wollte: Lisa Riels Tante Martina, ihrer Freundin Marlies Wagner und ihrem Chef Kaspar Waldschmidt.

Das erste Treffen hatte sie mit der Tante ausgemacht, da diese einen flexibleren Tagesablauf hatte als die fest angestellte Marlies Wagner, die nur in ihrer Mittagspause Zeit für Sina hatte. Den Chef würde sie sich dann als Letzten vornehmen.

Als sie sich vergewissert hatte, dass sie nichts Wichtiges vergessen hatte, packte Sina ihren Notizblock weg und nahm noch einen Schluck Kaffee aus der mitgebrachten Thermoskanne. Dann kam der Zug auch schon in Niebüll an.

So, genug entspannt, jetzt ist wieder selbst fahren angesagt.

Martina Riel wohnte am Stadtrand von Flensburg in einem adretten, aber auf Sina leicht spießig wirkenden Reihenhaus. Der kleine Vorgarten machte den Eindruck, als ob die Bewohnerin viel Zeit damit verbrachte, ihn zu hegen und zu pflegen.

So etwas könnte ich nie, dafür habe ich einfach nicht die Geduld. Außerdem habe ich keinen grünen Daumen, sondern zwei linke. Bei mir würde sogar ein Kaktus vertrocknen, dachte Sina und drückte auf die Türklingel.

Die Frau, die ihr wenig später öffnete, war um die sechzig, trug ihr dunkles Haar mit den silbergrauen

Strähnen auf Kinnlänge gestutzt und war in ein lässig geschnittenes Kleid mit Blümchenmuster gekleidet.

Martina Riel war Sina auf Anhieb sympathisch. Als sie ihr wenig später im Wohnzimmer einen köstlich duftenden Kaffee mit Haselnusskeksen servierte, verstärkte sich dieser positive Eindruck noch.

Was Sina allerdings ein wenig verwunderte, war, dass Martina Riel einen sehr gefassten Eindruck machte. Keine rotgeränderten Augen, kein halbfeuchtes Taschentuch, das sie in der zur Faust geballten Hand hielt, während sie die Ungerechtigkeit der Welt anprangerte.

Sie war gestern am Telefon schon so abgeklärt. Wahrscheinlich standen sie und ihre Nichte sich nicht sehr nahe.

Sina balancierte die Tasse auf den Knien. Sie saß in einem von zwei zueinander passenden Sesseln, Martina Riel hatte im anderen Platz genommen. Die zur Garnitur gehörende Couch war mit einigen Bücherstapeln belegt. Dafür hatte Riel sich entschuldigt und gesagt, sie sei gerade dabei, ihre Bücherregale ein wenig umzusortieren.

»Frau Riel, zunächst möchte ich Ihnen nochmals mein aufrichtiges Beileid aussprechen«, begann Sina. »Und dann würde ich Sie bitten, mir ein wenig über Lisa zu erzählen.«

Aufmerksam sah die ältere Frau Sina an. »Wo soll ich da denn anfangen?« Sie strich sich mit einer Hand über die Haare. »Wir standen uns nicht allzu nahe, müssen Sie wissen. Lisa war zwar die einzige Tochter meiner Schwester, aber wir hatten kein sehr enges Verhältnis zueinander.« Sie senkte den Blick. »Seit Nicole gestorben ist, haben wir uns kaum noch gesehen.«

»Nicole war Ihre Schwester, Lisas Mutter?« Dies war eine rhetorische Frage, da Sina sich natürlich an den Namen auf dem Totenschein erinnern konnte. Sie wollte durch diesen Einwurf Martina Riel zum Reden ermuntern, es ihr leichter machen.

»Ja. Sie hatte Krebs. Tragisch. Sie war erst 62.« Martina Riel seufzte, schien in Gedanken einige Jahre zurückzuschweifen. »Ganz ehrlich, ich kann mich nicht erinnern, seit der Beerdigung noch besonders viel mit Lisa gesprochen zu haben.« Sie hob beide Hände. »Ich habe ihr noch dabei geholfen, einige Angelegenheiten zu regeln. Nicoles Wohnungsauflösung, Erbschaftssachen, solche Dinge. Aber seitdem ...« Sie brach ab und sah Sina entschuldigend an. »Ich glaube, ich kann Ihnen keine große Hilfe sein. Leider.«

»Sie wissen also nicht, warum Lisa nach Sylt gefahren ist?«

»Ich wusste nicht einmal, dass sie überhaupt dorthin gefahren ist. Ich kann Ihnen auch nicht sagen, ob sie das erste Mal dort war oder ob sie sich vielleicht regelmäßig auf der Insel aufgehalten hat.« Martina Riel rührte in ihrer Kaffeetasse, abwesend, so als sei dies eine Übersprunghandlung, etwas, um ihre Hände beschäftigt zu halten.

Sie fühlt sich wahrscheinlich nicht wohl dabei, zuzugeben, dass sie so gut wie keinen Kontakt zu ihrer Nichte hatte.

»Waren Sie Lisa Riels einzige Verwandte oder gibt es noch jemanden, mit dem ich mich unterhalten könnte?«

Ein tiefer Seufzer, der Kaffeelöffel klapperte auf die Untertasse. »Nein, ich fürchte, da gibt es sonst niemanden mehr. Nicole war nicht nur nicht verheiratet, als Lisa geboren wurde, sie hat auch nie über den Vater gesprochen.«

Sina merkte auf. War ihre Vermutung, dass es sich um eine längere Beziehung gehandelt hatte, falsch gewesen? War Lisa das Ergebnis einer kurzzeitigen Affäre gewesen?

Komisch, das hätte ich nach den Briefen und dem Foto nicht gedacht. Allein die Körpersprache zwischen den beiden auf dem Foto deutet doch auf eine etwas innigere Beziehung hin.

Sie stellte ihre Kaffeetasse vorsichtig auf dem Boden ab und zog das Foto aus der Tasche. Sie reichte es der Tante des Mordopfers, die es mit der Linken entgegennahm, während ihre Rechte die Tasse festhielt.

»Kennen Sie den Mann auf dem Foto?«

Martina Riel schüttelte heftig den Kopf. »Nein. Aber Nicole ...« Sie schluckte heftig und zwinkerte. »Sie sieht sehr glücklich aus auf dem Bild«, sagte sie schließlich leise.

»Wir vermuten, dass dieser Mann Lisas Vater ist.«

Erneut seufzte Martina Riel tief auf. »Ich wünschte wirklich, ich könnte Ihnen mehr helfen. Aber ich habe dieses Gesicht garantiert noch nie gesehen.« Einen Moment sah sie an Sina vorbei ins Leere, dann sprach sie mit leiser Stimme weiter. »Ich weiß, dass sie im Jahr vor Lisas Geburt eine Affäre mit einem verheirateten Mann hatte.« Sie hielt das Foto hoch. »Ich nehme mal an, das ist er. Die Frisur und das Kleid würden zeitlich passen.«

»Was hat Nicole Ihnen genau über diesen Mann erzählt? Jede Einzelheit könnte wichtig sein.«

Martina Riel wirkte ein wenig hilflos als sie die Schultern hob. »Sie hat so gut wie nichts erzählt.

Nicht einmal seinen Namen hat sie genannt. Sie hat ihn nur einige wenige Male erwähnt, da nannte sie ihn Nisse.«

Nisse. Ist das der Spitzname von Lisa Riels Vater?

»Was hat sie sonst noch über diesen Nisse erzählt? Hat er hier in Flensburg gewohnt oder in einer anderen Stadt?«

»Nicole hat damals in Hamburg gelebt. Daher gehe ich davon aus, dass sie diesen Nisse dort getroffen hat.« Sie beugte sich vor und reichte Sina das Foto zurück. »Darum haben wir uns in diesen Jahren selten gesehen und darum weiß ich auch kaum etwas über diese Beziehung.« Sie blinzelte. »Als Lisa dann schwanger war, kam sie nach Flensburg zurück. Ich habe sie sogar konkret gefragt, ob Nisse denn der Vater sei, aber da hat sie abgeblockt. Sie hat ihn nie wieder mit auch nur einem Wort erwähnt.«

Sina nickte. Dieses Verhalten bestärkte sie nur in ihrer Vermutung, dass der mysteriöse Nisse der Vater ihres Mordopfers war. Sie schob das Foto zurück in ihre Tasche, holte stattdessen die Fotokopie des ersten Briefes von Lisas unbekanntem Vater hervor und reichte sie der Tante.

»Diesen Brief haben wir bei Lisas Sachen gefunden.«

»Was für eine furchtbar unleserliche Schrift«, rief Martina Riel aus, nachdem sie einen Blick auf die Fotokopie geworfen hatte.

»Ich nehme an, Lisa hat diesen Brief Ihnen gegenüber nicht erwähnt?«

Martina Riel schüttelte den Kopf. »Soll der von diesem Nisse sein?« Sie tippte auf die Unterschriftenzeile, dorthin, wo halbwegs leserlich das Wort *Vater* stand.

»Genau das ist die Frage, die ich mir auch stelle.«

»Es tut mir wirklich schrecklich leid, dass ich Ihnen nicht mehr sagen kann.« Martina Riel klang ehrlich betrübt. »Ich wünschte auch, ich könnte Ihnen Namen von Personen nennen, die Lisa nahestanden, doch auch da bin ich überfragt.«

»Sie waren die einzige Verwandte?«

Ein betrübtes Nicken. »Ja. Nicole war meine einzige Schwester. Unsere Eltern sind schon lange verstorben und waren beide Einzelkinder, sodass es auch keinerlei entferntere Verwandte mehr gibt.« Sie sah Sina aufmerksam an. »Haben Sie es schon bei ihrer Arbeitsstelle versucht? Sie hat bei der Fortonia Versicherung gearbeitet, als Sachbearbeiterin.«

Sina bemühte sich um ein Lächeln. »Ich habe einen Termin mit ihrem Chef.« Sie warf einen Blick auf ihre Armbanduhr. »In etwas über zwei Stunden.«

***

Doch vor dem Gespräch mit Lisa Riels Boss hatte Sina noch das Treffen mit der besten Freundin des Mordopfers vereinbart.

Die Autofahrt von Martina Riel zur Arbeitsstelle von Marlies Wagner dauerte zum Glück nicht allzu lange. Jetzt um die Mittagszeit herrschte in der Flensburger Innenstadt nicht allzu viel Verkehr, sodass Sina gut durchkam. Parken konnte sie auf dem firmeneigenen Parkplatz, das sparte ihr auch Zeit, sodass sie sich pünktlich um kurz vor 12 Uhr mittags am Empfang der Spedition meldete, für die Wagner als Disponentin tätig war.

Die Empfangsdame telefonierte kurz und teilte Sina mit, dass Marlies Wagner auf dem Weg sei.

»Bei dem schönen Wetter habe ich keine Lust, meine Pause am Schreibtisch zu verbringen«, erklärte die hübsche junge Frau nach einer kurzen Begrüßung. »Zwei Minuten entfernt ist eine kleine Parkanlage, lassen Sie uns dahin gehen.«

Sina musterte die dynamisch wirkende Marlies Wagner, als diese ihr voraus durch die Eingangstür ging. Leger gekleidet in Jeans und ein kurzärmeliges T-Shirt, die etwas über schulterlangen dunkelbraunen Haare zu einem praktischen Pferdeschwanz gebunden.

Wenig später saßen sie gemeinsam auf einer Parkbank und Marlies Wagner bestürmte Sina mit Fragen. »Ich kann es immer noch nicht glauben. Wie konnte das nur passieren? Ausgerechnet Lisa, sie war immer so ruhig und zurückhaltend.«

»Wie lange kannten Sie sich bereits?«

»Drei Jahre. Ich weiß, das ist keine allzu lange Zeit, aber wir haben uns auf Anhieb gut verstanden. Was für Lisa ziemlich ungewöhnlich war.« Zwischen ihren Augen erschien eine steile Falte. »Ihr fiel es ziemlich schwer, Freundschaften zu schließen.«

»Wie hat sich das geäußert?«

»Sie war immer eher verschlossen. Hatte Probleme, sich anderen zu öffnen und anderen zu vertrauen. Sie hat sich immer am liebsten auf sich selbst verlassen.« Wagner hob die Schultern. »Ich will jetzt hier keine Küchenpsychologie betreiben, aber ich habe mich immer gefragt, ob es daran lag, dass sie ihren Vater nie gekannt hat. Sie hatte nie eine intakte Familie, kannte das Gefühl der Geborgenheit wohl nicht, dass man als Kind empfindet, wenn man in stabilen Verhältnissen aufwächst.« Sie wedelte mit einer Hand. »Aber wie gesagt, das sind nur meine

Gedanken. Wir haben nie über dieses Thema gesprochen.«

»Aber darüber, dass sie nicht wusste, wer ihr Vater war, darüber haben Sie gesprochen?«

»Ja. Das schien Lisa sehr zu belasten. Sie sagte mir einmal, dass sie gerne wüsste, wo sie herkommt, wo ihre Wurzeln liegen. Sie erwähnte, dass ihre Mutter etliche Jahre in Hamburg lebte und erst kurz vor Lisas Geburt wieder hierher nach Flensburg, in ihre Heimatstadt, zurückkehrte. Da vermutete Lisa natürlich, dass ihr Vater Hamburger sei. Sie spielte wohl eine Zeitlang sogar mit dem Gedanken nach Hamburg zu ziehen und zu versuchen, ihn zu finden. Das war allerdings, bevor wir uns kennenlernten, allzu viel weiß ich darüber also nicht.«

Sina nickte nachdenklich. *Seltsam, Lisa scheint ihr nichts von den Briefen erzählt zu haben. War die Freundschaft wohl doch nicht so eng, wie Wagner dies glaubt? Oder wollte Lisa Riel erst ganz sicher gehen, bevor sie mit ihrer Freundin über ihren so lange verlorenen Vater sprach?*

»Kannten Sie Lisas Mutter?«

»Nein, leider nicht. Sie lebte zwar noch, als Lisa und ich uns anfreundeten, aber zu einem Treffen kam es nie.« Wagners Miene umwölkte sich. »Es war absolut furchtbar für Lisa, als ihre Mutter starb. Das hat sie ziemlich aus der Bahn geworfen. Eine Zeitlang hat sie sogar eine Therapie zur Trauerbewältigung gemacht. Das schien zu helfen. Einmal sagte sie zu mir, dass sie jetzt ganz allein auf der Welt sei.« Ein trauriges Lächeln. »Dann ging auch noch die Beziehung zu Simon in die Brüche.«

Sina horchte auf. Simon? Dieser Name hatte nicht in Lisa Riels Adressbuch gestanden.

Marlies Wagner schien Sinas Reaktion bemerkt zu haben. »Simon ist Lisas Ex. Die beiden waren ungefähr zwei Jahre zusammen.«

»In dem Adressbuch, das wir in Lisas Wohnung gefunden haben, war kein Simon verzeichnet. Wissen Sie seinen Nachnamen?«

»Eckert. Simon Eckert. Warten Sie einen Moment.« Wagner zog ihr Handy hervor. »Es könnte sein, dass ich seine Telefonnummer noch gespeichert habe.« Sie verzog den Mund. »Wobei ich natürlich nicht weiß, ob die Nummer noch gültig ist. Ah ja, hier.«

Sina zog ihr eigenes Telefon hervor und gab die Zahlenreihe ein, die Wagner herunterrasselte.

»Vielen Dank, das wird uns sehr weiterhelfen. Ich hätte noch einige sehr spezifische Fragen an Sie.«

Marlies Wagner sah Sina aufmerksam an, spielte mit dem Ende ihres Pferdeschwanzes.

»Sie wissen ja bereits aus unserem Telefonat, dass Lisa Riel auf Sylt getötet worden ist. Wissen Sie, warum sie dorthin fuhr?«

Wagner warf die Haare über die Schulter und schüttelte so heftig den Kopf, dass ihr Pferdeschwanz heftig auf und ab wippte. »Ich wusste nicht einmal, dass sie weggefahren war. Ich dachte, sie ist in Flensburg und arbeitet. Am Donnerstag wollte ich sie anrufen und fragen, ob wir am Wochenende etwas gemeinsam unternehmen wollen.« Wieder ein trauriges Lächeln. »Stattdessen riefen Sie mich an. Das war ein Schock, das kann ich Ihnen sagen.«

Sina schluckte. Es sah ganz so aus, als würde auch dieses Gespräch sie nicht weiterbringen. »Lisa hat ihre Reise mit keinem Wort erwähnt?«

Erneutes heftiges Kopfschütteln. »Nein, diese Reise nicht und Sylt ganz allgemein auch nicht.« Sie verzog das Gesicht. »Ich hätte nie gedacht, dass das ein Urlaubsziel ist, das Lisa interessiert. Sie war mehr so der bodenständige Typ. Sylt hat ja das Image einer Millionärsinsel, ich glaube nicht, dass sie dort hätte Urlaub machen wollen.«

Urlaub wollte sie dort ja auch nicht machen, dachte Sina. *Dafür wären die zwei Tage, die sie gebucht hatte, ja auch viel zu kurz gewesen.*

Marlies Wagner sah auf ihre Armbanduhr. »Haben Sie noch weitere Fragen? Ich wollte mir noch etwas zu essen besorgen, bevor meine Pause vorbei ist.«

»Ja, einen Punkt wollte ich noch mit Ihnen besprechen.« Sina kramte den fotokopierten Brief aus ihrer Handtasche. »Wann hat Lisa Ihnen gegenüber das letzte Mal ihren Vater erwähnt?«

Wieder die steile Falte zwischen den Augenbrauen. »Oh, das ist schon sehr lange her. Das ist sicher ein Jahr her.«

Sina sah ihre letzten Felle davonschwimmen. Unschlüssig sah sie auf den Brief in ihrer Hand. Wahrscheinlich machte es gar keinen Sinn, Marlies Wagner diesen Brief zu zeigen. Sie würde ihr nichts dazu sagen können.

»Gut, dann nur der Vollständigkeit halber und in aller Kürze. Haben Sie diesen Brief schon einmal gesehen?« Sie hielt Wagner das fotokopierte Blatt hin.

»Was für ein Gekrakel, das kann man ja gar nicht lesen.« Wagner kniff ein Auge zusammen. »Aber dadurch kann ich Ihnen Ihre Frage sehr schnell beantworten, auch ohne zu versuchen, das Gekrakel zu entziffern. Nein, diesen Brief habe ich noch nie gesehen, an diese Schrift könnte ich mich erinnern. Definitiv.«

Sina nickte und schob das Blatt zurück in die Tasche.

Wenigstens habe ich den Namen des Ex-Freundes. Vielleicht kann der mir mehr über Lisas Familienverhältnisse erzählen. Auch wenn der natürlich hundertprozentig nicht weiß, was sie auf Sylt wollte.

***

Lisa Riels Chef trug den eher unglücklichen Namen Kaspar Waldschmidt. Als Sina diesen Namen am Vortag auf der Website der Versicherung gelesen hatte, wäre sie fast in lautes Lachen ausgebrochen.

Muss schwer sein, mit so einem Namen ernst genommen zu werden. Ich würde mich da überall nur mit meinem Anfangsinitial vorstellen. Hoffentlich muss ich nicht lachen, wenn er gleich vor mir steht und seinen Namen nennt.

Als eine Sekretärin Sina in das Büro von Abteilungsleiter Waldschmidt führte, war jedoch an Lachen gar nicht zu denken. Das Foto auf der Website wurde Kaspar Waldschmidt nicht gerecht.

Sina zwinkerte, als sie ihm die Hand reichte. *Wie alt war das Foto bitte? War er seitdem bei Weight Watchers und einer Typberatung?*

Gut ausgeleuchtet hätte der groß gewachsene, gut aussehende Mann in dem makellosen hellgrauen Sommeranzug perfekt auf das Cover einer Hochglanzzeitschrift wie GQ gepasst.

Was macht so einer bei einer Versicherung? Der sollte eine Fernsehsendung moderieren.

»Waldschmidt, angenehm.«

»Ah, Sina Marten. Wir hatten telefoniert.«

Rasch setzte Sina sich auf den Besucherstuhl vor Waldschmidts Schreibtisch und schob jeden Gedanken an dessen seltsamen Namen und sein dazu in krassem Kontrast stehendes Aussehen beiseite.

Ich bin ja schließlich nicht zum Vergnügen hier.

Da Sina Lisa Riels ehemaligen Chef bereits am Telefon über die Geschehnisse auf Sylt informiert hatte, begann sie das Gespräch sofort mit ihrer ersten Frage.

»Sind Sie als Abteilungsleiter dafür verantwortlich, die Urlaubsanträge zu genehmigen?«

»Allerdings.« Waldschmidt warf einen Blick auf seinen Computermonitor. »Ich dachte mir schon, dass Sie danach fragen würden und habe die Daten bereits herausgesucht. Frau Riel hatte drei Urlaubstage beantragt, und zwar vor zwei Wochen.«

»Ist das nicht ein wenig knapp?«

»Üblicherweise beantragen unsere Mitarbeiter ihre Urlaubstage mehrere Monate im Voraus. Aber hier handelte es sich ja nur um einige wenige Tage und nicht um eine Abwesenheit von zwei oder gar drei Wochen. So etwas ist bei uns auch kurzfristig kein Problem.« Er hob beide Hände. »Ich ging davon aus, dass es sich vielleicht um eine familiäre Angelegenheit oder etwas in der Art handelte.«

»Sie gingen davon aus? Heißt das, Frau Riel hat etwas in der Art angedeutet oder war das eine reine Vermutung Ihrerseits?«

Waldschmidt lächelte. »Ich muss zugeben, es ist reine Spekulation. Frau Riel hatte keinen Grund angegeben, warum sie kurzfristig frei haben wollte.«

Schade, es wäre zu schön gewesen, wenn sie ihrem Chef verraten hätte, dass sie sich mit ihrem Vater treffen wollte. Dann wüsste ich wenigstens, dass wir uns nicht umsonst auf die Suche nach dem großen Unbekannten konzentrieren.

»Hat sich Frau Riel in den letzten Tagen oder sogar Wochen anders als normal benommen?«

Der Abteilungsleiter schüttelte den Kopf. »Tut mir leid. Ich hatte nicht allzu viel mit ihr zu tun. Natürlich sieht man sich täglich, aber das sind alles nur flüchtige Momente. Man grüßt, fragt wie's läuft, das war's dann auch schon. Wir haben einmal pro Woche eine große Teambesprechung, in der wir uns alle darüber unterhalten, was an besonderen Aufgaben anliegt, wo Veränderungen nötig sind, aber auch darüber sprechen, was zurzeit besonders gut läuft.«

»Bei der letzten dieser Besprechungen, hat sich Frau Riel da in irgendeiner Weise geäußert?«

Kopfschütteln. »Nein. Sie war sowieso immer eine der stilleren Mitarbeiterinnen. Lisa Riel musste man oft direkt ansprechen, von sich aus kam sie selten auf mich zu.« Er hob die Achseln. »Wir sind über zwanzig Leute in der Abteilung, da ist es schwierig, mit jedem immer auf Augenhöhe zu sein. Solange jemand seine Arbeit korrekt macht und es keine Probleme gibt, sehe ich keine Veranlassung, diesem Mitarbeiter ständig ein Gespräch aufzwingen zu wollen. Wenn Sie verstehen, was ich meine?«

Sina verstand nur zu gut. »Ihre Arbeit hat Lisa Riel also korrekt erledigt?«

Waldschmidt zog die Augenbrauen hoch. »Oh ja, sie war fachlich sehr kompetent und hat stets sehr sorgfältig gearbeitet. Kam auch immer pünktlich zur Arbeit, hatte so gut wie keine krankheitsbedingten

Fehltage. Solche Mitarbeiter wünscht man sich als Abteilungsleiter.«

Sina runzelte die Stirn. *Lebte in einer Wohnung wie aus dem Möbelhauskatalog und jetzt ist sie auch noch auf den Titel Mitarbeiterin des Monats abonniert. War Lisa Riel Miss Perfect? Was ist dann bitte schief gelaufen, dass jemand sie getötet hat?*

»Worin genau bestand denn der Aufgabenbereich von Frau Riel?«, stellte sie ihre nächste Frage.

»Schadensregulierung. Sie prüfte eingehende Versicherungsansprüche und erteilte entweder die Freigabe oder ordnete weitergehende Untersuchungen an.«

»Mir ist klar, dass Ihre Fälle vertraulich sind, aber könnte es sein, dass Riel kürzlich an einem Fall gearbeitet hat, der ein Motiv für ihre Ermordung begründen könnte?«

Kaspar Waldschmidts Augen weiteten sich, sein Gesichtsausdruck spiegelte ehrliches Entsetzen wider. »Nein, das kann ich mir allerdings überhaupt nicht vorstellen. In den Fällen, die Frau Riel bearbeitete, ging es nie um besonders große Summen. Verkehrsunfälle kommen uns selbst bei Totalschäden nicht allzu teuer. Da haben wir hier im Haus auch ganz andere Versicherungssummen, aber das sind andere Abteilungen.«

Sina biss sich nachdenklich auf die Unterlippe. *Mit ihrem Job hatte ihr Tod also wahrscheinlich nichts zu tun.*

»Gut, wir wären dann auch soweit fast fertig. Mir wurden zwei Namen von Mitarbeitern genannt, mit denen Lisa Riel wohl etwas näher bekannt war. Gercke und Kroos. Meinen Sie, es wäre möglich, mit den beiden zu sprechen?«

Wieder zog Waldschmidt die Augenbrauen hoch. »Sie meinen, jetzt gleich? Da müsste ich nachsehen. Herr Kroos ist ja im Außendienst tätig, der wird wohl nicht im Hause sein. Frau Gercke arbeitet als Buchhalterin.« Er griff zum Telefonhörer. »Ich werde meine Assistentin bitten, Sie in die Buchhaltung zu begleiten.«

***

Als Sina hinter Waldschmidts Assistentin in den Lift stieg, der sie in den vierten Stock zu der Abteilung bringen sollte, in der Sabrina Gercke arbeitete, vibrierte Sinas Handy.

Laut Display kam der Anruf von Sven. Kurz entschuldigte Sina sich bei der Assistentin, dann begrüßte sie ihren Kollegen. »Gibt es etwas Neues?«

»Ich wollte nur mal von mir hören lassen. Hier tut sich nichts und die Kollegen aus Kiel haben sich gerade gemeldet, dass sie diesen Thomas Brand noch nicht auftreiben konnten. Da wird es heute leider keine weiteren Ergebnisse geben.«

Wäre ja zu schön gewesen, wenn das reibungslos geklappt hätte.

»Wie sieht's bei dir aus?«, fragte Sven.

»Ein paar interessante Einblicke in Riels Charakter, aber leider keine konkreten Hinweise, die uns weiterbringen könnten. Ich bin gerade noch bei der Fortonia. Ein Gespräch werde ich hier noch führen, dann komme ich wohl direkt zurück nach Sylt.«

Sina verabschiedete sich, gerade als sich die Aufzugtüren im vierten Stock öffneten.

Waldschmidts Assistentin führte sie zielstrebig zu einem kleinen Büro am Ende eines langen Ganges.

Sabrina Gercke sah überrascht von einem aufgeschlagenen Aktenordner auf, in dem sie gerade einen Stapel Ausdrucke abheftete.

Kurz erklärte Sina, worum es ging und dass Gerckes Namen im Rahmen einer anderen Befragung genannt worden war. »Mir wurde gesagt, Sie hätten sich bei einem Betriebsausflug länger mit Lisa Riel unterhalten. Kannten Sie sich näher?«

Die Buchhalterin zupfte an den Manschetten ihrer makellos gebügelten hellrosa Bluse. Überhaupt war sie überaus ordentlich gekleidet und auch die mittelblonden Haare waren akkurat frisiert.

Da liegt kein Haar an der falschen Stelle und die Kleidung schlägt keine Falten. Wahrscheinlich sitzen die Zahlen in ihren Buchungen genauso perfekt.

Ein wenig befangen zupfte Sina einen Fusel von ihrer eigenen schwarzen Hose, die auch an den Knien ein wenig ausgebeult war. In Hinsicht modisches Auftreten konnte sie mit Sabrina Gercke definitiv nicht mithalten.

»Wir haben uns ganz gut verstanden. Aber außerhalb der Arbeit hatten wir nichts miteinander zu tun«, antwortete die Buchhalterin. Sie riss die Augen weit auf. »Schrecklich, was mit Lisa passiert ist. Wer tut so was?«

»Genau das würden wir gerne herausfinden«, gab Sina zurück. »Wann hatten Sie das letzte Mal Kontakt zu Lisa Riel?«

Gercke legte den Kopf ein wenig schräg. »Das muss so anderthalb Wochen her sein.«

»Hat sie da erwähnt, dass sie nach Sylt fahren möchte?«

Die Buchhalterin schüttelte den Kopf und schlug den Aktenordner zu. »Ich wusste nicht einmal, dass sie Urlaub beantragt hatte. Wir haben uns in der Kantine getroffen, zufällig, und uns dann einen Tisch geteilt. Wir haben nur über allgemeine Belanglosigkeiten gesprochen. Das Wetter, wie die Arbeit läuft. Nichts Privates.«

»Wissen Sie, ob vielleicht ein anderer Mitarbeiter privat näher mit Lisa Riel bekannt war?«

Wieder schüttelte Gercke den Kopf. »Davon weiß ich leider nichts.«

Sina reichte ihr eine Visitenkarte. »Falls Ihnen doch noch etwas einfällt, egal, wie unbedeutend es Ihnen vielleicht vorkommen mag, rufen Sie mich bitte an.«

***

Da sich Außendienstmitarbeiter Michael Kroos tatsächlich nicht in Flensburg aufhielt, sondern bei einem Kunden in Hamburg weilte, verließ Sina nach der Befragung der Buchhalterin das Gebäude der Fortonia Versicherung. Nachdenklich ging sie zu ihrem geparkten Wagen.

Viel Aufwand für wenig Ertrag, dachte sie, als sie die Fahrertür aufsperrte.

Bevor sie losfuhr, blieb sie noch eine Weile sitzen, die Hände im Schoss, und reflektierte das, was sie heute erfahren hatte.

Alle Personen, die sie bis jetzt befragt hatte, hatten Lisa Riel als ruhig, zurückhaltend und ein wenig verschlossen beschrieben.

Sie war definitiv keine Frau, die ihr Herz auf der Zunge trug. Wahrscheinlich hat sie diese ganze Sache mit ihrem Vater, die Briefe, die Reise nach Sylt, mit niemandem geteilt, sondern alles mit sich selbst ausgemacht.

Sina fragte sich, wie viel Courage Riel wohl hatte aufbringen müssen, um - wenn auch nur für einige Tage - ihr geregeltes Leben, in dem alles seinen Platz hatte, zu verlassen und nach Sylt zu fahren.

Aber es heißt ja auch, stille Wasser seien tief. Vielleicht hat Riel sich nur nach außen so unnahbar gegeben.

Auf ihrem Smartphone suchte sie die Telefonnummer heraus, die Marlies Wagner ihr für Simon Eckert, den Ex-Freund des Mordopfers, gegeben hatte. Wenn es jemanden gab, dem Riel sich mehr geöffnet hatte, dann ja wohl ihr ehemaliger Partner.

Auch wenn er und Riel schon seit einiger Zeit getrennt sind und er mir sicher nichts erzählen kann, was für die Aufklärung des Mordes relevant ist, so könnte er mir doch tiefere Einblicke in ihre Persönlichkeit geben.

Zu Sinas großer Überraschung war Simon Eckert nicht nur sofort am Telefon, sondern hatte sogar Zeit, sie sofort zu treffen. Er gab ihr seine Adresse und sie versprach, in genau einer Stunde dort zu sein.

Per E-Mail gab Sina Sven Bescheid, dass sie doch noch eine weitere Befragung in Flensburg durchführen würde. Sie gab ihm Simon Eckerts Namen, Telefonnummer und Adresse, mit der Bitte, den Mann kurz zu überprüfen.

Jetzt muss ich aber unbedingt erst etwas essen, mir ist schon ganz flau.

***

»Ja, den Brief kenne ich.«

Natürlich hatte Sina sich nach ihrem stark verspäteten Mittagessen müde und träge gefühlt, doch Simon Eckerts Worte machten sie mit einem Schlag wieder hellwach.

Bis gerade eben war das Gespräch mit Lisa Riels Ex-Freund ohne große Überraschungen vor sich hingeplätschert. Auch Eckert hatte bestätigt, dass Lisa Riel oft in sich gekehrt und verschlossen war. Das sei auch einer der Hauptgründe für die Trennung gewesen.

»Ich hatte einfach das Gefühl, dass sie mich nicht wirklich an sich heranlässt«, hatte Eckert gesagt.

Doch jetzt das. Seit knapp zwanzig Minuten saß Sina nun schon in Eckerts gemütlich eingerichteter Wohnküche, hatte fast alle Fragen abgearbeitet und schon gedacht, dass sie auch hier ohne weltbewegende neue Erkenntnisse wieder gehen würde. Ohne große Hoffnungen hatte sie Eckert die Fotokopie des ersten Briefes von Lisa Riels unbekanntem Vater vorgelegt. Als er nach einem flüchtigen Blick sofort genickt hatte, musste sie an sich halten, sich ihre Erregung nicht anmerken zu lassen.

»Hat Frau Riel mit Ihnen über diesen Brief gesprochen?« Gebannt wartete Sina auf die Antwort.

Doch zu ihrer Enttäuschung schüttelte Eckert den Kopf. »Nicht direkt.«

Was soll das denn jetzt heißen?

Fragend sah sie ihn an.

»Also, das war so«, setzte er an. »Es war ein Samstag. Wir hatten verabredet, dass ich sie mittags abhole. Wir wollten gemeinsam eine kleine Landpartie machen und anschließend in einem Restaurant, das mir ein Freund empfohlen hatte, essen gehen.« Er holte tief Luft. »Als ich zur vereinbarten Zeit klingelte, dauerte es erst ewig, bis sie an die Tür kam und dann machte sie einen total aufgelösten Eindruck.«

Sina beugte sich vor, lauschte gebannt jedem Wort.

»Sie war unfrisiert, ungeschminkt und das, was sie anhatte, war eindeutig als Hauskleid zu klassifizieren.« Eckert runzelte die Stirn, so als sehe er Lisa Riel vor seinem inneren Auge und könne ihren Aufzug ganz und gar nicht gutheißen. »Dann war schnell klar, dass sie unsere Verabredung schlicht und ergreifend vergessen hatte. Ich war natürlich alles andere als begeistert.« Er klopfte mit einer Hand auf die Platte des Küchentisches. »Ich muss gestehen, ich hab mich sogar ziemlich aufgeregt. Ich konnte nur mit Mühe an mich halten, keinen Streit vom Zaun zu brechen.« Er seufzte. »Ich wollte den Tag nicht verderben.« Kurz schlug er die Augen nieder, dann sah er Sina wieder direkt an. »Sie war manchmal schwierig. Das war einer dieser schwierigen Tage.«

»Was genau hat diese vergessene Verabredung nun mit diesem Brief zu tun?«, fragte Sina, die sich mittlerweile fragte, worauf Simon Eckert mit diesem Exkurs hinauswollte.

»Sie ließ mich in die Wohnung, sagte, ich solle im Wohnzimmer warten, sie werde sich mit dem Anziehen und Zurechtmachen beeilen.« Kurz schloss Eckert die Augen, so als helfe ihm dies beim Nachdenken. »Da saß ich dann auf der Couch und wusste nichts mit mir anzufangen. Also bin ich in die Küche, um mir ein Glas Wasser zu holen.« Er deutete auf die Fotokopie, die zwischen ihm und Sina auf der Tischplatte lag. »Da lag dieser Brief auf dem Tisch.« Er grinste gequält. »Also ähnlich wie jetzt. Er lag genau so offen mitten auf dem Küchentisch.«

»Und da haben Sie natürlich einen Blick darauf geworfen?«

»Das ließ sich kaum vermeiden. Außerdem dachte ich, wenn Lisa etwas so offen herumliegen lässt, dann wird es schon nichts Geheimes sein, das niemand sehen darf.«

»Aber?«

Simon Eckert zog die Fotokopie näher zu sich heran. »Ich kann dieses Gekritzel nicht entziffern. Konnte es auch damals nicht.« Er schob den Brief von sich fort. »Aber als Lisa in die Küche kam und sah, dass ich den Brief in der Hand hatte, brüllte sie mich an und riss mir das Ding aus der Hand.«

Sina hob eine Augenbraue. »Eine sehr heftige Reaktion.«

»Fand ich auch.« Er senkte wieder den Blick. »Der Ausflug fand dann doch nicht statt. Wenig später haben wir uns dann auch getrennt.«

»Könnten Sie mir das Datum nennen?«

»Allerdings, das weiß ich noch ganz genau. Es war vor etwas über zwei Monaten, am Samstag, dem dritten Mai.«

Hinter Sinas Stirn arbeitete es fieberhaft. Lisa Riels aufgelöster Zustand, die Tatsache, dass sie sogar eine länger geplante Verabredung mit ihrem Freund vergessen hatte, deuteten darauf hin, dass sie den Brief an diesem Tag erst erhalten hatte.

Wenn er Freitagabend nach der Arbeit auf sie gewartet hätte, dann hätte sie sich doch bis Samstagmittag wenigstens halbwegs wieder im Griff gehabt. Nein, ich bin mir sicher, dieser Brief landete am dritten Mai morgens in ihrem Briefkasten. Die

Überraschung, der Schock, was auch immer sie angesichts dieses Briefes gefühlt haben mag, diese Gefühle waren noch ganz frisch. Darum war sie so aufgelöst.

»Können Sie sich noch erinnern, ob da nur der Brief auf dem Tisch lag oder war da vielleicht auch ein Umschlag dabei?«

Simon Eckert nickte. »Ja, klar! Der Umschlag. Als ich gesehen hatte, dass ich den Brief nicht entziffern kann, habe ich mir den Umschlag angesehen, der daneben lag.« Er schüttelte den Kopf. »Dass die bei der Post das Ding ordnungsgemäß zustellen konnten, grenzt an ein Wunder. Name und Anschrift waren fast genauso schlimm gekrakelt. Kaum zu entziffern.«

Sina hatte die Luft angehalten, während Eckert sprach. »Wie sieht es mit dem Absender aus?«

»Keine Ahnung, so weit, den Umschlag umzudrehen, kam ich nicht mehr. Da stürzte sich Lisa wie eine Furie auf mich und riss mir Brief und Umschlag aus der Hand.« Er zuckte mit den Achseln. »Aber ich glaub nicht, dass ich den Absender hätte entziffern können. Das einzig Lesbare auf dem Umschlag war der Poststempel.« Er grinste. »Weil der war ja nicht handgeschrieben.«

Wie elektrisiert starrte Sina Eckert an. Es dauerte einen Moment, bis sie ihre Fassung soweit wiedererlangt hatte, dass sie Simon Eckert ihre letzte Frage stellen konnte. »Wo war der Brief denn abgestempelt?«

***

Cornelia saß auf dem Hotelbett und starrte die edlen Hochglanztragetaschen an. Sie stammten aus einigen der teuersten Boutiquen Kampens. Ihr Inhalt: Schuhe, Kleider und eine Handtasche.

Alles bezahlt mit seiner Kreditkarte.

War das nur sein schlechtes Gewissen mir gegenüber, weil er mich erst versetzt und dann kaum Zeit für mich hatte? Oder will er mich ablenken? Meine Frage nach der Frau im hellblauen Kleid hat er nicht beantwortet.

In einem Café in Kampen hatte sie ihm von ihren Beobachtungen erzählt, hatte eine Antwort gefordert. Stattdessen bestellte er eine Flasche Champagner und begann Pläne für den Rest ihres Sylt-Aufenthaltes zu schmieden.

Ich weiß wirklich nicht mehr, was ich von diesem Mann halten soll.

Cornelia seufzte.

Eigentlich wollte ich ja Schluss machen. Einen furiosen Auftritt hatte ich mir ausgemalt. Erst wollte ich ihn dazu zwingen, mir die Wahrheit zu sagen, dann wollte ich ihn abservieren.

Stattdessen saß sie nun hier in ihrem Hotelzimmer mit Klamotten im Wert von mehreren tausend Euro. Alleine.

Aber für morgen Abend soll ich uns einen Tisch reservieren, hat er gesagt. In einem richtig edlen Restaurant. Die Wahl hat er mir überlassen.

Als sie lächelte, war ihr Lächeln bösartig.

Ich weiß auch schon ganz genau, welches Restaurant ich da nehme.

Sie schwang die Beine über die Bettkante und holte ihr Handy.

Kapitel sechs

»Dann wissen wir jetzt also definitiv, dass Lisa Riels unbekannter Vater hier auf Sylt lebt.« Sven saß in Sinas Besucherstuhl und machte einen äußerst zufriedenen Eindruck.

»Ja, und dass sie den ersten Brief wohl Anfang Mai erhalten hat.« Sina war weitaus weniger zufrieden als Sven. Ein kleiner Fortschritt, ja, doch sie waren so weit wie eh und je davon entfernt, diesen Mann, der Sina geschrieben hatte, dass er ihr Vater sei, auch identifizieren zu können.

»Dann hat sie seitdem mit ihm per Brief kommuniziert und letzte Woche ist sie dann auch hergekommen, um ihn zu treffen«, meinte Sven.

»Ich habe das Gefühl, dass diese Reise nach Sylt für Lisa Riel ein sehr großer Schritt war«, sagte Sina nachdenklich. »Nach allem, was ich bis jetzt über sie gehört habe, war sie jemand, bei dem alles, aber auch wirklich alles seinen strikt geregelten Ablauf hatte. Mir kommt es so vor, als sei ihr ganzes Leben eine einzige Routine gewesen. Gefühle gezeigt hat sie offenbar auch so gut wie nie.« Sina hob die Schultern. »Ich weiß, das klingt jetzt alles sehr subjektiv. Aber du hättest diese Wohnung sehen müssen. Da hatte alles seinen Sinn und Zweck, aber Persönlichkeit war Fehlanzeige.«

»Ich denke, ich verstehe schon, was du meinst. Sie hatte sich alles schön eingerichtet: ihre Arbeit, ihren Tagesablauf, andere Routinen. Ihre Gefühle hingegen hat sie kategorisch unterdrückt. Aber dann kam dieser Brief.«

»Der muss eingeschlagen haben wie eine Bombe«, meinte Sina.

»Das was der Ex-Freund dir erzählt hat, klang ja genau danach. Da hat sie dann doch mal Gefühle gezeigt. Allerdings waren die negativ, das fand der gute Simon natürlich nicht so toll.« Sven trommelte mit den Fingern auf einen Aktendeckel, der auf Sinas Schreibtisch lag.

»Er fand das nicht nur alles andere als toll, er hat sich dann sogar von ihr getrennt«, sagte Sina. »Und damit war eine der wenigen Stützen, die Lisa Riel in ihrem Leben hatte, weg.«

»Wahrscheinlich hat sie sich nach der Trennung voll und ganz auf die Beziehung zu ihrem Vater konzentriert«, meinte Sven. »Die Tante meinte doch, Lisa hätte ein großes Problem damit gehabt, dass sie nicht wusste, wer ihr Vater ist.«

Sina nickte. »Damit hast du wahrscheinlich den Nagel auf den Kopf getroffen. Aber bei der Arbeit und gegenüber ihrer angeblich besten Freundin Marlies Wagner hat sie sich nichts anmerken lassen. Da wurden die Briefe und der große Unbekannte mit keinem Wort erwähnt.«

Aufmerksam sah Sven Sina an. »Was, wenn die Person, die diese Briefe geschrieben hat, gar nicht Lisa Riels Vater war?«

Sina verschränkte die Arme und lehnte sich zurück. »Jemand gibt sich als Lisa Riels Vater aus, um sie nach Sylt zu locken und zu töten? Aber wer könnte das sein? Und was könnte diese Person für ein Motiv haben?«

»Das ist mir ein absolutes Rätsel«, antwortete Sven. »Ich wollte einfach nur sagen, dass wir uns nicht komplett darauf einschießen sollten, dass Riel hier wirklich ihren leiblichen Vater getroffen hat.«

Sina kaute auf ihrer Unterlippe und dachte angestrengt nach. »Ein Beziehungsdrama schließe ich aus. Ich glaube nicht, dass es in letzter Zeit außer Simon Eckert einen anderen Mann in Lisa Riels Leben gab. Dass ein Motiv in ihrer Arbeit begründet sein könnte, denke ich auch nicht. Sie arbeitete bei einer Versicherung und befasste sich dort vor allem mit der Schadensregulierung bei Autounfällen. Irgendwelche Intrigen oder Geheimnisse sehe ich in diesem Leben, das sie geführt hat, einfach nicht.« Sie beugte sich vor und legte beide Hände flach auf die Tischplatte. »Es hilft alles nichts. Wir müssen herausfinden, von wem diese Briefe kamen. Das ist unser einziger richtiger Ermittlungsansatz.«

»Außer dieser Thomas Brand hat etwas mit der Sache zu tun«, sagte Sven. »Da habe ich leider noch nichts Neues aus Kiel gehört. Ich frage gleich noch einmal telefonisch bei den Kollegen nach.«

»Ja, tu das bitte. Ich nehme mir noch einmal die Briefe vor.«

***

Mit größter Sorgfalt war Sina erneut alle Briefe durchgegangen, die sie in Lisa Riels Hotelzimmer gefunden hatten.

Es ist zum Verrücktwerden, es gibt wirklich nicht den kleinsten Hinweis darauf, wo auf Sylt er gelebt hat und wie er heißt. Wenn sie doch nur die Briefumschläge aufgehoben hätte.

Oder wenn Simon Eckert sich die Mühe gemacht hätte, nicht nur den Poststempel zu entziffern, sondern auch die krakelige Handschrift auf der Rückseite des Umschlages.

Wenn ich daran denke, dass er Anfang Mai die Antwort auf unsere drängendste Frage in der Hand gehalten hat, könnte ich schreien.

Kurz schoss Sina die verrückte Idee durch den Kopf, Simon Eckert hypnotisieren zu lassen. Doch rasch verwarf sie diesen Gedanken wieder.

Selbst wenn er den Umschlag vor seinem inneren Auge vor sich sehen würde, könnte er wahrscheinlich immer noch diese Handschrift nicht lesen.

Sina selbst hatte schließlich auch größte Probleme damit. Deswegen hatte sie sich auch die Arbeit gemacht und die Briefe per Spracherkennungssoftware in ein Word-Dokument diktiert. Seufzend schloss sie jetzt die Datei mit ihrer Übertragung.

Kurz überlegte sie, dann stand sie auf und schnappte sich Jacke und Handtasche. Sie würde noch einmal ins Mirage Strandhotel fahren und sich vor Ort überlegen, was Lisa Riel wohl am Tag vor ihrem Tod getan haben könnte.

Sie stellte sicher, dass sie ein Porträtfoto eingesteckt hatte, das Lisa Riel kurz vor deren Tod zeigte. Dieses Foto wollte sie in der näheren Umgebung des Hotels herumzeigen. Vielleicht konnte sich ja in einem Café oder einem Laden jemand an die junge Frau erinnern.

Wenn ich zusammenpuzzlen könnte, was sie an ihrem letzten Tag getan hat, könnte uns das vielleicht einen Schritt weiterbringen.

Die Autofahrt zum Hotel dauerte länger als geplant, weil Sina unterwegs einer Schafherde begegnete. Dass Schafe überall auf der Insel jederzeit *Vorfahrt* genossen, hatte Sina in ihrer kurzen Zeit auf Sylt bereits gelernt. Also stellte sie den Motor ab und wartete ungeduldig, bis die wolligen Inselbewohner vorbeigezogen waren und Sina wieder freie Fahrt hatte.

Sie stellte ihren Wagen auf dem Hotelparkplatz ab und stieg aus. Erst blieb sie neben der Fahrertür stehen und musterte die Fassade des noblen Hotels.

Wie konnte Lisa Riel sich diese Unterkunft leisten? Gut, sie wird für ihren bescheidenen Lebenswandel nicht viel Geld ausgegeben haben, vielleicht hat sie ein dickes Guthaben auf ihrem Sparbuch.

Sina machte sich eine geistige Notiz, die finanziellen Verhältnisse der Toten ganz genau zu überprüfen. Sie hatten zwar bereits Kontoauszüge angefordert, ebenso wie Verbindungsnachweise für das verschwundene Handy, doch es könnte noch einige Tage dauern, bis diese Unterlagen eintrafen.

Es will mir trotzdem nicht in den Kopf, dass jemand wie Lisa Riel urplötzlich viel Geld für ein Nobelhotel ausgibt. Nach allem, was ich bislang über sie erfahren habe, scheint sie mir so gar nicht der Typ dafür zu sein.

Sina setzte sich langsam in Bewegung, lief am Hotel vorbei. Nach einigen Minuten erreichte sie ein Strandcafé und einen Souvenirladen.

Auf die Frage, ob sie die junge Frau auf dem Foto schon einmal gesehen hätte, schüttelte die Verkäuferin des Souvenirshops entschieden den Kopf. »Ganz ehrlich, ich sehe hier jeden Tag so viele Gesichter. Gerade jetzt in der Hochsaison sehen die irgendwann alle gleich aus. Ich kann Ihnen da leider nicht weiterhelfen.«

Doch so schnell wollte Sina nicht aufgeben. »Waren Sie vor fünf Tagen im Laden oder haben Sie noch Kollegen, mit denen ich mich unterhalten könnte?«

»Ich teile mir die Arbeit mit meinem Mann. Aber vor fünf Tagen war ich alleine hier. Da hatte er einen Arzttermin und fühlte sich anschließend nicht wohl, also habe ich den Laden allein geschmissen.«

Sina bedankte sich und ging weiter zu dem Strandcafé. *Zur hungrigen Möwe* hieß es und hatte passend zum Namen auch ein Logo mit stilisierter Möwe im Sturzflug.

Sina musste ein Grinsen unterdrücken, als sie daran dachte, wie sie selbst vor einigen Wochen in einem anderen Sylter Strandcafé gesessen hatte. Dort hatte es aus dem Strandkorb neben dem ihren plötzlich lautes Geschrei und heftiges Tellerklappern gegeben. Als sie den Kopf wandte, hatte sie gerade noch gesehen, wie eine Möwe davonflatterte, etwas Großes, Unförmiges im Schnabel haltend.

Die Kellnerin hatte schnell für Ersatz auf Kosten des Hauses gesorgt und den zu gleichen Teilen überraschten wie erbosten Touristen erklärt, dass Möwen schlaue Tiere seien, die genau wüssten, wo sie leicht Beute machen könnten. »Die setzen sich auf die Strandkörbe und im rechten Augenblick stürzen sie sich auf die Kuchenteller«, hatte die junge Frau gesagt.

Das passiert hier wohl auch öfter und die Besitzer haben gleich ihr Lokal entsprechend benannt, dachte Sina und betrachtete die blau-weiß gestreiften Strandkörbe. Doch obwohl fast alle Strandkörbe besetzt waren und Sina auf einigen der Tischen auch Teller stehen sah, waren keine lauernden oder diebischen Möwen in Sicht.

Immer noch lächelnd wandte Sina sich der Eingangstür zu und betrat das gemütliche kleine Lokal.

Auch hier im Inneren des Cafés waren fast alle Tische besetzt.

»Moin«, rief ihr eine der beiden Frauen hinter der Theke fröhlich zu.

»Moin«, antwortete Sina, stellte sich kurz vor und zeigte der Frau, die sich als Isabelle Frigge und Mitbesitzerin des Cafés zu erkennen gab, ihren Ausweis.

»Die Tote in den Dünen, geht es darum?«

»Ja. Ich möchte, dass Sie sich dieses Foto ganz genau ansehen.« Sina reichte der Cafébesitzerin das Foto von Lisa Riel.

»Die war vor ein paar Tagen hier«, sagte Isabelle Frigge, nur Sekunden, nachdem sie das Foto in die Hand genommen hatte.

Überrascht beugte Sina sich vor. Sie lehnte beide Ellenbogen auf die glänzend polierte Holztheke. »Daran können Sie sich so genau erinnern? Hier ist doch um diese Jahreszeit sicher ganztägig Hochbetrieb.«

Frigge legte das Foto auf die Theke und tippte mit dem Zeigefinger darauf. »Die war allein hier und machte einen ziemlich nervösen Eindruck. Ich kann mich noch ganz genau erinnern, wie ich ihr eine Tasse Kaffee serviert habe. Sie hat so ungeschickt nach der Tasse gegriffen, dass ich schon dachte, sie verschüttet gleich alles. Dabei bemerkte ich, dass ihre Hände gezittert haben. Ich habe sie noch gefragt, ob alles in Ordnung sei. Da hat sie nur irgendwas genuschelt von wegen jaja, geht schon wieder oder so.«

Isabelle Frigge hob das Foto wieder an. »Ich hab dann ein wenig ein Auge auf sie gehalten. Hatte Angst, dass sie vielleicht krank ist und mir hier vom Stuhl rutscht oder so was in der Art. Dabei fiel mir auf, dass sie extrem sorgfältig zurechtgemacht war. Die Haare sahen aus, als hätte sie die mit einem

Glätteisen bearbeitet und sie war ziemlich stark geschminkt. Das passte gar nicht zu ihr, fand ich.« Erneut tippte sie auf das Foto. »Hier auf dem Bild ist sie nicht so übertrieben zurechtgemacht. Sieht viel hübscher aus so, natürlicher.« Sie zuckte mit den Schultern. »Aber was weiß ich schon. Vielleicht hatte sie ja eine Verabredung?«

Sina horchte auf. »Was bringt Sie zu dieser Vermutung?«

»Nichts Konkretes. Das war nur so einer meiner Gedanken. Erst dachte ich, sie wartet vielleicht auf jemanden, hat die Verabredung direkt hier.« Sie schnippte mit den Fingern. »Jetzt fällt mir wieder ein, dass sie ständig auf die Uhr gesehen hat. Deswegen dachte ich, da kommt gleich noch jemand. Aber dann ist sie gegangen, nachdem sie ihren Kaffee ausgetrunken hatte. Also entweder sie hatte noch ein wenig Zeit totzuschlagen vor ihrem Date oder sie brauchte einen Kaffee zur Stärkung.«

Sina überlegte. Was könnte das für eine Verabredung sein, vor der man sich sorgfältig schminkt und frisiert, sich ein hübsches Sommerkleid anzieht, dann aber so nervös ist, dass diese Nervosität sogar einer beschäftigten Caféwirtin auffällt?

»Vielleicht hatte sie ja ein Blind Date«, warf Isabelle Frigge ein. »Das wäre doch ein Grund, nervös zu sein, oder?« Sie lachte auf.

Sina nickte. Das war auf jeden Fall eine Idee, über die sie demnächst noch ausführlicher nachdenken würde. Sie griff nach dem Foto. »Wissen Sie noch genau, an welchem Tag das war? Und vielleicht auch noch die ungefähre Uhrzeit?«

Frigge griff unter den Tresen und tauchte mit einem Buchkalender wieder auf. »Mal sehen. Es ist auf jeden Fall schon ein paar Tage her. Vor drei Tagen hatte ich frei, also war sie vor vier oder fünf Tagen hier. Es war schon recht spät. Also für unsere Verhältnisse. Wir schließen abends um neun. Ich würde sagen, sie war so gegen acht hier, blieb ungefähr zwanzig Minuten. Ja, so was um den Dreh rum.«

Sina steckte das Foto wieder ein. »Vielen Dank, Frau Frigge. Sie haben mir wirklich sehr geholfen.«

Sie verließ das Café und lenkte ihre Schritte in Richtung Strand. Nachdenklich starrte sie auf das Meer hinaus. Da Lisa Riel erst am Tag ihres Todes auf die Insel gekommen war, hatte sie das Strandcafé also definitiv vor fünf Tagen, wenige Stunden vor ihrer Ermordung besucht.

Am besten ich befrage, Isabelle Frigge noch einmal und lege ihr ein Foto des Kleides vor, das Riel trug, als sie ermordet wurde. Mit ihrer guten Beobachtungsgabe kann sie sich vielleicht daran erinnern.

Blieb die Frage, ob die Wirtin damit richtig lag, dass Lisa Riel eine Verabredung gehabt hatte. Lag sie auch mit dem Blind Date richtig oder wollte Riel sich erstmalig mit ihrem Vater treffen und war deswegen so aufgeregt?

Sina senkte den Blick und sah auf ihre Schuhspitzen. Sie mussten unbedingt mehr darüber herausfinden, was Lisa Riel in der kurzen Zeit ihres Sylt-Aufenthalts getan hatte und wo sie sich aufgehalten hatte.

Ein Puzzlesteinchen habe ich gefunden. Nur welchen Platz hat dieses Steinchen im großen Ganzen?

***

Da Sina in der Nähe des Hotels keine weiteren Gaststätten oder Geschäfte fand, kehrte sie noch einmal ins Hotel selbst zurück. Sie hatten zwar bereits festgestellt, dass Lisa Riel nicht im hoteleigenen Restaurant oder in der Bar gewesen war, doch sie wollte ganz sicher gehen, dass sie nichts übersehen hatten.

Schließlich hat Sven die ersten Befragungen alleine durchgeführt. Doppelt genäht hält besser.

Als Sina die Lobby betrat und auf die Rezeption zuging, fiel ihr ein zweiter, etwas kleinerer Empfangstresen auf. Darauf stand ein goldenes Schild, das in verschnörkelter Schrift verkündete: *Concierge.*

Abrupt blieb sie stehen. Die Frau hinter dem Concierge-Desk lächelte sie aufmunternd an.

Sina wies sich aus und fragte die Concierge, ob sie vor fünf Tagen, als Lisa Riel angereist war, Dienst gehabt hätte.

»Ja, da war ich von 13 bis 20 Uhr hier.«

»Führen Sie in irgendeiner Form Aufzeichnungen darüber, welche Dienstleistungen Sie für Hotelgäste erbringen? Also, ob Sie ihnen Taxis bestellen, Veranstaltungen buchen, Restauranttische reservieren?«

Die Concierge legte den Kopf schräg. »Wir haben einen Log, ja. Diese Daten werden aber bei Abreise des Gastes gelöscht. Aus Datenschutzgründen. Wir bewahren diese Informationen überhaupt nur auf, falls es einerseits Beschwerden geben sollte und andererseits, falls ein Gast erneut einen Tisch in einem Restaurant buchen möchte, wo es ihm besonders gut gefallen hat. Auch die hausinternen Sonderleistungen speichern wir so lange. Wenn jemand eine Massage gebucht hatte und genau denselben Massagetherapeuten beim nächsten Termin wieder haben möchte, haben wir so alle Informationen parat.«

»Ich gehe davon aus, mein Kollege hat Sie bereits nach Lisa Riel befragt?«

»Ja, wir haben keine Daten für Frau Riel gespeichert.« Bedauernd sah die Hotelmitarbeiterin Sina an. »Tut mir wirklich sehr leid.«

Sina hielt ihr das Foto hin, das sie auch schon im Souvenirladen und im Strandcafé vorgezeigt hatte. »Ich habe hier ein Foto von Frau Riel. Können Sie sich vielleicht daran erinnern, sie hier im Hotel gesehen zu haben? Vielleicht sogar in Begleitung?«

Die Concierge runzelte die Stirn, während sie das Foto betrachtete. »Diese Frau kommt mir tatsächlich bekannt vor.«

Gespannt wartete Sina ab. Würde es gleich eine weitere Information über Lisa Riel geben oder stand ihr die nächste kleine Enttäuschung in einer langen Reihe kleiner Enttäuschungen bevor?

Ein Fingerschnipsen, dann sah die Concierge Sina an und lächelte. »Aber natürlich, jetzt weiß ich es wieder. Die Frau hat mich nach einer Wegbeschreibung gefragt. So etwas loggen wir natürlich nicht. Nur Reservierungen und andere Buchungen. Wenn wir jemandem nur Auskunft geben, wird das nicht gespeichert. Wie denn auch? Wir fragen ja nicht jeden Gast, der nur mal eben eine Information braucht, nach seinem Namen und der Zimmernummer.«

»Eine Wegbeschreibung? Wissen Sie zufällig auch noch, wo Frau Riel hinwollte?«

»Oh ja. Jetzt, da ich das Foto sehe, steht alles wieder ganz klar vor meinen Augen. Sie wirkte ein wenig angespannt, ich würde fast sagen nervös. Sie musste kurz warten, weil vor ihr ein anderer Gast dran war. Dabei fiel mir schon auf, dass sie ständig auf die Uhr sah und von einem Bein auf das andere trat. Als sie dann an der Reihe war, sprudelte sie sofort los, sie müsse zum Restaurant Brodersens. Ich fragte sie, ob ich ihr ein Taxi rufen solle, doch das verneinte sie. Sie wollte zu Fuß gehen.« Die Concierge reichte Sina das Foto zurück. »Ich habe ihr einen Plan gegeben und darauf das Restaurant mit einem Kreuzchen markiert. Sie wollte noch wissen, wie lange man da ungefähr läuft. Als ich meinte, sie würde den Weg in zehn bis fünfzehn Minuten schaffen, hat sie etwas gemurmelt von wegen, dann wäre ja noch Zeit. Dann hat sie sich bedankt und ist gegangen.« Die Concierge lächelte Sina an. »Das war vor fünf Tagen, danach hatte ich zwei Tage frei.«

Sina atmete tief durch. »Und die Uhrzeit, können Sie sich an die noch erinnern?«

Das Lächeln der Concierge wurde breiter. »Sie haben Glück. Es war kurz bevor ich Feierabend machte. Kurz vor 20 Uhr.«

Ein weiteres Puzzlesteinchen.

***

»Kurz vor acht fragt Riel am Concierge-Desk des Hotels nach einer Wegbeschreibung, macht einen angespannten Eindruck, schaut ständig auf die Uhr. Als ihr dann erklärt wird, dass es bis zu dem Restaurant gar nicht so weit ist, geht sie noch nebenan einen Kaffee trinken. Dort fällt sie der Wirtin auf, weil sie so nervös ist. Nach den ungefähren Zeitangaben der Concierge und der Wirtin gehe ich jetzt davon aus, dass sie um 20 Uhr 30 im Restaurant Brodersens verabredet war.«

Sven grinste von einem Ohr zum anderen. »Dann werden wir uns da mal die Reservierungen für diesen Abend geben lassen.«

Sina grinste zurück. »Ganz genau.«

»Warum bist du eigentlich nicht direkt zum Restaurant gefahren?«, fragte Sven.

»Weil ich dich auf den neuesten Stand bringen wollte«, antwortete Sina. »Außerdem dachte ich, du willst vielleicht mitkommen.« Sie sah auf die Armbanduhr. »Das Restaurant macht in zwanzig Minuten auf, wir könnten also direkt los.«

»Da brauchst du nicht zwei Mal fragen.« Sven stand auf. »Ich war heute nur am Telefonieren und nichts geht vorwärts. Die Kieler suchen immer noch nach Thomas Brand und bei Riels Bank und Mobilfunkanbieter trau ich mich schon fast nicht mehr anzurufen. Die erzählen mir doch eh nur, sie würden daran arbeiten, die Daten für uns zusammenzustellen.«

Sina drückte ihrem Kollegen die Autoschlüssel in die Hand. »Da du bis jetzt nur am Schreibtisch saßt, darfst du auch fahren.«

Die Fahrt zum Restaurant verlief ereignislos, dieses Mal waren keine Schafe unterwegs.

Das Restaurant befand sich in der Nähe von Westerland in einem langgestreckten einstöckigen Gebäude. Die moderne Fassade war hellgrau verputzt, die Fenster und der Türrahmen dunkelgrau abgesetzt.

Als Sina und Sven den Gastraum betraten, war dieser noch leer. Die weiß gedeckten Tische in dem elegant ausgestatteten Raum warteten noch auf die ersten Gäste.

»Perfektes Timing«, murmelte Sven. »Da haben die Mitarbeiter noch ein wenig Zeit, unsere Fragen in Ruhe zu beantworten.«

Lächelnd kam eine junge Frau auf sie zu und fragte, ob sie reserviert hätten. Sie trug einen schmalen schwarzen Rock, der ihre schlanke Gestalt betonte, und eine weiße Bluse mit einem dezenten Namensschild, das sie als *Daniela* auswies.

Als Antwort zeigte Sina ihren Ausweis vor und stellte sich und Sven vor. »Wir hätten einige kurze Fragen an Sie und Ihre Kollegen.«

Die Augen der jungen Frau weiteten sich. »Ist etwas passiert?«

Sina hielt ihr das Foto von Lisa Riel hin. »Können Sie sich daran erinnern, ob diese Frau vor fünf Tagen Ihr Restaurant besucht hat?«

Jetzt kniff Daniela die Augen ein wenig zusammen und betrachtete das Foto, das sie am ausgestreckten Arm in der Hand hielt. »Nein, die habe ich noch nie gesehen.« Sie wedelte mit dem Foto. »Ich habe ein sehr gutes Gedächtnis für Gesichter.«

»Wir haben Grund zu der Annahme, dass diese Frau vor fünf Tagen abends um halb neun hier in Ihrem Restaurant eine Verabredung hatte«, sagte Sina. »Würden Sie uns bitte alle Reservierungen zeigen, die Sie für diese Zeit hatten? Wir brauchen die Namen und Telefonnummern Ihrer Gäste.«

Ein wenig unsicher sah die junge Frau zwischen Sina und Sven hin und her. »Darf ich Ihnen die so einfach geben? Was ist mit Datenschutz? Brauchen Sie da nicht irgendeinen offiziellen Schrieb?«

»Wir können gerne mit einem richterlichen Beschluss wiederkommen«, sagte Sina. »Den bekommen wir schnell.«

Daniela hob eine Hand. »Ich hole die Geschäftsführerin, einen Moment.«

Sina und Sven mussten nicht lange warten, da kam Daniela mit einer etwas älteren dunkelhaarigen Frau in einem eleganten dunkelblauen Hosenanzug zurück.

»Moin, Paula Jaschinski, ich bin die Geschäftsführerin des Brodersens. Wie kann ich Ihnen behilflich sein?«

Erneut zeigte Sina das Foto von Lisa Riel vor und erläuterte ihr Anliegen.

Prüfend betrachtete Jaschinski das Foto. »Ich muss sagen, ich habe genau wie Daniela Bedenken, Ihnen einfach so die Namen und Kontaktdaten unserer Gäste zu geben. Aber ich kann Ihnen versichern, dass diese Frau nicht bei uns zu Gast war.« Sie überlegte kurz. »Ich sehe gerne im Kalender nach, wer an dem Abend reserviert hatte. Sie sagten 20 Uhr 30? Das ist recht spät. Um diese Uhrzeit haben wir eher weniger Reservierungen, da sind in der Regel nur noch Gäste da, die bereits seit einiger Zeit in unserem Restaurant verweilen. Die meisten Reservierungen haben wir zwischen 18 und 19 Uhr 30.« Sie bedeutete Sina und Sven, ihr zu einem kleinen Stehpult in der Nähe der Eingangstür zu folgen.

Im Gegensatz zu vielen Restaurants, die mit elektronischen Buchungssystemen arbeiteten, wurden im Brodersens Tischreservierungen noch auf die altmodische Art verwaltet: auf dem Pult lag ein großes aufgeschlagenes Buch. Für jeden Tag des Jahres gab es eine Doppelseite.

Jaschinski blätterte einige Seiten zurück und fuhr mit dem Finger die Einträge entlang. »Genau wie ich mir dachte. Wir hatten nur eine Reservierung für 20

Uhr 30. An die Gäste kann ich mich noch gut erinnern. Ein Ehepaar um die fünfzig. Urlauber, keine Stammgäste.« Sie deutete an Sina und Sven vorbei auf einen Tisch in Fensternähe. »Sie saßen an dem Tisch dort drüben. Ich glaube, sie hatten etwas zu feiern, sie haben einen sehr guten Wein bestellt.« Sie verharrte, runzelte die Stirn. »Kann ich das Foto noch einmal sehen?«

Was kommt jetzt?

Sina zog das Foto erneut aus der Tasche und reichte es Paula Jaschinski.

»War diese Frau an dem Abend vor fünf Tagen auch so gekleidet wie auf dem Foto?«

»Nein, sie trug ein kurzes blaues Sommerkleid.« Gebannt sah Sina die Geschäftsführerin des Brodersens an. »Haben Sie die Frau doch gesehen?«

»Ich bin mir nicht sicher.« Erneut bedeutete Jaschinski Sina und ihrem Kollegen, ihr zu folgen. Sie stellte sich an den Tisch, den sie ihnen gerade gezeigt hatte.

»Wie gesagt, dieses Ehepaar saß hier. Gleich beim Fenster zur Straße.« Jaschinski deutete nach draußen. »Die Parkplätze hier direkt vor dem Haus sind unseren Gästen vorbehalten. Das ist auch ganz klar gekennzeichnet.« Sie räusperte sich. »Als ich den beiden Gästen Wein einschenkte, bemerkte ich, dass neben einem geparkten Wagen ein Mann und eine Frau standen und sich unterhielten. Ich wunderte mich, da wir ja keine weiteren Reservierungen für den Abend mehr hatten. Ich überlegte gerade, ob es sich bei den beiden um Gäste handelte, die uns ohne Reservierung auf gut Glück besuchen wollten. Doch dann hielt der Mann der Frau die Tür auf der Beifahrerseite auf und sie fuhren weg.« Erneut runzelte sie die Stirn. »Ich erinnere mich so gut daran, weil ich mich ein wenig geärgert habe, dass jemand einfach vor dem Restaurant geparkt hat, obwohl die Stellplätze eindeutig mit einem Schild als Gästeparkplätze gekennzeichnet sind.« Sie holte tief Luft. »Auf jeden Fall könnte das hier die Frau gewesen sein, aber ich bin mir nicht ganz sicher. Sie hatte aber auf jeden Fall ein blaues Kleid an. Hellblau, genauer gesagt.«

Lisa Riel war gar nicht im Restaurant, sondern auf dem Parkplatz davor verabredet? Das ist merkwürdig. Warum hat ihre Verabredung sie nicht einfach im Hotel abgeholt?

»Können Sie den Mann beschreiben?«, fragte Sven.

Jaschinski schüttelte nachdrücklich den Kopf. »Er hat mir den Rücken zugedreht. Die Frau hingegen stand so, dass ich ihr Gesicht sehen konnte. Leider habe ich sie mir nicht so genau angesehen. Es ging auch alles ziemlich schnell. Die beiden sind schon kurz nachdem ich sie bemerkt hatte, davongefahren.« Sie zog die Augenbrauen zusammen. »Der Mann hatte kurze dunkle Haare. Er war auch dunkel gekleidet, aber mehr kann ich Ihnen zu ihm beim besten Willen nicht sagen.«

»Wie sieht es mit dem Auto aus?«, wollte Sina wissen.

Jaschinski räusperte sich. »Tja, mit Autos kenne ich mich leider überhaupt nicht aus. Es war silberfarben, aber das sind ja heutzutage die meisten PKW.« Sie hob die Schultern. »Tut mir wirklich leid.«

»Sie sagten, das Ehepaar hätte einen Tisch für halb neun reserviert?«

Kopfnicken.

»Dann haben die beiden den teuren Wein bestellt und als Sie den an den Tisch brachten, sahen Sie die beiden Personen auf dem Parkplatz? Wie spät war es da ungefähr?«

»Ich kann mich noch erinnern, dass das Ehepaar ein wenig zu früh kam und hocherfreut war, dass sie nicht auf ihren Tisch warten mussten. Ich denke also, dass es zum Zeitpunkt meiner Beobachtung ungefähr halb neun war. Ein paar Minuten früher oder später vielleicht.« Sie nickte, wie um sich selbst zu bestätigen. »Ja, so um den Dreh rum. Viertel vor neun war es auf jeden Fall noch nicht.«

Sina dachte fieberhaft nach. Wenn es sich bei der Frau tatsächlich um Lisa Riel gehandelt hatte, wer war dann der Mann gewesen? Ihr Vater, Thomas Brand, der vorbestrafte Hotelgast aus Kiel, oder jemand ganz anderes?

»Eine Frage noch zu dem Mann, dann sind wir auch schon wieder weg«, sagte Sina. »Ich weiß, Sie haben ihn nur undeutlich gesehen, aber wirkte er älter? Alt genug, um der Vater der Frau sein zu können?«

Sofort schüttelte Jaschinski den Kopf. »Nein, so alt war er sicher nicht. Wie gesagt, er hatte dunkle Haare, okay, die kann man auch färben, aber ich würde sagen, er war irgendwo zwischen dreißig und Mitte vierzig.« Sie legte den Kopf ein wenig schräg. »Klar, vielleicht ein fitter Fünfzigjähriger mit gefärbten Haaren, das könnte auch sein. Was ich sagen will, ist, das war weder ein junger Hüpfer noch ein Mann im Rentenalter. Ich weiß, das hilft Ihnen nicht viel weiter.«

Sina winkte ab. »Doch, in diesem speziellen Fall schon.«

Der Vater war es also schon einmal nicht.

***

»Das wird immer mysteriöser«, sagte Sven, als sie wieder im Auto saßen.

»Ja«, seufzte Sina. »Da hatte ich mich wohl zu früh gefreut, als mir die Concierge den Namen des Restaurants genannt hat. Ich dachte, wir würden da reingehen, eine Reservierung von Lisa Riels Vater finden und uns anschließend sofort auf den Weg zu ihm machen, um ihn zu befragen. Stattdessen haben wir jetzt einen dunkelhaarigen Mann unbestimmten Alters, der einen silberfarbenen Wagen unbekannter Marke fährt.«

»Also keinesfalls Riels Vater«, meinte Sven. Er sah demonstrativ auf die Armbanduhr. »Eigentlich wäre jetzt dann bald Feierabend.«

Sina nickte. »Ja, heute können wir nichts weiter erreichen. Wo soll ich dich hinfahren? Nach Hause?«

»Das wäre toll, dann könnte ich heute sogar noch eine kurze Trainingseinheit einlegen.«

Sina grinste. »Wann ist der Wettkampf?«

»In drei Tagen. Ich habe ein gutes Gefühl, ich bin in Topform.«

Kurz dachte Sina nach. Die Aussicht darauf, in einer halben Stunde im Teil zu sitzen und außer Fernsehen keine wirklichen Optionen für die Gestaltung des Abends zu haben, schien ihr wenig verlockend.

»Kann ich mitkommen?«, fragte sie spontan. »Ich würde mir das gerne mal aus der Nähe ansehen.«

Überrascht sah Sven sie an. »Ja, klar. Hätte nicht gedacht, dass dich das interessiert.«

»Ich bin neugierig. Du bist so begeistert von diesem Sport, da will ich mehr wissen.«

Sven klatschte in die Hände. »Vielleicht kann ich dich ja sogar zur Kitesurferin machen. Ich kenne einen ganz tollen Lehrer, der bringt dir das in Nullkommanichts bei.«

Sina winkte ab. »So genau will ich's sicher nicht wissen.«

Eine Weile fuhren sie schweigend dahin. Schließlich brach Sven das Schweigen. »Was meinst du, wer der Typ war?«

»Ich hatte überlegt, ob es vielleicht Thomas Brand war«, meinte Sina.

Sven nickte. »Ich werde gleich morgen versuchen, herauszufinden, ob er einen Mietwagen hatte oder mit seinem eigenen PKW auf die Insel gekommen ist.«

»Wenn es Brand nicht war, überleg dir anschließend gleich, was es noch für Möglichkeiten geben könnte, Riels letzten Abend zu rekonstruieren. Ich muss gestehen, ich habe da keine Ideen mehr.« Sina setzte den Blinker und bog in die Straße ab, in der Sven wohnte.

»Wir könnten einen öffentlichen Aufruf starten«, meinte Sven. »Lisa Riels Foto und ein Foto des Kleides, das sie anhatte, an die Zeitung geben.«

Sina verzog das Gesicht. »Ich weiß nicht. Da sind die Erfolgsaussichten doch eher gering. Da rufen dann nur lauter Leute ein, die sich einbilden, Riel gesehen zu haben. Und wie sollen wir dann die Fantastereien von möglichen echten Tipps unterscheiden? Wir haben nicht die Möglichkeiten, alle Anrufe zu überprüfen.«

Sie fuhr langsamer und hielt vor Svens Haus.

»Wahrscheinlich hast du recht. Das wäre wahrscheinlich nur im allergrößten Notfall, wenn wir gar keine anderen Ermittlungsansätze mehr haben, angebracht.« Sven löste seinen Sicherheitsgurt und öffnete die Tür. »Aber wir haben ja noch Thomas Brand und die ganzen Belege, die wir von der Bank und dem Mobilfunkanbieter bekommen. Vielleicht ergibt sich ja da noch was.« Er stieg aus und beugte sich in den Wagen. »Ich bin gleich wieder da. Meine Tasche ist schon gepackt.«

Sina sah ihrem Kollegen nach, der im Haus verschwand. Dann trommelte sie mit den Fingern auf das Lenkrad. *Ich bin wirklich bald am Ende mit meinem Latein. Was könnten wir noch tun, um Lisa Riels Vater zu identifizieren? Wir können ja schlecht alle auf Sylt lebenden Männer befragen, die alt genug wären, um Lisa Riels Vater zu sein. Und für einen DNA-Reihentest fehlt uns die rechtliche Grundlage. Ganz zu schweigen davon, dass wir die Kosten dafür nicht rechtfertigen könnten.*

Das Klappen der Autotür riss sie aus ihren Gedanken. Sven hatte nicht zu viel versprochen. Er schob eine große Sporttasche auf den Rücksitz und setzte sich wieder auf den Beifahrersitz.

»Das ging ja wirklich flott.«

»Sag ich doch.« Er strahlte sie an. »Wenn's um's Kiten geht, ist mein Motto: allzeit bereit.«

***

Wie fast immer auf Sylt - selbst im Sommer - wehte auch heute eine ziemlich starke Brise.

»Ideal zum Kiten«, hatte Sven erklärt, als er Sina zum Strand gefolgt war. Er hatte sich auf dem Parkplatz in Sinas Wagen umgezogen, während sie bereits voraus zum Strand gegangen war. Nur weil sie sich ein wenig näher mit Svens heißgeliebtem Lieblingssport befassen wollte, hieß das ja noch lange nicht, dass sie ihm dabei zusehen wollte, wie er sich in den hautengen Neoprenanzug quetschte.

Während er nun am Strand sein Board und den Kite vorbereitete, beobachtete Sina einige andere Kitesurfer, die bereits an diesem Strandabschnitt trainierten. Als einer der Kitesurfer abhob und einen Sprung hoch in die Luft machte, hielt sie den Atem an. Doch nach einigen waghalsig anmutenden Drehungen landete er wieder auf dem Wasser.

»Sieht ganz schön gefährlich aus«, meinte sie.

»Ist es aber nicht«, gab Sven zurück. »Klar, man muss viel trainieren, bis man so weit ist. Wenn man ganz neu anfängt, dauert es eine Weile, bis einen der Lehrer allein mit dem Kite aufs Board lässt. Vorher stehen viele Trockenübungen auf dem Plan und dann muss man auch erst mit dem Board allein umgehen lernen.«

»Das dauert doch sicher eine ganze Weile. Wie lange bist du schon dabei?«

Sven grinste. »Ich habe schon als Teenager angefangen. Ich hatte sogar mal eine Zeitlang überlegt, ob ich nicht als Kite-Lehrer arbeiten soll. Aber dann war mir die Jobsicherheit bei der Polizei doch lieber.« Er klemmte sich das Board unter den Arm und sah aufs Meer hinaus. »Manchmal frage ich mich aber sogar heute noch, ob das die richtige Entscheidung war.« Fast wehmutsvoll klangen seine letzten Worte.

Sina wusste nicht, was sie auf diese unerwartet emotionale Aussage antworten sollte. Bevor ihr etwas Passendes einfiel, war Sven wieder ganz der Alte und deutete lachend auf zwei Personen im Wasser. »Wo wir grad vom Lernen gesprochen haben: Da schau, die Dame da drüben macht einen Kurs. Der Lehrer ist ein guter Kumpel von mir, Jan. Das ist der, von dem ich vorhin meinte, der bringt dir das Kiten in Rekordzeit bei.«

Während Sven letzte Vorbereitungen traf, beobachtete Sina den Lehrer und seine Schülerin. Beide hatten ein Board und auch wenn Sven es ihr nicht gesagt hätte, wäre auf den ersten Blick erkennbar gewesen, wer der Lehrer war und wer die Lernende.

Sieht wirklich schwierig aus. Ich glaube, für mich wäre das nichts.

Kaum hatte Sina diesen Gedanken zu Ende gedacht, da ruderte die Kite-Schülerin mit den Armen und landete mit einem lauten Platsch im Wasser.

Sina wandte ihre Aufmerksamkeit ihrem Kollegen zu, der gerade ins Wasser gegangen war. Mit angehaltenem Atem beobachtete sie, wie Sven erst mit moderatem Tempo, dann immer schneller über die Wellen flitzte.

Als er das erste Mal abhob und durch die Luft flog, keuchte sie auf.

Das ist echt der Wahnsinn.

Elegant landete Sven wieder auf dem Wasser. Sina hätte am liebsten applaudiert. Doch das hätte ihr Kollege natürlich weder gehört noch gesehen.

Je länger Sina zusah, desto lauter wurde ein Gedanke.

Ich muss mir unbedingt die Zeit nehmen, bei diesem Wettkampf zuzusehen. Das wird sicher toll.

»Bist du Svens neue Freundin?«

Sina zuckte leicht zusammen. Sie hatte nur ganz am Rande ihres Gesichtsfeldes bemerkt, dass die

Kite-Unterrichtsstunde beendet war. Doch dass der Kite-Lehrer, Svens Kumpel Jan, auf sie zukam, hatte sie nicht bemerkt.

Erst jetzt sah sie, dass sie nur wenige Schritte von zwei großen Segeltuchtaschen entfernt stand. Offensichtlich die Behältnisse für Jans Ausrüstung.

Lachend schüttelte Sina den Kopf. »Nein, wir sind Kollegen. Ich wollte einfach mal sehen, was das für ein Sport ist, für den er so schwärmt.«

Auch Jan lachte. Da er nasse Haare hatte, konnte Sina seine Haarfarbe nicht erkennen, doch dass seine Augen von einem strahlend klaren Blau waren, konnte sie sogar auf die Entfernung sehen. Auch die Lachgrübchen und der durchtrainierte Körper waren nicht zu übersehen.

Sympathisch und topfit.

Sina ging auf Jan zu.

»Hallo, Frau Marten.«

Überrascht sah Sina die Kite-Schülerin an. Aufgrund der nassen Haare und des ungewohnten Outfits dauerte es eine Sekunde, bis sie die Frau erkannte.

Cornelia Lemke.

»Hallo, Frau Lemke. Ich sehe, Sie nutzen Ihre Urlaubszeit gut.«

Lemke lachte. »Ja, das war meine zweite Unterrichtsstunde heute.« Spielerisch boxte sie Jan gegen den Oberarm. »Leider hat mir Jan schon klargemacht, dass ich wiederkommen und mehr Stunden nehmen muss. Er meint, in diesem Urlaub schaffe ich es nicht mehr, allein aufs Board zu gehen.«

Jan hob beide Hände. »Versuch nicht schon wieder, mich dazu zu überreden, schneller zu machen. Es dauert so lange, wie es eben dauert.«

Sina hob die Schultern. »Ganz ehrlich, ich glaube, für mich wäre das nichts. Es sieht toll aus, aber ich kann mir überhaupt nicht vorstellen, das alles selbst zu machen.« Sie deutete aufs Meer hinaus, wo Sven gerade wieder abhob.

»Ich geb dir gerne Stunden«, sagte Jan.

Sina streckte ihm die Hand hin. »Ich heiße Sina. Sina Marten.«

Mit einem kräftigen Händedruck umschloss Jan Sinas Rechte. »Oh, du bist Svens neue Chefin? Hätte ich das gewusst…«

»Was dann?« Sina blinzelte ihn an.

»Dann hätte ich dich nicht so respektlos gleich geduzt.« Er ließ ihre Hand wieder los.

Sinas Haut prickelte. »Das ist schon okay so.«

Seine Augen sind wirklich unglaublich blau. Wie von der Sonne ausgebleicht.

Sie räusperte sich. »Machst du bei dem Wettkampf mit? Ich habe mir schon fest vorgenommen, dass ich zum Zuschauen kommen werde.«

Jan nickte. »Ja, allerdings.« Er deutete auf Sven. »Dann ist es aus mit der Freundschaft, dann sind Sven und ich erbitterte Konkurrenten.« Die Lachfältchen um seine Augen verrieten, dass er nur scherzte.

Cornelia Lemke seufzte tief auf. »Ich wünschte, ich könnte auch kommen, aber das ist mein letzter Urlaubstag. Da habe ich schon andere Pläne.« Ein weiterer Seufzer. »Und dann heißt es wieder: Die Arbeit ruft.«

Sina hob eine Hand und wandte sich zum Gehen. »Dann will ich euch mal nicht weiter stören. Cornelia, Ihnen noch einen schönen Resturlaub. Jan, wir sehen uns.«

»Ich freu mich«, sagte Jan.

Als Sina sich abwandte, tat sie dies mit einem Lächeln im Gesicht.

***

Vielleicht muss es ja nicht gleich Kitesurfen sein. Aber einen ganz normalen Surfkurs könnte ich vielleicht machen?

Sina warf ihre Jacke auf die Bank im Küchenbereich ihres Wohnmobils.

Okay, sei ehrlich mit dir. Jan gefällt dir. Das ist der einzige Grund, aus dem du jetzt über irgendwelche Wassersportkurse nachdenkst.

Lächelnd schüttelte Sina den Kopf. Nein, sie würde sich nicht ins Wasser stürzen, nur wegen einem Kerl mit blauen Augen und umwerfendem Lächeln.

Ich seh ihn in ein paar Tagen bei dem Wettkampf. Er ist ein Kumpel von Sven, da ergibt sich vielleicht im Anschluss noch was. Wir könnten alle gemeinsam was trinken gehen zum Beispiel. Falls so wackere Kitesurfer überhaupt Alkohol trinken.

Sie nahm ihr Smartphone zur Hand und überprüfte ihren E-Mail-Posteingang. Nichts Neues.

Morgen muss ich noch diesen Außendienstmitarbeiter befragen und hoffentlich machen die Kieler Kollegen endlich Thomas Brand ausfindig. Wenn der nicht bald befragt werden kann, müssen wir uns ernsthaft überlegen, ob die Tatsache, dass er nicht auffindbar ist, ihn zu einem Tatverdächtigen macht.

Aus ihrer Handtasche zog Sina einen Notizblock und sah nach, ob die Fragen, die sie sich notiert hatte, für die telefonische Befragung von Michael Kroos ausreichten oder ob sie noch etwas vergessen hatte.

Doch sie konnte sich nicht richtig konzentrieren. Ständig schweiften ihre Gedanken zurück zu Jan und seinem Lächeln.

Ich freu mich, hatte er zum Abschied gesagt.

Spinn hier nicht rum, du kennst nicht mal seinen Nachnamen.

Kapitel sieben

Frustriert legte Sina den Telefonhörer auf. Sie hatte Michael Kroos, den Außendienstmitarbeiter der Fortonia Versicherung, befragt, nachdem sie ihn in Lübeck erreicht hatte, wo er gerade Kunden besuchte.

Das Gleiche wie bei allen anderen bisherigen Befragungen. Beschreibt Lisa Riel als nett, aber ein wenig verschlossen, weiß so gut wie gar nichts über sie.

Sina starrte auf den Bildschirm ihres PCs.

Soll ich das genau so in meinen Bericht schreiben?

Sie seufzte, dann machte sie sich daran, eine Zusammenfassung ihres Telefongespräches mit Kroos zu verfassen.

Es dauerte keine zehn Minuten und sie konnte die Datei abspeichern. Als Nächstes war ihr E-Mail-Postfach an der Reihe und hier hob sich Sinas Laune schlagartig.

Ein Kollege aus Kiel teilte ihr mit, dass sie Thomas Brand noch am selben Tag befragen würden. Er fragte nach, ob Sina daran interessiert sei, die Befragung per Videolink zu verfolgen.

Hocherfreut klickte Sina auf *Antworten* und verfasste eine Nachricht.

Krachend flog die Tür zu ihrem Büro auf.

Sina fuhr zusammen und starrte Sven an, der im Türrahmen stand. Sie öffnete den Mund, um ihren Kollegen zu fragen, was in aller Teufel Namen in ihn gefahren war, doch da sprudelte es schon aus ihm heraus.

»Eine Leiche am Weststrand. Wieder eine Frau. Dieses Mal ertrunken.«

Es dauerte eine Sekunde, bis Sina die Bedeutung von Svens Worten voll erfasst hatte. »Mord?«

Sven schüttelte den Kopf. »Keine Ahnung. Könnte auch ein Unfall gewesen sein, ich habe noch keine näheren Informationen.« Er hob den Schlüssel des Dienstwagens hoch. »Ich fahre sofort los.«

»Ich komme mit.« Sina stand schon, als ihr die E-Mail wieder einfiel. »Einen Moment noch.« Im Stehen beugte sie sich zum Bildschirm, überflog, was sie geschrieben hatte, und sendete die E-Mail ab.

»Die Kieler Kollegen befragen heute Nachmittag Thomas Brand. Sie wollen uns live per Videostream zuschalten.«

Sven sah auf die Uhr. »Gut, dass es noch so früh ist. Bis zum Nachmittag sollten wir wieder im Revier sein.«

Die Strecke zum Fundort der Leiche legte Sven mit rasender Geschwindigkeit zurück. Auch bei dieser Fahrt war Sina wieder froh, dass ihnen unterwegs keine Schafe begegneten.

Dieses Mal lag die Leiche nicht in den Dünen, sondern direkt am Strand, ganz in der Nähe des Wassers. Sie lag mit dem Gesicht nach unten im nassen Sand, die langen Haare voller Sand. Gekleidet war der leblose Körper in einen schwarzen Neoprenanzug. Die letzten Ausläufer der Wellen leckten an dem glatten schwarzen Material.

»Ist sie angeschwemmt worden?«, fragte Sina.

Sven ging neben der Leiche in die Hocke und zeigte auf ihren rechten Knöchel. »Das sieht mir nach einem Surfunfall aus.«

Jetzt sah auch Sina, dass um den Fußknöchel eine Schlinge von der Art lag, mit der Surfer ihr Board am Fuß befestigten. Doch das Band, das normalerweise die Verbindung herstellte, war nach ungefähr zehn Zentimetern abgerissen.

»Hat sich wohl zu viel vorgenommen. Wahrscheinlich eine unerfahrene Surferin, die sich alleine bei zu hohem Wellengang rausgewagt hat. Aber dass das Band gerissen ist, erstaunt mich. Das passiert extrem selten.«

»Materialermüdung? Wäre so etwas möglich?«, fragte Sina und trat einen Schritt zurück, um einer Welle auszuweichen.

Sven richtete sich wieder auf. »Bei unerfahrenen Wassersportlern, die sich überschätzen, ist wahrscheinlich alles möglich. Auch dass ihre Ausrüstung mangelhaft ist.« Er schüttelte den Kopf. »Tragisch.«

Sina überprüfte ihr Smartphone. »Der Gerichtsmediziner ist auf dem Weg.«

»Die Spurensicherung brauchen wir gar nicht erst verständigen«, meinte Sven und trat ein Stück von der Leiche weg. »Selbst falls das hier doch kein Unfall war, Spuren gibt's hier keine. Die hat sich das Meer schon längst geholt.«

»Damit hast du allerdings recht.« Sina betrachtete ihre eigenen Fußspuren, die sich mit Wasser füllten. Noch ein, zwei weitere Wellen und nichts würde mehr darauf hinweisen, dass sie gerade noch neben der Leiche gestanden hatte.

»Ich hole trotzdem das Absperrband. Wir wollen ja niemandem den Urlaub vermiesen, der heute noch einen Strandspaziergang unternehmen will und hier vorbeikommt.«

***

Das Plastikband flatterte im Wind, tat aber seine Schuldigkeit. Seit Sven den Bereich um die Leiche abgesperrt hatte, waren etliche Spaziergänger vorbeigekommen, aber die meisten waren nicht einmal stehengeblieben, sondern hatten nach einem kurzen Blick den Kopf abgewandt und waren rasch weitergegangen.

Nur einmal hatte ein Kind, ein Junge von vielleicht sieben Jahren, lautstark seine Eltern gefragt, warum die Frau da am Wasser läge. Die Antwort der Eltern hatte Sina nicht hören können, sie hatte nur gesehen, wie die Mutter ihr Kind fest an der Hand nahm und weiterzog.

Vor einigen Minuten war endlich der Gerichtsmediziner eingetroffen und hatte sich an die Arbeit gemacht.

Sina sah unruhig auf die Uhr, die Befragung von Thomas Brand wollte sie auf keinen Fall verpassen.

Wenn es zeitlich knapp wird, lasse ich Sven allein hier und fahre zurück ins Revier. Dr. Singer kann ihn ja dann später mitnehmen.

Singer, der bis jetzt neben der Leiche gekniet hatte, stand auf und winkte Sina und Sven zu sich.

»Sieht nach Tod durch Ertrinken aus. Genaueres nach der Obduktion.« Er sah nachdenklich nach unten. »Aber dieses Band kommt mir seltsam vor. Das sieht aus, als sei es durchgeschnitten worden.«

»Durchgeschnitten?« In Svens Stimme schwang Entsetzen mit.

»Bei diesem Material würde ich erwarten, dass der Abrissrand zumindest ein wenig zerfasert ist. Hier ist er ganz glatt und vor allem auch sehr gerade. Sieht aus als sei das Band schnurgerade durchgeschnitten worden.«

»Aber wie sollte so etwas gehen? Könnte es sein, dass die Frau beim Surfen ins Wasser gestürzt ist und sich so verheddert hat, dass sie mit einem mitgebrachten Messer ...« Sina brach ab und schüttelte den Kopf. »Nein, das würde nicht funktionieren. Erstens hätte sie sich an ihrem Board festgehalten, das hätte ihr genug Sicherheit gegeben, um das Band zu entheddern. Und selbst wenn sie tatsächlich ein Messer dabei gehabt hätte, was ja eher unwahrscheinlich ist, und sich hätte losschneiden wollen, dann hätte sie keinen regelmäßigen, geraden Schnitt hinbekommen.«

»Ganz genau«, bestätigte Dr. Singer. Er sah Sven an. »Ich würde sie mir gerne noch kurz von vorne ansehen, bevor ich sie abholen und ins Krankenhaus transportieren lasse. Helfen Sie mir bitte?«

Stumm nickte Sven.

Gemeinsam drehten die beiden Männer den toten Körper so behutsam wie möglich auf den Rücken.

Sina schnappte nach Atem, als sie das Gesicht der Toten sah.

Sie kannte die Frau.

***

»Ich habe erst gestern mit ihr gesprochen. Ich bin ganz erschüttert.« Sina hielt sich an ihrer Kaffeetasse fest, als könnte diese ihr den Rückhalt geben, den sie gerade tatsächlich so dringend bräuchte. Sie atmete tief durch und sah Sven an. »Ich bin normalerweise ziemlich abgehärtet, aber das war doch ein kleiner Schock.«

»Cornelia Lemke«, sagte Sven leise. Er klang nachdenklich. »Macht Urlaub auf Sylt, findet erst eine Leiche und endet dann selbst tot am Strand.«

»Das kann doch kein Zufall sein«, sagte Sina und stellte die Tasse auf ihrem Schreibtisch ab.

»Du sagst, sie hat gestern Unterricht bei Jan genommen?«

»Ja, das kommt noch dazu. Sie war ganz am Anfang. Zweite Unterrichtsstunde, wenn ich mich recht entsinne.« Sina runzelte die Stirn. »Ich bin mir ziemlich sicher, dass Jan gewitzelt hat, sie müsse wieder hierher in Urlaub kommen, weil es würde noch eine Weile dauern, bis er sie alleine aufs Board lässt.«

»Dann kommt es mir mehr als komisch vor, dass sie alleine surfen war«, sagte Sven. »Dass sie Unterricht genommen hat, deutet ja darauf hin, dass sie den Sport durchaus ernst genommen hat. Das klingt nicht so, als wäre sie eine Draufgängerin gewesen, die einfach alleine loszieht.«

»Noch dazu entweder am frühen Morgen oder am sehr späten Abend, wenn sonst niemand in der Nähe ist.«

»Wir müssen abwarten, was Dr. Singer zur Todeszeit zu sagen hat«, meinte Sven. »Er sagte ja schon, dass sie nicht aussähe, als hätte sie lange im Wasser gelegen.«

»Da sie gestern gegen 18 Uhr noch quicklebendig und bester Dinge war, ist das ja schon einmal klar.«

Sven zog die Augenbrauen zusammen. »Was auch seltsam ist, ist, dass wir das Surfbrett nicht gefunden haben. Wenn der Körper angeschwemmt worden ist, dann hätte eigentlich auch das Board irgendwo am Strand liegen müssen.«

»So genau haben wir aber nicht gesucht. Wir sind nur ein paar Meter in beide Richtungen gegangen. Vielleicht liegt es ein gutes Stück entfernt«, gab Sina zu bedenken. »Wir sollten jemanden losschicken, der noch einmal gründlich sucht.« Sie hob die Schultern. »Aber wenn wir Pech haben, hat es schon jemand mitgenommen.«

Sven verschränkte die Arme und lehnte sich mit der Hüfte an die Schreibtischkante. »Mir gefällt die Sache nicht.«

»Mir auch nicht, das kannst du mir glauben. Hochsaison und zwei tote Frauen.«

»Gut, ich werde gleich nachprüfen, ob Lemke und Riel sich vielleicht doch kannten.«

»In Riels Adressbuch stand Lemke auf jeden Fall nicht drin. Wenn sie sich kannten, haben sie sich hier auf der Insel kennengelernt«, sagte Sina. »Nicht dass dazu viel Zeit gewesen wäre, Riel wurde ja schon am Abend ihrer Ankunft ermordet.«

»Immerhin werden wir Lemkes Handy zur Verfügung haben, das liegt sicher in ihrem Hotelzimmer. Da können wir dann problemlos nachsehen, ob es Kontakt zwischen den beiden gab.«

Sina nickte. »Gut, kümmere du dich um den Durchsuchungsbeschluss für Lemkes Hotelzimmer. Ich sehe mir solange die Befragung von Thomas Brand an. Vorher muss ich aber noch die Kieler kontaktieren, dass sie ihn jetzt auch nach Lemke befragen müssen.«

»Wobei die in einem anderen Hotel gewohnt hat. Auch immerhin zwei Kilometer vom Mirage Strandhotel entfernt, da ist ein Zusammenhang also nicht ganz so naheliegend wie bei Riel und Brand.«

»Wir werden sehen«, meinte Sina, den Telefonhörer bereits in der Hand.

***

Thomas Brands hellbraune Haare fielen ihm in die Stirn, die Arme hatte er abwehrend vor der Brust verschränkt. Nachdem Hauptkommissar Dirk Ränker, einer der beiden Kollegen von der Polizei in Kiel, Brand darüber aufgeklärt hatte, dass die Befragung aufgezeichnet wurde, erklärte er ihm, dass er als Zeuge vernommen werde.

Brand verzog das Gesicht. »Zeuge wofür denn bitte?«

»Sie waren bis vor einigen Tagen auf Sylt, ist das zutreffend?«

»Ich habe einige Tage Urlaub gemacht. Ist das neuerdings verboten?«

Ränker ging nicht auf die Provokation ein, sondern machte sich mit stoischem Gesichtsausdruck eine Notiz.

Sinas Bildschirm war zweigeteilt. Auf der einen Seite lieferte der Videolink Bilder der Kamera, die auf Thomas Brand gerichtet war, auf der anderen Seite waren Ränker und sein Kollege Mathias Koops zu sehen.

Sina konzentrierte sich auf Brand.

Ist der immer so passiv-aggressiv? Führt sich ein wenig auf wie ein bockiger Teenager, der aus purem Trotz nicht kooperieren will.

»Sie wohnten im Mirage Strandhotel. Sind Sie dort einer Frau Lisa Riel begegnet?«

»Nicht dass ich wüsste. Da liefen jede Menge Frauen rum. Haben sich mir nicht alle vorgestellt.« Ein herablassendes Grinsen begleitete Brands Worte.

Ränker legte ein Foto vor Brand auf die Tischplatte. »Hilft dieses Foto Ihrem Gedächtnis auf die Sprünge?«

Flüchtig sah Brand das Bild von Lisa Riel an. »Hübsch, aber ein wenig langweilig. Nicht mein Typ. Falls ich die je auf Sylt im Hotel gesehen haben sollte, ist sie mir nicht aufgefallen.«

»Wie sieht es mit einer Frau Cornelia Lemke aus? Kennen Sie die?«

Kopfschütteln. »Nein, ich war nicht auf Sylt, um Frauen aufzureißen.«

Wieder gab Ränker sich unbeeindruckt und legte ein weiteres Foto vor Brand auf den Tisch.

Der pfiff leise durch die Zähne. »Wow, die sieht ja mal richtig scharf aus. An die könnte ich mich garantiert erinnern. Nach der hätte ich mich auf der Straße umgedreht.« Er schob das Foto von sich. »Nein, auch diese Frau habe ich noch nie gesehen. Wenn Sie mir jetzt verraten würden, was die ganze Fragerei soll.«

Sagt ihm ruhig, worum es geht, das heizt ihm vielleicht ein wenig ein.

»Dazu kommen wir noch«, sagte Ränker. »Ich habe hier noch ein weiteres Foto, von dem ich möchte, dass Sie es sich ansehen.«

Gespannt wartete Sina auf die Reaktion von Thomas Brand, als ihm eine Kopie des Fotos, das sie in Lisa Riels Hotelzimmer gefunden hatte, gezeigt wurde.

Er gab sich gänzlich unbeeindruckt, kein Wiedererkennen war in seinem Blick zu lesen. »Wer soll das sein?«

»Sie kennen auch diese beiden Personen nicht?«

Schulterzucken. »Das Foto sieht alt aus. Wer weiß, wie die beiden mittlerweile aussehen.« Er sah vom Foto auf und nahm Ränker ins Visier. »Wie heißen die beiden denn?«

»Wir hofften, dass Sie uns das sagen können.«

Mit einem verächtlichen Blick warf Brand das Foto auf die Tischplatte. »Nein, kann ich nicht.«

Ränker nickte, dann blätterte er in seiner mitgebrachten Akte. »Dann erzählen Sie uns doch einmal ein wenig über sich. Laut unseren Informationen arbeiten Sie als Busfahrer.«

»Das stimmt.«

»Verdient man da so gut, dass man sich einfach mal so zwei Nächte im Mirage Strandhotel leisten kann?«, warf Koops ein.

Brand riss die Augen auf. »Was geht Sie das an, was ich mir leisten oder nicht leisten kann?«

»Die Fragen stellen wir«, sagte Ränker mit eisigem Ton.

Einen Moment lang starrte Brand ihn aufmüpfig an, Sina dachte schon, er werde die Antwort verweigern. Doch dann hob Thomas Brand die Schultern und sagte: »Ich habe gespart.«

Sina lachte auf. *Will der uns veräppeln?*

»Soso, Sie haben also auf einen Urlaub gespart und dann fahren Sie ausgerechnet ins nahe gelegene Sylt und verbringen gerade mal zwei Nächte in einem Fünfsternehotel? Für das Geld hätten sie einen zweiwöchigen Pauschalurlaub im Mittelmeerraum buchen können.« Ränker war offenbar ebenso skeptisch wie Sina.

»Jetzt wird es mir aber langsam zu blöd hier. Was ich mit meinem Geld mache und wo, ist ja wohl immer noch meine Sache.« Brand machte Anstalten, aufzustehen.

Koops bedeutete ihm mit einer Geste, sich wieder zu setzen.

»Vor fünf Tagen wurde Lisa Riel tot am Sylter Weststrand aufgefunden«, sagte Ränker mit emotionsloser Stimme. »Am gleichen Tag reisten Sie von Sylt ab, wo Sie im selben Hotel wie die Tote gewohnt hatten.« Er klopfte mit den Fingerknöcheln auf die vor ihm liegende Akte. »Dazu kommt, dass Sie wegen schwerer Körperverletzung vorbestraft sind. Also ist es eben nicht Ihre Sache, dass Sie sich letzte Woche auf Sylt aufgehalten haben. Sie geben uns jetzt besser eine Erklärung für diesen Urlaub und wie Sie den finanziert haben.«

Während Ränker gesprochen hatte, war Brand sichtlich immer nervöser geworden. Nun leckte er sich über die Lippen, bevor er antwortete. »Ich wollte einfach mal ein paar Tage ausspannen, mir was gönnen. Aber so weit weg fahren wollte ich nicht, ich flieg nicht so gern.«

Ich nehm dem das nicht ab. Da steckt doch irgendwas dahinter. Nur was?

Sina nahm einen Schluck aus ihrer Teetasse und verfolgte gebannt das weitere Verhör.

Jetzt befragte Ränker Brand zu Einzelheiten der Straftat, die zu seiner Verurteilung vor knapp drei Jahren geführt hatte.

Brand kehrte zu seiner Bockigkeit zurück, antwortete nur einsilbig und behauptete, damals zu Unrecht verurteilt worden zu sein.

»Ich habe mir in meinem Leben noch nie etwas zuschulden kommen lassen«, sagte er. »Okay, vielleicht ab und zu mal zu schnell gefahren. Aber ich würde nie einer Frau Gewalt antun.«

Ränker zog eine Augenbraue nach oben. »Wirklich? Wie kommt es dann, dass ich hier zwei weitere Anzeigen gegen Sie sehe, wegen genau dem gleichen Delikt? Gut, diese beiden Anzeigen wurden zurückgezogen.« Er lehnte sich ein wenig vor, sah Brand intensiv an. »Aber glauben Sie mir, ich mache diesen Job nicht erst seit gestern. Eine Verurteilung und zwei weitere Anzeigen wegen häuslicher Gewalt und Körperverletzung? Es gibt keinen Rauch ohne Feuer, wie man so schön sagt.«

Brand starrte ihn nur an, sagte jedoch nichts.

Ränker klopfte auf die Tischplatte. »Gut, wir machen hier eine Pause. In der Zwischenzeit unterhalten wir uns noch einmal mit unseren Kollegen auf Sylt.«

***

»Ich bin mir sicher, Brand hat Dreck am Stecken«, sagte Ränker. »Irgendetwas verheimlicht der uns. Dass er einfach nur mal eben auf einen Kurzurlaub im Fünfsternehotel war, nehme ich dem nicht ab.«

Sina nickte, auch wenn Ränker das über die Telefonleitung natürlich nicht sehen konnte. »Ich bin ganz deiner Meinung.«

»Hast du schon überprüft, was für andere Anzeigen während Brands Anwesenheit auf Sylt bei euch eingegangen sind?«

»Nein, daran habe ich tatsächlich noch nicht gedacht. Du meinst, er hat vielleicht mit dem Mord an Riel nichts zu tun, sich aber etwas anderes zuschulden kommen lassen?«

»Ja, das wäre meine Idee.«

Sina machte sich eine Notiz. »Ich werde das sofort veranlassen und dir dann Bescheid geben.« Sie wollte schon auflegen, als ihr noch etwas einfiel. »Ach ja, ihr habt ihn noch nicht danach gefragt, ob er einen Wagen gemietet hatte. Wir haben ja diese eine Zeugin, die Riel mit einem dunkelhaarigen Mann in silbernem PKW gesehen haben will.«

»Brand ist nicht dunkelhaarig.« Selbst über die Telefonleitung konnte Sina Ränkers Skepsis hören.

»Gut, seine Haare sind hellbraun, aber vielleicht bezeichnet die Zeugin alle Männer mit braunen Haaren als dunkelhaarig. Ich sollte ihr vielleicht ein Foto von Brand vorlegen.« Sina griff nach einem Bleistift und klopfte damit auf ihren Notizblock. »Frag ihn einfach. Zur Sicherheit.«

»Klar, mach ich. Wir müssen ihn auch noch in die Zange nehmen, wo er denn seit seiner Rückkehr von eurer Insel eigentlich gesteckt hat. Hat schließlich zwei Tage gedauert, bis wir den mal daheim angetroffen haben. Bei seiner Arbeitsstelle war er auch nicht, da hat er immer noch Urlaub.«

Sina und Ränker verabschiedeten sich.

Nachdem sie aufgelegt hatte, sah Sina kurz auf ihren Notizblock und dachte nach. *Wirklich seltsam, diese Behauptung vom Urlaub auf Sylt. Wenn er doch noch viel länger frei hatte, warum ist er dann nicht auch länger weggefahren? Warum nur zwei Nächte?*

***

Sven, den Sina damit beauftragt hatte, nach weiteren Meldungen und Anzeigen zu sehen, hatte keine Ergebnisse gebracht. Ein Taschendiebstahl, zwei Fahrraddiebstähle und ein versuchter Einbruch, mehr war während Brands Kurzaufenthalt auf Sylt nicht passiert.

»Es gab auch noch ein paar Geschwindigkeitsübertretungen und einen Fall von Alkohol am Steuer. Aber da wurden natürlich die Personalien festgestellt und unser Mann war da nicht dabei.«

Enttäuscht hatte Sina den Kollegen in Kiel Bescheid gegeben. Als diese ihre Befragung schließlich fortsetzten, schien Thomas Brand ein wenig kooperativer.

Wahrscheinlich will er einfach nur noch nach Hause, hat die Rumsitzerei auf dem Revier satt. Dass er aber erst dann gehen darf, wenn er zur Zufriedenheit von Ränker und Koops ausgesagt hat, ist ihm mittlerweile wohl klargeworden.

Die Frage danach, ob er sich für seinen Aufenthalt auf Sylt ein Auto gemietet hatte, beantwortete Brand durchaus bereitwillig. »Ja, einen kleinen roten Flitzer hatte ich. Einen Golf.« Auch den Namen der Autovermietung gab er Ränker ohne weiteres Murren.

Das ist leicht nachzuprüfen. Also war er wohl nicht der Mann, den Jaschinski gesehen hat. Schade.

Als Ränker das Thema anschnitt, wo sich Brand seit seiner Rückkehr aus dem angeblichen Sylt-Urlaub aufgehalten hatte, war die bockige Grundhaltung jedoch mit einem Schlag wieder da. »Das geht Sie ja nun wirklich nichts an. Das ist privat.«

»Wir ermitteln in einem Mordfall und einem weiteren verdächtigen Todesfall, da gibt es keine Privatsphäre mehr«, entgegnete Ränker.

»Ihnen ist doch mittlerweile längst klar, dass ich mit diesen beiden Frauen nichts zu tun hatte«, sagte Brand. »Also lassen Sie mich gehen oder verhaften

Sie mich und besorgen Sie mir einen Anwalt.« Provozierend sah er Ränker an.

Dem hat der Kollege leider nichts entgegenzusetzen.

Nach einem kurzen Starrwettbewerb gab Ränker tatsächlich klein bei. Er lehnte sich zurück und klopfte auf die vor ihm liegende Akte. »Sie können gehen.«

***

Nach dem Ende der Videoübertragung war Sina aufgestanden und ans Fenster getreten. Sie dehnte ihre verspannten Schultern und starrte blicklos nach draußen.

Sieht so aus, als sei Brand eine Sackgasse. In der Richtung kommen wir nicht weiter.

Sie drehte sich um, als hinter ihrem Rücken ein Klopfen ertönte.

Sven stand im Türrahmen. »Störe ich?«

»Nein, nein. Ich hadere nur gerade mit mir. Ich hatte mir von der Befragung von Thomas Brand einfach mehr versprochen.«

»Kam gar nichts dabei raus?«

Sie schüttelte den Kopf und setzte sich wieder an den Schreibtisch.

»Dann hab ich zur Abwechslung gute Neuigkeiten. Hoffe ich zumindest. Sowohl die Verbindungsnachweise für Lisa Riels Handy als auch die Bankunterlagen sind da. Gerade eingetroffen, während du noch mit Kiel verkoppelt warst.«

Überrascht sah Sina ihren Kollegen an. Sie hätte damit gerechnet, dass sowohl der Handyanbieter als auch die Bank mauern und die Informationen noch tagelang nicht herausgeben würden.

»Dann schauen wir uns das doch gleich einmal an.« Sina deutete auf den Besucherstuhl auf der anderen Seite ihres Schreibtisches. Sven packte ihn und wuchtete ihn neben Sinas Bürostuhl.

Die tippte bereits auf ihrem Keyboard, um zu den verschlüsselt übersandten Daten zu gelangen.

»Dann wollen wir doch mal sehen«, murmelte sie, als eine lange Liste mit Telefonnummern und Namen auf ihrem Bildschirm erschien.

»Marlies Wagner, Anna Walters, was ist das hier?« Sie tippte mit dem Zeigefinger auf eine Zeile, in der kein Name erschien, sondern nur eine lange Zahlenreihe.

»Auf jeden Fall auch eine Flensburger Vorwahl«, sagte Sven. »Sieht so aus, als sei das die Telefonnummer einer großen Firma mit vielen Nebenstellen. Das sind doch mehr als zehn Ziffern.«

Sina rief eine Suchmaske auf und gab die Nummer ein. Enttäuscht atmete sie aus, als Sekundenbruchteile später das Ergebnis erschien. »Fortonia Versicherung. Da hat sie einen ihrer Kollegen von zu Hause aus angerufen.«

Sie scrollte ein wenig tiefer. Immer wieder dieselben Nummern. Beste Freundin, Tante. Dazwischen ein Pizzalieferdienst und noch einmal die Nummer der Fortonia.

Dann wieder eine Nummer ohne Teilnehmernamen. Dieses Mal mit Sylter Vorwahl.

Bitte lass das die Nummer ihres Vaters sein. Wir brauchen dringendst einen konkreten Anhaltspunkt in diesem Fall.

Als Sina die Ziffernfolge in die Telefonnummernabfrage eingab, hielt sie unwillkürlich den Atem an. Doch sie wurde enttäuscht.

»Das Mirage Strandhotel«, sagte Sven neben ihr. »Da hat sie wahrscheinlich telefonisch ihre Reservierung vorgenommen.«

Sina nickte. »Wer macht so was heute schon noch telefonisch? Ich dachte, alle buchen ihre Hotels online.«

»Lisa Riel halt eben nicht«, meinte Sven trocken. »Aber was ist das hier? Da steht einfach nur Nummer unterdrückt.«

Am liebsten hätte Sina laut aufgestöhnt. »Wahrscheinlich ist das die Nummer ihres Vaters. Der wohnt in Kampen, ist Multimillionär und hat eine Geheimnummer, damit ihn nur ja nie jemand belästigt. Selbst seiner eigenen Tochter wollte er die Nummer nicht geben.«

»Sei nicht so zynisch«, sagte Sven. »Wobei ich deine Enttäuschung verstehen kann.«

Sina scrollte zum Ende der Liste. »Viel telefoniert hat sie ja nicht.«

»Vielleicht eine von denen, die den ganzen Tag nur per WhatsApp chatten. An die Nachrichten kommen wir ja leider nicht ran.«

»Die würden uns bei der Suche nach ihrem alten, kranken Vater wahrscheinlich auch gar nicht weiterhelfen. Ich kann mir nicht vorstellen, dass ein Mann älteren Jahrgangs WhatsApp nutzt. Das ist doch was für Teenager.«

»Nicht nur«, wandte Sven ein. »WhatsApp setzt sich immer mehr als Kommunikationsmittel durch.«

Sina winkte ab. »Ich bin zwar noch nicht so alt, aber es gibt Dinge, mit denen kann ich einfach nichts anfangen.«

»Ach, und WhatsApp gehört da dazu?« Sven klang ehrlich interessiert.

Sina zog eine Grimasse. »Ich mein, ich hab's natürlich installiert. Aber ich muss sagen, dieses ständige Erreichbarsein nervt mich ganz schön. Das hab ich im Job, das brauch ich nicht auch noch im Privatleben.«

Sie warf einen weiteren Blick auf die recht kurze Liste von Lisa Riels Verbindungsnachweisen.

Auch wenn ich zugeben muss, dass meine private Anrufliste zurzeit ähnlich kurz sein dürfte wie die von Riel. Ich habe kaum soziale Kontakte, seit ich hierhergezogen bin. Das muss ich dringendst ändern.

Kurz flogen ihre Gedanken zum Vorabend und zu Jan, dessen Nachnamen sie immer noch nicht kannte. *Den würde ich gerne näher kennenlernen.*

»Erde an Sina, Erde an Sina«, riss Sven sie aus ihren Gedanken.

Sina spürte wie ihre Ohren warm wurden. Sie fühlte sich ertappt, fast so, als hätte sie ihre Gedanken an Jan laut ausgesprochen. Sie räusperte sich. »Tut mir leid, mir fiel grad etwas ganz anderes ein, als ich diese Liste so betrachtet habe. Hat nichts mit dem Fall zu tun. Lass uns zu den Bankunterlagen weitergehen.«

Lisa Riel hatte neben einem Girokonto auch noch ein Sparkonto, beide bei derselben Bank. Auf dem Sparbuch lagen knapp dreitausend Euro, auf dem Girokonto gab es nur die immer gleichen monatlichen Bewegungen. Gehaltseingang, Zahlungen per

Dauerauftrag oder Lastschrifteinzug für Miete, Nebenkosten, Telefon, Versicherungsbeiträge.

»Auf die Gefahr hin, dass ich wie eine alte Schallplatte mit Sprung klinge: Ich bin schon wieder beim Thema, was für ein langweiliges Leben hat Lisa Riel eigentlich geführt?«

»Jaja, ich weiß, die Wohnung aus dem Katalog, der langweilige Job und jetzt auch noch das hier«, sagte Sven und deutete auf den Bildschirm.

»Die Zimmer im Mirage Strandhotel kosten in der Hochsaison ab dreihundert Euro pro Nacht«, sagte Sina. »Wieso bucht sich jemand, der nicht einmal dreitausend Euro auf dem Konto hat, in so einem teuren Hotel ein? Sie hat sich sonst keinerlei Luxus gegönnt, nicht einmal im Kleinen. Und dann logiert sie in einem der teureren Hotels hier auf Sylt. Für mich passt das nicht zusammen.«

»Na, das ist aber doch ganz klar«, sagte Sven.

Fragend sah Sina ihn an.

»Das Hotel hat Papa bezahlt. Der wollte, dass seine Kleine beim ersten Treffen so richtig verwöhnt wird. Da hat er nicht rumgegeizt. Dachte vielleicht, er hätte nach den ganzen Jahren der Abwesenheit was gut zu machen.«

Sina runzelte die Stirn. »Das mag ja sein. Aber wenn er so viel Geld hat und seine Tochter ihm plötzlich angeblich so wichtig ist, warum hat sie dann überhaupt im Hotel gewohnt und nicht bei ihm zu Hause? Er wird doch wohl irgendeine Möglichkeit haben, Gäste unterzubringen.«

Sven zuckte mit den Schultern. »Vielleicht wollte sie das nicht? So ein erstes Treffen ist ja ein ganz schön großer Schritt. Was, wenn sie sich auf Anhieb unsympathisch gewesen wären und dann hätte sie dagesessen, im Gästezimmer.«

Sina schnippte mit den Fingern. »Wir haben im Hotel gar nicht nachgefragt, wie Riel eigentlich bezahlen wollte. Ob sie eine Kreditkarte angegeben hat oder ob sie vielleicht im Voraus bezahlt hat.« Mit großen Augen sah Sina Sven an. »Was, wenn ihr Vater die Buchung vorgenommen und bezahlt hat? Dann könnten wir so seinen Namen herausbekommen.«

Sven schlug sich mit einer Hand vor die Stirn. »Wie konnte ich das nur vergessen. Ich habe die ganzen Mitarbeiter befragt, aber an die Rechnung habe ich gar nicht gedacht.«

»Das lässt sich ja leicht nachholen.« Sina griff nach dem Telefonhörer.

Die Mitarbeiterin des Mirage Strandhotels, die Sina an den Apparat bekam, war misstrauisch genug, darum zu bitten, Sina auf dem Polizeirevier zurückrufen zu dürfen. Es dauerte zwar nicht lange, bis das Telefon klingelte, doch Sina trommelte vor Ungeduld mit den Fingern auf die Tischplatte.

»Es geht noch einmal um den Mordfall Lisa Riel. Ich möchte gerne von Ihnen wissen, wie sie ihre Zimmerrechnung beglichen hat. Hat sie bei der Buchung eine Kreditkarte angegeben?«

»Einen Moment, ich sehe nach.« Am anderen Ende der Leitung erklang hektisches Tastengeklapper.

Hoffentlich dauert das jetzt nicht ewig, dachte Sina.

»Ah ja, hier.« Eine kurze Pause. »Das ist merkwürdig. Die Rechnung wurde bei der Anreise bar im Voraus bezahlt. Das machen heutzutage nur noch sehr wenige Gäste. Die meisten zahlen per Kreditkarte.«

Sina runzelte die Stirn. »Sehen Sie auch den Namen Ihres Kollegen, der den Check in vorgenommen hat?«

»Ja, das war Morten Nagel.«

Sina kritzelte den Namen auf ihren Notizblock. Kurz dachte sie nach. »Gut, vielen Dank. Könnten Sie bitte auch noch nachsehen, wie es mit Thomas Brand aussieht? Er reiste vor fünf Tagen ab, nachdem er zwei Nächte bei Ihnen verbracht hatte.«

Erneutes Tastenklapper, kürzer dieses Mal. »Das ist seltsam. Auch Brand hat bei der Anreise bar bezahlt.«

Sina bedankte sich und beendete das Gespräch. Immer noch stirnrunzelnd sah sie Sven an. »Sowohl Riel als auch Brand haben ihre Zimmerrechnung im Voraus bezahlt und das auch noch in bar.«

»Wer macht das denn heutzutage noch?«

Sina nickte. »Genau das hat die Hotelmitarbeiterin auch gesagt.«

»Lisa Riel hat also mehrere Hundert Euro bar auf den Rezeptionstresen gelegt«, sagte Sven.

»Woher hatte sie das Geld? Nicht nur, dass auf ihrem Konto keine größeren Geldeingänge zu verzeichnen waren, es gab in den Tagen vor ihrer Abreise nach Sylt auch keine größeren Abhebungen«, meinte Sina.

»Schade, dass wir die Bankunterlagen von Brand nicht auch haben«, sagte Sven.

»Vielleicht lässt sich das ja ändern«, sagte Sina und griff erneut zum Telefonhörer. Rasch tippte sie die Nummer von Kollege Ränker aus Kiel ein.

Als der sich mit einem barschen Hallo meldete, kam Sina sofort zur Sache. »Meinst du, es wäre möglich, uns Informationen über Thomas Brands Kontobewegungen aus der Zeit kurz vor seiner Reise nach Sylt zu beschaffen? Ich habe soeben erfahren, dass er seine Hotelrechnung bar bezahlt hat. Da wir uns ja sowieso schon gefragt haben, wie er sich ein so teures Hotel überhaupt leisten konnte, würde es mich doch jetzt sehr interessieren, ob er vielleicht kurz vor seiner Reise einen ungewöhnlichen höheren Geldeingang zu verzeichnen hatte.«

Als Ränker antwortete, klang seine Stimme skeptisch. »Ich glaube nicht, dass uns die Bank diese Auskunft geben wird. Wir haben keinerlei Verdachtsmomente gegen Brand. Dass er uns unsympathisch ist, reicht leider nicht, deswegen bekommen wir keinen richterlichen Beschluss. Finde einen Zeugen, der Thomas Brand gemeinsam mit Lisa Riel gesehen hat, dann dürfte das kein Problem mehr sein.«

Sina biss sich auf die Unterlippe. Sie hatte schon befürchtet, dass Ränker so oder so ähnlich reagieren würde. Sie verabschiedete sich von ihrem Kieler Kollegen und seufzte.

»Haben wir eigentlich schon den Beschluss für die Durchsuchung des Zimmers von Cornelia Lemke?«

Sven schüttelte den Kopf und sah auf die Armbanduhr. »Schätze, das wird heute nichts mehr.«

Sina fuhr ihren Computer herunter. »Dann lass uns Feierabend machen. Morgen dann Zimmerdurchsuchung und auf die Ergebnisse der Obduktion bin ich auch gespannt.«

***

Die Ravioli sahen wenig appetitanregend aus. Eigentlich sah die rot-braune Pampe auf Sinas Teller auch überhaupt nicht aus wie Ravioli.

Ich muss aufhören, solchen Fertigfrass in mich reinzustopfen.

Sie lehnte sich zum Kühlschrank hinüber, dessen Tür in den beengten Verhältnissen des Wohnmobils bequem von ihrem Sitzplatz aus erreichbar war. Kritisch musterte Sina den Inhalt, griff schließlich nach einem Fläschchen Tabasco.

Scharf schmeckt alles besser.

Großzügig beträufelte sie die undefinierbaren Ravioli und nahm einen Bissen.

Tatsächlich ein wenig besser. Nur ein wenig, aber immerhin.

Während sie aß, scrollte sie auf ihrem Tablet durch eine Immobilienwebsite. Bei den meisten Angeboten handelte es sich natürlich um Objekte, die zum Kauf angeboten wurden. Fast nur Häuser, kaum Wohnungen. Die Preise? Trieben einem die Tränen in die Augen.

Definitiv der falsche Makler für mich.

Sina ging zurück zu ihrer Lesezeichenliste und öffnete die Website des nächsten Sylter Immobilienmaklers. Hier wurden immerhin auch Mietwohnungen angeboten. Aber selbst diese lagen größtenteils komplett außerhalb dessen, was Sina sich leisten könnte.

Sie nahm noch einen Bissen, dann schob sie den Teller von sich. Lustlos tippte sie auf eines der Inserate. Zweizimmerwohnung in Westerland, 50 Quadratmeter, Kaltmiete 1.350 Euro im Monat.

Dazu dann noch Provisionen und Kaution.

Sina blinzelte, als sie die Fotos der angebotenen Wohnung sah.

Schön ist auch anders.

Die Wohnung lag in einem Hochhauskomplex in Westerland und entsprach ganz und gar nicht Sinas Wünschen und Vorstellungen von einer heimeligen Bleibe.

Okay, diesen Vorstellungen entspricht das Teil auch nicht gerade. Aber das soll ja auch nur eine vorübergehende Notlösung sein. Wenn ich eine Wohnung miete, dann will ich da ja langfristig wohnen. Dann muss ich mich auch wirklich wohlfühlen.

Enttäuscht legte sie das Tablet beiseite.

Wie soll ich auf dieser Insel je eine für mich passende Wohnung finden, die ich mir auch leisten kann? Muss ich eine WG aufmachen? Falls ja, mit wem? Ich kenne immer noch kaum jemanden hier auf Sylt, außer meinen Kollegen.

Da fiel ihr Jan wieder ein, der schneidige Kite-Lehrer.

Den kenne ich ja noch gar nicht, den würde ich nur gerne näher kennenlernen.

Sie schielte auf ihr Tablet. Schade, dass sie Jans vollen Namen nicht kannte, sonst könnte sie jetzt eine kleine Onlinesuche nach ihm starten. Als Anbieter von Kitesurfing-Kursen hatte Jan doch sicher eine Website.

Wo der wohl wohnt? Naja, wahrscheinlich hat er Frau und Kinder, sie verdient auch und sie können sich ein kleines Häuschen leisten. Oder einer von beiden ist gebürtiger Sylter mit langem Familienstammbaum und hat besagtes Häuschen geerbt.

Sie verzog das Gesicht.

Jetzt sei doch nicht immer so negativ, schalt sie sich in Gedanken selbst. *Jan ist garantiert nicht verheiratet und Kinder hat er erst recht keine. Wie alt ist der? Ende zwanzig? Dazu noch begeisterter Kitesurfer, so jemand bindet sich doch nicht so jung. Aber egal.*

Sina schob die Gedanken an Jan beiseite und überlegte weiter, wie sie ihre Wohnsituation verbessern könnte. Dabei stand sie auf, kratzte die restlichen Ravioli vom Teller direkt in den Mülleimer und ließ Wasser über Geschirr und Besteck laufen.

Soll ich doch aufs Festland ziehen und pendeln? Nein, das wäre mir noch viel mehr zuwider, als hier im Teil zu campieren. Die ständige Fahrerei, dazu der Autozug.

Dass der Autozug von Niebüll nach Sylt oft verspätet war und man beim Be- und Entladen teilweise lange warten musste, hatte Sina schon am eigenen Leib erlebt. Diesen Stress wollte sie sich wirklich nicht zwei Mal täglich antun müssen.

Tja, wenn ich eine nette Wohnung ohne Pendelei will, werde ich mich wohl wieder versetzen lassen müssen. Am besten nach Flensburg oder Kiel.

Sie sah sich in der Küche um, ob alles halbwegs sauber und aufgeräumt war, dann ging sie ins Bad.

Das Wohnungsproblem wird warten müssen. Aber sobald diese Ermittlung abgeschlossen ist, werde ich der Suche mehr Zeit und Energie widmen.

Kapitel acht

Sina hatte nicht gut geschlafen, ihr Rücken tat weh und ihre Augen fühlten sich an, als hätte jemand Sand hineingestreut. Dementsprechend schlecht war ihre Stimmung. Schon auf der Fahrt vom Campingplatz zum Polizeirevier hatte sie sich vorgenommen, ihre miese Laune nicht an Sven auszulassen.

Der kann ja nun wirklich nichts dafür.

Als sie das Revier betrat und den Duft von frisch gebrühtem Kaffee vernahm, hellte das ihre Stimmung sogar ein wenig auf. Nachdem sie sich einen großen Becher eingeschenkt hatte, besprach sie mit Sven das Vorgehen für den Tag.

»Hier, gerade ausgedruckt.« Sven reichte ihr ein amtliches Formular, das Sina nur zu bekannt vorkam.

»Der Durchsuchungsbeschluss ist da? Frühaufsteher.«

»Nein, Überstundenschieber. Die E-Mail kam gestern kurz vor 19 Uhr, da waren wir schon im Feierabend.«

Sina verdrehte die Augen. »Als wären wir gestern um die Uhrzeit noch losgezogen, um die Durchsuchung vorzunehmen. Die Überstunden hätten die sich sparen können.« Sie stellte den Kaffeebecher weg und rieb sich die Hände. »Fahren wir gleich los?«

Sven grinste. »Da du aussiehst, als ob du es kaum noch erwarten kannst, würde ich sagen: Ja.«

Auf der Fahrt zum Hotel Sylter Oase, in dem Cornelia Lemke logiert hatte, öffnete Sina das Fenster auf der Fahrerseite einen Spalt, um die frische Sommerbrise ins Wageninnere ziehen zu lassen. Durch die schroff-schöne Heidelandschaft, vorbei an vereinzelten Friesenhäusern mit ihrer typischen Architektur ging die Fahrt Richtung Norden.

Sina parkte direkt vor dem kleinen, ländlich anmutenden Hotel. Die Sylter Oase befand sich in einem Haus mit reetgedecktem Dach und idyllisch anmutendem Vorgarten, in dem eine bunte Blütenpracht sprießte.

»Das Hotel macht seinem Namen alle Ehre«, sagte sie zu Sven.

»Krasser Gegensatz zum Mirage«, meinte der. »Hier wird Inselflair verbreitet, dort gibt es moderne Businesshotel-Architektur, die vor allem der Zweckmäßigkeit dient.«

»Sieht so aus, als mochte Lemke es lieber gemütlich und originell als zweckmäßig.« Sina ging auf den Eingang zu. »Aber einen Wellnessbereich wird man hier wohl vergeblich suchen.«

»Den haben wir tatsächlich nicht, aber wir haben ein Abkommen mit dem Hotel Westwind. Unsere Gäste dürfen deren Spa benutzen.«

Sina drehte sich nach der hellen Frauenstimme um, die sie angesprochen hatte. Eine Frau um die vierzig in Jeans und T-Shirt war soeben um die Hausecke gebogen und kam auf Sina und ihren Kollegen zu.

»Bettina Pörksen, ich bin die Besitzerin der Oase.« Sie deutete mit einem Blick, der wahren Besitzerstolz ausdrückte, auf die Fassade.

»Sina Marten, Hauptkommissarin. Wie Ihnen ja bereits mitgeteilt wurde, ist einer Ihrer Gäste, Frau Cornelia Lemke, gestern tot aufgefunden worden.«

Sofort wandelte sich Bettina Pörksens Miene zu tiefer Betroffenheit. »Ach du meine Güte, ja. So schrecklich. Frau Lemke kam bereits seit ungefähr drei Jahren immer wieder zu uns. Sie war sozusagen einer unserer Stammgäste.« Sie fuhr sich mit einer Hand über die Stirn. »Kommen Sie wegen Frau Lemkes Sachen?«

Sven trat hinzu und reichte Frau Pörksen den Durchsuchungsbeschluss. »Zuerst müssen wir das Hotelzimmer durchsuchen. Wegen des Abtransports der persönlichen Gegenstände wird es noch ein wenig dauern.«

»Wir werden dies aber natürlich schnellstmöglich veranlassen«, versprach Sina.

»Ich verstehe«, sagte Bettina Pörksen. »Ich will jetzt nicht pietätlos erscheinen, aber was mache ich mit den Gästen, die das Zimmer als nächstes gebucht haben?« Sie sah zwischen Sina und Sven hin und her. »Frau Lemke wäre übermorgen abgereist.«

»Einen genauen Zeitrahmen können wir Ihnen leider noch nicht nennen«, meinte Sina. »Am besten, wir fangen sofort mit der Arbeit an. Desto schneller sind wir dann fertig.«

»Bitte.« Die Hotelbesitzerin bedeutete ihnen, ihr zu folgen. Der Eingangsbereich des kleinen Hotels war hell und freundlich gestaltet. Der Blumenschmuck stammte offensichtlich aus dem hauseigenen Garten. Eine hellgebeizte Holztreppe führte in die oberen Etagen.

Bettina Pörksen trat an den Rezeptionstresen, holte einen Schlüssel und ging dann voran die Treppe hinauf. »Frau Lemke hatte immer Zimmer fünf. Das hat einen besonders hübschen Ausblick.«

Sie sperrte die schlichte Holztür auf und trat einen Schritt zurück. »Wenn Sie mich brauchen, ich bin unten an der Rezeption.«

Sina nickte der Hotelbesitzerin zu, während sie Nitrilhandschuhe überstreifte. »Vielen Dank.«

»Ach, eine Frage noch«, sagte Sven, als Pörksen sich schon zum Gehen wandte. »Wann ist das Zimmer das letzte Mal gereinigt worden?«

»Gestern Vormittag.« Bettina Pörksen runzelte die Stirn. »Da war sie schon tot. Ist das jetzt ein Problem?«

Sina seufzte innerlich. *Wahrscheinlich schon.* Äußerlich ließ sie sich jedoch nichts anmerken. »In dem Fall kann es sein, dass wir auch mit Ihrem Zimmermädchen sprechen müssen. Wir sagen Ihnen schnellstmöglich Bescheid.«

Sie stieß die Tür auf und betrat das Hotelzimmer.

Das ordentlich gemachte Bett wartete mit strahlend weißen Kopfkissen und einer blau gemusterten Tagesdecke auf, die so strammgezogen war, dass man einen Bleistift darauf hätte abprallen lassen können.

Sina ließ ihren Blick über die weitere Einrichtung schweifen. Ein Schrank, ein schmaler Tisch, über dem ein ovaler Spiegel hing, zwei gemütlich wirkende Sessel, blau bezogen, passend zur Tagesdecke, dazwischen ein rundes Tischchen.

Links neben der Zimmertür führte eine weiße Holztür ins Badezimmer.

Sina deutete auf den Fußboden. »Man sieht sogar die Spuren des Staubsaugers im Teppich«, sagte sie zu Sven. »Auf den ersten Blick würde ich sagen, das Zimmermädchen macht seine Arbeit äußerst gründlich.«

»Normalerweise toll, in diesem speziellen Fall weniger gut.«

Noch bevor Sina etwas entgegnen konnte, klingelte ihr Handy. Am anderen Ende meldete sich Dr. Gerhard Singer.

»Die Obduktion ist schon abgeschlossen?«, fragte Sina überrascht. Sie hatte damit gerechnet, erst am Nachmittag vom Flensburger Rechtsmediziner zu hören.

»Nein, aber ich wollte Ihnen trotzdem schon meine ersten Erkenntnisse mitteilen.« Singer atmete tief durch. »Es liegt eindeutig Fremdverschulden vor.«

Sina zog scharf den Atem ein, während sie versuchte, die auf sie einstürzenden Gedanken zu sortieren und zu entscheiden, welche Frage sie dem Rechtsmediziner zuerst stellen sollte.

Der wartete jedoch gar nicht erst darauf, dass ihm Fragen gestellt wurden, sondern begann seine bisherigen Untersuchungsergebnisse zusammenzufassen. »Zuallererst wären da die petechialen Blutungen in den Augen. Hinzu kommen etliche Hämatome am ganzen Körper. Gut, die könnten rein theoretisch von sportlicher Tätigkeit stammen, Sie hatten mir ja erzählt, dass die Tote Kitesurfing-Unterricht nahm.«

»Ja, aber sie war noch ganz am Anfang. Ich glaube nicht, dass da die Verletzungsgefahr sonderlich groß war, nicht einmal für blaue Flecke. Was haben Sie außer den Petechien und den blauen Flecken noch gefunden?«

»Ein Fingernagel ist abgebrochen. Ob das eine Abwehrverletzung ist, kann ich leider nicht belegen, da sie keinerlei Spuren unter den Fingernägeln hat. Die hat das Wasser der Nordsee leider gründlich beseitigt. Aber der Hauptgrund für meinen so frühen Anruf ist: Sie hat kein Wasser in den Lungen. Sie ist also nicht ertrunken. Meine erste Vermutung ist, dass sie an Land erstickt und dann ins Wasser geworfen oder zumindest am Strand platziert wurde.«

»Wir durchsuchen jetzt das Hotelzimmer der Toten«, sagte Sina. »Bitte halten Sie mich auf dem Laufenden, was weitere Ergebnisse angeht.«

»Selbstverständlich«, sagte Singer und beendete das Telefonat.

Sina fasste das soeben Gehörte kurz für Sven zusammen. Dann nickte sie in Richtung des Kleiderschrankes. »Da wir jetzt schon wissen, dass es kein Unfall war, tüte bitte alles ein, was auch nur im Entferntesten als Beweismittel taugen könnte.«

Sven nickte, er wirkte betroffen. »Alles, klar.«

»Was hast du? Du siehst aus, als sei gar nichts klar.«

Sven räusperte sich. »Es ist wegen Jan. Er ist wirklich ein guter Kumpel. Ich mache mir Sorgen, dass er jetzt Ärger bekommt.«

Aufmerksam sah Sina Sven an. »Denkst du, er hat etwas mit Lemkes Tod zu tun?«

»Nein, auf gar keinen Fall.« Jetzt klang Sven richtiggehend entsetzt. »Aber die Leiche trug einen Neoprenanzug.«

»Darüber hatte ich ja noch gar nicht nachgedacht«, sagte Sina. »Wenn ein Anfänger Kite-Unterricht nimmt, dann leiht er oder sie sich natürlich die Ausrüstung. Auch den Anzug?«

»Klar, alles. Das Zeug ist teuer. Und wenn jemand im Urlaub nur ein paar Stunden zum Spaß nimmt, lohnt sich die Investition logischerweise nicht.« Er atmete tief durch. »Der Anzug wird also Jan gehören oder vielmehr gehört haben.«

Sina biss sich auf die Unterlippe. »Dann müssen wir den nachher auch noch verhören.« Eine Aussicht, die sie nicht gerade erfreute. Einen Mann zu befragen, den sie attraktiv fand? Kein guter Start in eine Bekanntschaft.

Sie schob diesen Gedanken beiseite und ging auf das Bett zu.

Eine Weile arbeiteten Sina und Sven schweigend. Cornelia Lemkes Smartphone lag auf dem Nachttisch und wurde von Sina sorgfältig in eine Beweismitteltüte gepackt. Kleiderschrank und Bad gaben nichts her, im Koffer der Toten, der auf einer kleinen Gepäckablage neben dem Schrank ruhte, befanden sich die Rückfahrkarte für den Zug, etwas Bargeld und Cornelia Lemkes Personalausweis.

»Ihre Kreditkarte muss ganz schön geächzt haben in den letzten Tagen«, meinte Sven, der gerade einen kleinen Stapel zusammengefalteter Einkaufstüten durchsah. »Das hier sind alles Boutiquen aus Kampen. Ich kenn mich da zwar nicht sonderlich aus, aber in Kampen ist alles teuer.«

»Ich denke, sie hat ganz gut verdient«, sagte Sina. »Aber die Klamotten interessieren mich weniger. Mich beunruhigt vielmehr, dass wir kein Notizbuch oder Taschenkalender gefunden haben. Ich hoffe, sie hat alles auf ihrem Handy gespeichert, sonst stehen wir komplett ohne Anhaltspunkte da.«

Sie verließen das Zimmer und Sina sperrte die Hotelzimmertür ab. »Lass uns noch Frau Pörksen befragen. Vielleicht weiß die ja, wie Lemke ihre Tage hier auf der Insel verbracht hat.«

»Und vor allem auch mit wem«, murmelte Sven, dem wohl immer noch schwer im Magen lag, dass sein Kumpel Jan ins Kreuzfeuer geraten könnte.

***

Bettina Pörksen hatte ihnen nicht weiterhelfen können. Sie habe Cornelia Lemke nur beim Frühstück gesehen und außer den üblichen Höflichkeitsfloskeln habe es keine Konversation zwischen ihnen gegeben. »Ich kann Ihnen nur sagen, dass sie teilweise sehr früh aufgestanden ist und dann den ganzen Tag unterwegs war. Ich weiß, dass sie den Spabereich in unserem Partnerhotel besucht hat. Dafür benötigt man eine Magnetkarte, die ich ihr gleich an ihrem Anreisetag gegeben habe. Ach ja, ein Fahrrad hat sie sich auch geliehen. Aber wo sie damit hingefahren ist, kann ich Ihnen natürlich nicht sagen.«

Obwohl es Sina in den Fingern juckte, zu probieren, ob sie das Display von Lemkes eingeschaltetem Handy ohne PIN aus dem Schlummermodus erwecken könnte, packte sie im Revier alle Gegenstände, die sie aus dem Hotelzimmer mitgenommen hatten, in einen Karton, der für die Spurensicherung in Kiel bestimmt war.

Sobald sie damit fertig war, warf sie Sven die Autoschlüssel zu. »Dieses Mal fährst du. Wir müssen Jan befragen. Wie heißt der eigentlich mit Nachnamen?«

»Ingwersen.«

Was für ein aparter Name. Wahrscheinlich ein waschechter Sylter.

Als Sina Sven zum Auto folgte, ermahnte sie sich, Jan Ingwersen gegenüber streng professionell zu bleiben.

Es reicht ja wohl, dass schon Sven voreingenommen ist.

Kurz überlegte sie sogar, ob es nicht besser wäre, wenn sie Ingwersen alleine, ohne ihren Kollegen, befragte.

»Wie gut seid ihr eigentlich befreundet?«, fragte sie wie beiläufig, als sie die Beifahrertür öffnete.

»Keine Sorge, so eng sind wir nicht. Befangenheit kann man mir keine vorwerfen.« Trotzdem misslang Sven das Grinsen, das Sina wohl beruhigen sollte, gründlich. »Wir sind halt Sportkumpels, kennen uns vom Training hier auf der Insel und von Wettkämpfen.«

»Okay, aber wahrscheinlich ist es trotzdem besser, wenn ich Jan befrage.«

Sven nickte nur. Er lenkte den Dienstwagen in Richtung Norden. »Wir schauen erst am Strand vorbei. Wenn er da nicht ist, fahren wir zu ihm nach Hause.«

»Moment, der Strand ist lang. Sollten wir ihn nicht vielleicht erst anrufen?«

Jetzt gelang Sven das Lächeln schon ein wenig besser. »Das ist nicht nötig. Das Kitesurfen ist nur an bestimmten Strandabschnitten erlaubt. Jan ist immer da, wo wir ihn vorgestern getroffen haben.«

Macht Sinn, wenn ich an die Ausrüstung denke, die man für diesen Sport braucht. Wenn man an einer Stelle kitet, wo auch Schwimmer unterwegs sind, da könnte man sich ganz schön ins Gehege kommen.

Es stellte sich heraus, dass Sven recht gehabt hatte. Jan befand sich mit einem - dieses Mal männlichen - Schüler am Strand, wo auch noch zwei weitere Kitesurfer trainierten.

Zum Glück war die Unterrichtsstunde gerade zu Ende, sodass sie Jan nicht extra aus dem Wasser holen mussten.

Überrascht sah er von Sven zu Sina und wieder zurück zu Sven. »Was verschafft mir denn die Ehre?«

Wie abgesprochen blieb Sven stumm, Sina erklärte Jan die Lage.

Als er hörte, dass seine Schülerin Cornelia Lemke tot aufgefunden worden war, wurde er sichtlich blass unter seiner Sommerbräune. »Die Conny? Aber was ist denn passiert?«

Sina war in Versuchung, ihm alles genau zu erklären, doch da war er wieder: der Gedanke daran, professionell bleiben zu müssen.

»Beantworte uns bitte erst ein paar Fragen. Als wir uns vorgestern hier am Strand trafen, da wart ihr gerade fertig mit dem Unterricht, oder?«

»Ja, das hast du doch gesehen.«

Sina zuckte mit den Achseln. »Ich habe leider nicht so sehr auf euch geachtet, sobald Sven mit dem Training angefangen hatte. Ich kann mich noch erinnern, dass wir gegen 18 Uhr hier waren.«

»Conny hatte eine Doppelstunde gebucht. Von vier bis sechs«, sagte Jan. »Sie sagte, sie wolle das Maximum aus ihrem Urlaub herausholen, das waren genau ihre Worte.«

»Es war nicht ihre erste Trainingsstunde bei dir, oder?«

»Nein, am Tag davor war die erste, auch eine Doppelstunde. Heute hatte sie noch eine Einheit gebucht, auch wieder von vier bis sechs.« Jan fuhr sich mit einer Hand durch die Haare mit den sonnengebleichten Strähnen. »Ich kann das gar nicht fassen.

Die Conny, tot? Die war so voller Lebensfreude, hat gesprüht vor Energie und Esprit.«

Am liebsten hätte Sina die Augen verdreht angesichts Jans so offensichtlicher Begeisterung für seine Schülerin. *Ich hoffe, die hatten nichts miteinander.*

»Kanntest du Cornelia Lemke schon vorher?«

»Nein, sie rief mich vor einigen Tagen an, um die Stunden zu buchen.« Er versuchte sich an einem Lächeln, das aber misslang. »Sie sagte mir, sie hätte den Ehrgeiz, es so schnell wie möglich soweit zu bringen, dass sie mit dem Kite ins Wasser gehen könnte. Das hab ich ihr aber sehr schnell ausgeredet.«

Sina nickte, sie konnte sich noch an das Geplänkel des vorgestrigen Abends erinnern.

»Als ihr also mit eurer Trainingseinheit fertig wart, habt ihr die Ausrüstung zusammengepackt. Und dann?«

»Ja, es war meine letzte Stunde vorgestern, danach hatte ich Feierabend. Wir haben uns umgezogen, ich habe das Equipment in meinen Kombi geladen und Conny noch gefragt, ob ich sie irgendwohin mitnehmen kann. Ich wusste zwar, dass sie mit dem Fahrrad da war, aber das hätte ich auch noch untergekriegt. Sie meinte aber, es sei so ein herrlicher Abend, da würde sie gerne mit dem Rad ins Hotel zurückfahren.«

»Hat sie irgendetwas zu dir gesagt, was ihre weiteren Pläne für den Abend anging?«

Jan strich sich über das Kinn. »Sie hat erzählt, dass sie sich aufs Abendessen freut. Sie meinte, nach dem ganzen Sport hätte sie sich ja wohl ein Festmahl verdient.« Er schnippte mit den Fingern. »Ja, klar, ich hab sie ja sogar noch gefragt, wo sie essen gehen will. Da meinte sie, sie sei im Brodersens verabredet.

Das habe ich mir gemerkt, weil das ist ja ein ziemlich gehobenes Restaurant.«

»Brodersens?« Sina warf einen raschen Blick zu Sven, der sichtlich aufgemerkt hatte.

»Ja, daran kann ich mich noch ganz genau erinnern. Es hat mich ein wenig überrascht, dass Conny in so ein schickes Restaurant geht.« Er hob die Schultern. »Aber vielleicht hat ja ihre Verabredung das Restaurant ausgesucht.«

»Mit wem sie da verabredet war, hat sie aber nicht erwähnt?«

Kopfschütteln. »Nein. Nachgefragt habe ich auch nicht. Ich will ja nicht aufdringlich sein. Ein bisschen privates Geplauder, ja, aber man sollte immer auch einen gewissen Abstand zu seinen Schülern halten.« Wieder sah er zwischen Sina und Sven hin und her. »Könnt ihr mir denn jetzt erzählen, was passiert ist? War es ein Unfall mit dem Rad?«

»Eine Frage müsstest du mir erst noch beantworten. Was war mit Cornelia Lemkes Neoprenanzug?«

Verwirrt sah Jan Sina an. »Was soll mit dem gewesen sein?«

»Hat sie den von dir ausgeliehen?«

Er schüttelte den Kopf. »Nein. Sie war beim Wellenmarkt, das ist ein Shop in Westerland. Die verkaufen alle möglichen Ausrüstungsgegenstände und Zubehör, verleihen aber auch Boards, Kites und Anzüge. Taucherausrüstungen auch. Sie kam schon zur ersten Stunde mit dem Anzug.«

Fast hätte Sina vor Erleichterung leicht aufgeatmet. Das würde sich leicht nachprüfen lassen. Dadurch war Jan zwar nicht komplett aus dem erweiterten Kreis der Verdächtigen ausgeschieden, aber immerhin war Lemke nicht in einem Neoprenanzug gestorben, der Jan gehörte.

»Sie hat den Anzug also nach eurer Stunde mitgenommen?«

Nicken. »Ja, sie hatte eine Sporttasche dabei, die sie auf ihren Gepäckträger geklemmt hat.«

Sina runzelte die Stirn. Eine Sporttasche hatten sie im Hotelzimmer der Toten nicht gefunden. Ein weiterer Punkt, dem sie nachgehen mussten.

»Um jetzt deine Frage zu beantworten. Cornelia Lemke ist nicht bei einem Unfall umgekommen, auch wenn es so aussehen sollte. Sie wurde getötet und am Strand gefunden. Dabei trug sie einen Neoprenanzug.«

Jan schnappte nach Luft. »Das ist jetzt nicht wahr.«

»Doch leider«, sagte Sven. »Mehr dürfen wir dir aber nicht erzählen. Du weißt schon, laufende Ermittlungen und so.«

»Ich verstehe.« Wieder fuhr Jan sich durch die Haare. »Das macht mich grad total fertig.« Er sah auf seine wasserfeste Armbanduhr. »Ich habe gleich noch eine Stunde. Wenn ihr keine weiteren Fragen mehr habt, entschuldigt mich bitte. Ich brauch mal eben einen Moment für mich.«

Sven klopfte Jan zum Abschied auf die Schulter, Sina nickte ihm nur zu.

»Bin ich froh, dass der Neoprenanzug nicht Jan gehört hat«, sagte Sven, sobald sie außer Hörweite seines Kumpels waren.

Ich auch, aber das werde ich jetzt nicht laut sagen.

»Wir haben zwei tote Frauen und beide wollten im Brodersens essen gehen«, sagte sie stattdessen. »Was machen wir jetzt daraus?«

»Lisa Riel fragte nach dem Weg zum Restaurant, die Geschäftsführerin hat uns aber halbwegs glaubhaft versichert, dass sie nie dort zu Gast war. Denkt aber, sie könnte Riel mit einem unbekannten Mann vor dem Restaurant gesehen haben. Conny, ich meine Cornelia, Lemke erzählt Jan, sie habe vor, im Brodersens zu Abend zu essen. Tja, da bleibt doch nur eins, was wir tun können.« Sven hob den Autoschlüssel hoch. »Ein weiteres Gespräch mit Frau Jaschinski.«

Sina tippte mit dem Zeigefinger auf ihre Armbanduhr. »Das Restaurant hat leider noch nicht geöffnet. Wir müssen erst ihre Privatanschrift herausfinden.«

***

Ein kurzer Anruf im Revier hatte die gewünschte Information gebracht, sodass Sven jetzt vor dem gepflegten Einfamilienhaus parkte, in dem Paula Jaschinski lebte. Es handelte sich um einen Neubau, der jedoch den für Sylt so typischen Häusern nachempfunden war.

»Hübsch hat sie's hier«, meinte Sina, als sie ausgestiegen war.

»Ja, das Brodersens läuft gut. Da verdient man als Geschäftsführerin sicher nicht schlecht.«

»Aber ist das nicht auch ein Job, der extrem saisonabhängig ist?«, fragte Sina.

»In der Regel schon, aber das Brodersens ist auch bei uns einheimischen Syltern sehr beliebt.« Jetzt war Svens lockeres Grinsen wieder ganz das alte.

»Und bei den Preisen dürfte der Umsatz sogar in den Wintermonaten recht nett sein.«

Als Paula Jaschinski den beiden Polizisten wenig später die Tür öffnete, war ihr die Überraschung über den Besuch deutlich vom Gesicht abzulesen. Sie bat sie ins Wohnzimmer und bot Tee an, den die beiden jedoch ablehnten.

»Haben Sie noch Fragen zu dieser Frau? Mir ist leider nichts Neues eingefallen.« Bedauernd hob sie beide Hände, bevor sie sich in einem Sessel niederließ.

»Nein, heute geht es um etwas anderes«, sagte Sven. Er reichte Jaschinski eine vergrößerte Kopie von Cornelia Lemkes Ausweisfoto. »Kennen Sie diese Frau?«

Die Geschäftsführerin des Brodersens legte den Kopf schief. »Hm, die kommt mir tatsächlich bekannt vor. Ist das ein aktuelles Foto?«

»Ungefähr zwei Jahre alt«, antwortete Sina. Der Personalausweis war zwei Jahre zuvor ausgestellt worden, also ging sie davon aus, dass Lemke das Foto damals neu hatte machen lassen. »Versuchen Sie, sich die Haare ein wenig länger vorzustellen.«

»Also, den Namen der Dame kann ich Ihnen leider nicht sagen. Aber ja, es kann sehr gut sein, dass sie schon bei uns im Restaurant zu Gast war. Wie gesagt, sie kommt mir bekannt vor.« Paula Jaschinski gab Sven das Foto zurück.

»Sie hatte wohl vorgestern Abend vor, bei Ihnen zu Abend zu essen.«

»Vorgestern?« Jaschinskis Augen wurden kugelrund. »Also, vorgestern war ich den ganzen Abend im Restaurant und da habe ich diese Dame auf jeden Fall nicht gesehen.« Sie lachte auf, was jedoch ein wenig nervös klang. »Glauben Sie mir, so lange reicht mein Kurzzeitgedächtnis dann doch. Wenn ich die Dame von dem Foto vor nicht einmal achtundvierzig Stunden gesehen hätte, dann könnte ich mich an sie erinnern. Mir kommt es eher so vor, als hätte ich sie vor längerer Zeit schon einmal gesehen. Aber auf gar keinen Fall vorgestern.«

Nach dieser langen Erklärung, lehnte Paula Jaschinski sich in ihrem Sessel zurück, fast so, als hätte das Reden sie erschöpft.

»Wir bräuchten die Namen und Kontaktdaten aller Gäste, die vorgestern Abend nach 18 Uhr einen Tisch bei Ihnen reserviert hatten«, sagte Sina.

Wieder das kurze, nervöse Auflachen. »Aber das kann ich doch nicht machen. Datenschutz ...«

»Das lassen Sie mal unsere Sorge sein«, sagte Sina. »Wir wären Ihnen wirklich sehr verbunden, wenn Sie uns diese Informationen sofort geben könnten. Sonst stehen wir doch nur morgen mit einem richterlichen Beschluss bei Ihnen vor der Tür.«

Jaschinski verschränkte die Finger und klopfte mit den Händen gegen ihr Kinn. Dann schüttelte sie den Kopf. »Es tut mir sehr leid. Aber ich muss meine Gäste und den Ruf meines Restaurants schützen. Bitte besorgen Sie den offiziellen Beschluss.« Sie stand auf. »Ich sehe Sie dann morgen.«

»Danke, wir finden allein hinaus«, sagte Sina kühl.

Zurück am Dienstwagen, riss sie unsanft die Beifahrertür auf und knallte sie noch unsanfter wieder ins Schloss, sobald sie saß. »Diese eiskalte, hinter... Ach, was reg ich mich auf, bringt ja doch nichts.«

Sven schüttelte den Kopf. »Ich kümmere mich sofort um den Beschluss. Dann soll sie uns auch die

Gästeinformationen für den Abend rausrücken, an dem Lisa Riel getötet wurde. Vielleicht waren da ja doch noch andere Gäste als das entzückende ältere Ehepaar, von dem sie uns erzählt hat.«

»Ist die wirklich so verkorkst, dass sie sich Sorgen um den Ruf ihres Restaurants macht?« Sina äffte bei den letzten Worten Paula Jaschinskis Tonfall nach. »Oder hat sie selbst etwas zu verbergen?«

»Reg dich ab, werden wir alles herausfinden«, sagte Sven mit stoischer Ruhe.

Sina seufzte. »Deine Zuversicht möchte ich haben.«

»Wir fahren jetzt zurück ins Revier, du trinkst einen Tee und entspannst dich ein paar Minuten, während ich den Beschluss beantrage. Dann fahren wir zum Wellenmarkt und fragen dort nach, ob die Mitarbeiter uns etwas über Lemke erzählen können.«

»Ich weiß nicht, ob das viel bringt, die können uns dort doch nur sagen, ob Lemke wirklich den Anzug ausgeliehen hat.«

»Sei nicht so pessimistisch. Dort erfahren wir dann auch die Uhrzeit, wann sie dort war und können vielleicht in der Umgebung des Ladens ihr Foto herumzeigen. Ich kenne den Wellenmarkt natürlich, der liegt sehr zentral. Da gibt's jede Menge Cafés und Geschäfte in der Nähe.«

Wirklich besänftigt war Sina jedoch nicht. Sie starrte eine Weile aus dem Fenster und hing ihren Gedanken nach.

»Wenn du den Antrag stellst, dass wir die Reservierungsdaten von Jaschinski erhalten, beantrage bitte, dass wir das ganze Reservierungsbuch bekommen. Ich will nicht nur die Gäste für die beiden fraglichen Abende sehen.«

»Hm.« In diesem einen Laut, den Sven von sich gab, lag seine ganze Skepsis.

»Was?«

»Das werden wir kaum durchkriegen. Aber ich werde beantragen, dass wir Einsicht für alle Tage bekommen, an denen sich Riel und Lemke hier auf der Insel aufgehalten haben, beziehungsweise hätten. Einverstanden?«

»Okay, das klingt vernünftig«, gab Sina ein wenig widerwillig zu. Sven hatte natürlich recht. Warum sollten sie Zugriff auf sämtliche Reservierungsinformationen des Brodersens erhalten. In dem riesigen Buch, in das alle Buchungen eingetragen wurden, hatte wahrscheinlich ein ganzes Kalenderjahr Platz.

Und wer im Januar im Brodersens gegessen hat, interessiert mich dann doch nicht.

Zurück im Revier folgte Sina tatsächlich Svens Vorschlag und brühte sich einen Tee auf. Zur Abwechslung ohne Kluntjes und Sahne, sie gab sich mit einem Schuss Kondensmilch zufrieden.

In ihrem Büro lehnte sie sich zurück und war versucht, die Füße auf den Tisch zu legen.

Nein, das ist zu rustikal. Was, wenn jemand reinkommt?

Sie zwang sich dazu, den Tee langsam und in kleinen Schlucken zu trinken. Zwischendurch legte sie den Kopf in den Nacken und rollte die Schultern, alles, um sich wenigstens ein bisschen zu entspannen.

Doch ihre Gedanken kreisten trotzdem unentwegt um den Fall.

Wenn wir doch nur schon Zugriff auf Lemkes Handy hätten. Ich will wissen, ob darauf ein Kalender, ein Adressbuch oder vielleicht sogar Fotos von ihrem Sylt-Aufenthalt abgespeichert sind. Wie sonst sollten wir nachvollziehen können, was sie in den letzten Tagen hier getan hat und wen sie dabei getroffen hat?

Sina stellte die Teetasse beiseite und zog ein leeres Blatt aus dem Papierschacht des Druckers. Die Daten, wann Cornelia Lemke angereist war und wann sie wieder abreisen wollte, kannten sie natürlich bereits. Diese schrieb Sina nun fein säuberlich auf das Blatt Papier, das sie quergelegt hatte.

An dem Tag, an dem Lemke die Leiche von Riel gefunden hatte, trug sie direkt unter dem Datum ein: *Spaziergang Weststrand, Leichenfund.* Dann ging sie zu den Tagen, an denen Cornelia - oder auch Conny - Lemke Kite-Unterricht bei Jan Ingwersen genommen hatte, und trug die Uhrzeiten ein. Nach der zweiten Kite-Einheit ließ sie ein wenig Platz und schrieb dann *Brodersens*, wobei sie ein Fragezeichen hinter den Restaurantnamen setzte.

Vielleicht ist sie ihrem Mörder ja zwischen Kite-Unterricht und Abendessen begegnet. Dann hat Jaschinski die Wahrheit gesagt und Lemke war überhaupt nicht im Brodersens.

Betrübt betrachtete Sina das fast leere Blatt. Dann nahm sie ein zweites Blatt und legte eine ähnliche Übersicht für Lisa Riel an. Da diese nur zwei Nächte auf Sylt gebucht hatte, gab es hier natürlich weniger Daten. Trotzdem war auch dieses Ergebnis ernüchternd.

Wir wissen gar nichts. Wir haben keine Ahnung, warum die beiden hier waren und mit wem sie sich getroffen haben. Okay, bei Riel haben wir die starke Vermutung, dass sie ihren Vater treffen wollte, aber wir wissen es eben leider nicht, wir vermuten es nur.

Ein Klopfen am Türrahmen. In der Tür, die Sina offen gelassen hatte, stand Sven. »Entschuldige, ich wollte dich nicht aus deiner Konzentration reißen.«

Sina winkte ab. »Nein, schon gut. Ich komm sowieso nicht weiter. Beschluss beantragt?«

Sven nickte und trat an Sinas Schreibtisch.

»Ich hab einfach überhaupt keine Ideen mehr«, gestand Sina und deutete auf ihre beiden Tabellen. »Ich gehe ja davon aus, dass Riel und Lemke sich nicht kannten. Zumindest nicht von früher. Wenn überhaupt haben die sich hier auf Sylt getroffen, an Riels Anreisetag.«

»Dann hätte Lemke uns verschwiegen, dass sie die Tote kannte«, meinte Sven. Er sah nachdenklich drein. »Was natürlich gut sein könnte. Sie lernte Riel am einen Tag kennen und am nächsten Tag fand sie ihre Leiche in den Dünen. Da hätten sicher viele den Mund gehalten, aus Angst, in den Mordfall hineingezogen zu werden. Auch wenn sie vollkommen unschuldig sind.«

»Da sagst du was. Aber was, wenn Lemke nicht unschuldig war? Wenn sie Riel kannte und etwas mit ihrem Tod zu tun hat? Vielleicht war es auch gar kein Zufall, dass sie die Leiche gefunden hat. Das war eine ganz schön abgelegene Stelle. Keine Strandbar in der Nähe, keine Strandkörbe, keine Kitesurfing-Trainingsstelle.«

»Lass uns zum Wellenmarkt gehen. Dann können wir wenigstens eine weitere Zeile auf diesem Blatt hier ausfüllen«, meinte Sven. »Die können uns sicher Datum und Uhrzeit nennen, als Lemke bei ihnen war, um den Neoprenanzug auszuleihen.«

Sina schob die Tabellen beiseite und stand auf. »Das ist im Moment auch wirklich das Einzige, was wir machen können.«

***

Der Wellenmarkt befand sich in einer verkehrsberuhigten Straße in einem niedrigen zweistöckigen Gebäude. An der rot-braunen Klinkerfassade neben der Eingangstür lehnten farbenfrohe Surfboards. Im Inneren des Ladens sah Sina sich erst neugierig um, bevor sie Sven zum Verkaufstresen folgte.

An den Wänden lehnten Boards in verschiedenen Größen, teilweise in schlichtem Weiß, teilweise in buntem Design. Dazwischen Regale und Ständer mit Sportkleidung und allem möglichen Zubehör. Auch einige Kunden befanden sich im Laden. Auf die Schnelle konnte Sina gar nicht alles erfassen, zu groß war das Angebot und zu wenig vertraut war sie mit den Wassersportarten, deren Fans der Wellenmarkt ausrüstete.

Sven hatte in der Zwischenzeit bereits den Verkäufer begrüßt, den er offensichtlich kannte. »Max, das ist meine Chefin, Sina Marten.«

»Willst du Sina zum Kiten bringen oder hab ich was angestellt?« Max lachte über seinen eigenen Scherz. Als er bemerkte, dass weder Sven noch Sina in sein Lachen einstimmten, wurde er schlagartig wieder ernst. »Ist was passiert?«

»Du hast sicher in der Zeitung gelesen, dass gestern eine Frauenleiche am Strand gefunden wurde«, begann Sven.

Max runzelte die Stirn. »Gestern? Ich dachte, letzte Woche.«

»Wir haben leider mittlerweile zwei tote Frauen«, mischte Sina sich ein. »Der Grund unseres Besuches ist, dass die gestern aufgefundene Person wohl Kundin bei Ihnen war.«

»Sie hieß Cornelia Lemke und hat sich bei euch einen Neoprenanzug ausgeliehen. Wir würden gerne von dir wissen, wann das war«, sagte Sven.

Mit immer noch gerunzelter Stirn zog Max ein Tablet aus einer Schublade. »Sie hat sich nur den Anzug geliehen? Kein Board?«

»Sie hat Kite-Unterricht genommen. Die restliche Ausrüstung hat wohl ihr Trainer zur Verfügung gestellt«, erklärte Sven, ohne Jans Namen ins Spiel zu bringen.

»Aber falls sie doch noch andere Ausrüstungsgegenstände ausgeliehen hat, würden wir das natürlich auch gerne erfahren«, sagte Sina.

»Habt ihr eine ungefähre Vorstellung, wann sie hier gewesen sein könnte?«, fragte Max, während er das Tablet einschaltete.

»Ungefähr vor vier Tagen«, antwortete Sven.

Max tippte kurz auf dem Tablet herum, dann wischte er mehrfach über das Display. »Wie war nochmal der Nachname?«

»Lemke«, sagte Sina. »L-E-M-K-E.«

»Lemke, Cornelia. Tatsächlich. Nur den Anzug hat sie ausgeliehen. Vor fünf Tagen. Kaution per Kreditkarte hinterlegt. Wollt ihr den Beleg sehen?« Max sah vom Tablet auf.

»Ja, bitte«, sagte Sina. »Auf dem Beleg steht doch sicher auch die Uhrzeit?«

»Selbstverständlich.« Max verstaute das Tablet wieder und zog einen kleinen Ordner aus derselben Schublade. Nach kurzem Blättern hatte er den Beleg gefunden. Er nahm ihn aus dem Ordner und reichte ihn Sina. Dann räusperte er sich. »Ich will ja jetzt nicht taktlos erscheinen, aber was ist mit dem Anzug? Bekommen wir den wieder?«

Sina warf Sven einen raschen Blick zu. Darüber hatte sie noch gar nicht nachgedacht.

»Das können wir jetzt leider noch nicht klären«, sagte sie schnell. »Sie trug den Anzug, als sie starb. Also ist er ein Beweisstück. Ich muss auch ganz ehrlich sagen, dass ich noch gar nicht weiß, ob der Anzug beschädigt worden ist.«

Max riss die Augen auf. »Sie ist in unserem Anzug gestorben? Ich glaube, den wollen wir dann gar nicht mehr zurückhaben. Den müssen wir wohl abschreiben.« Er deutete auf den Kreditkartenbeleg. »Den brauch ich aber trotzdem zurück.«

»Selbstverständlich«, murmelte Sina, die mit ihrem Smartphone beschäftigt war, um ein Foto des Beleges zu machen. Sie vergewisserte sich, dass alle Angaben gut leserlich waren, dann steckte sie das Handy wieder ein und gab Max den Beleg zurück. »Frau Lemke war also mittags um kurz nach zwölf hier. Haben Sie sie bedient oder war das einer Ihrer Kollegen?«

Sven hielt Max das Foto von Cornelia Lemke hin. »So sah sie aus.«

»Ach du meine Güte, ja. An die kann ich mich erinnern. Die war supergut gelaunt.« Max sah richtiggehend geknickt aus, als er das Foto zurückgab. »Was ist ihr denn passiert? Ein Unfall beim Kiten? Das kann doch kaum sein.«

»Lies am besten die Zeitung«, sagte Sven. »Mehr als das, was da drinsteht, dürfen wir dir eh nicht verraten.«

»Schon gut«, murmelte Max. »Kann ich euch sonst noch irgendwie helfen?«

»War Frau Lemke allein im Laden oder in Begleitung?«, fragte Sina.

Max Blick ging an Sina vorbei in die Ferne. »Sie kam allein rein, aber ... Kommt mal einen Moment mit. Die Neoprenanzüge sind da drüben.« Er dirigierte Sina und Sven zu einem großen Drehständer im mittleren Bereich des Ladens.

»Ich stand ungefähr hier und wir haben den Anzug für sie ausgesucht.« Er deutete in Richtung des Fensters. »Als wir fertig waren und ich meinte, sie müsste mit zum Tresen kommen und eine Kaution hinterlegen, hat sie aus dem Fenster gesehen, gelächelt und gewinkt.« Er hob eine Hand und bewegte die Finger ein wenig. »So ein kleiner Winker, ganz beiläufig.«

Sina hatte den Atem angehalten. Als Max nicht gleich weitersprach, fragte sie nach. »Haben Sie gesehen, wer da vor dem Fenster stand, dem sie zuwinkte?«

Zu Sinas großer Enttäuschung schüttelte Max den Kopf. »Ich hatte mich schon halb weggedreht, um den Anzug zum Tresen zu tragen und dort einzupacken.« Er zögerte kurz. »Ich kann mich nicht mehr so genau erinnern, im Sommer ist hier natürlich ziemlich viel los.«

»Du hast ihr nicht zufällig nachgeschaut, als sie den Laden verlassen hat?«, fragte Sven.

»Nein, das auf keinen Fall. Wahrscheinlich kam da schon der nächste Kunde. Apropos.« Er deutete zum Verkaufstresen, wo ein junger Mann wartete. »Ich müsste mich um die Kundschaft kümmern.«

»Melde dich bitte bei uns, falls dir doch noch was einfällt«, sagte Sven.

Sina und Sven verabschiedeten sich und verließen den Laden.

»Das hat jetzt mehr neue Fragen aufgeworfen, als alte beantwortet«, meinte Sina und blieb neben einem der bunten Surfboards stehen, die neben der Eingangstür lehnten. »Hatte Cornelia Lemke tatsächlich einen mysteriösen Begleiter, der hier draußen auf sie gewartet hat?«

»Sie könnte jemanden durchs Fenster gesehen haben, den sie kannte und ihm oder ihr zugewinkt haben«, meinte Sven. »Das muss ja kein Begleiter gewesen sein, das könnte jemand gewesen sein, der gerade zufällig vorbeikam.«

Sina schüttelte den Kopf. »Das ist mir zu viel Zufall. Lemke wird hier auf der Insel nicht viele Leute gekannt haben. Dass ausgerechnet gerade in dem Moment, in dem sie aus dem Fenster sieht, einer davon vorbeiläuft, schließe ich aus.«

Sven nickte. »Ja, du hast recht«, gab er zu. »Das ist wirklich zu unwahrscheinlich. Also, wenn Max sich den Blick und das Winken nicht gerade eingebildet hat oder es sich um eine andere Kundin gehandelt hat und seine Erinnerung ihn trügt, war Cornelia Lemke an diesem Tag um die Mittagszeit nicht alleine unterwegs.«

Sina blickte sich um. »Schräg gegenüber ist ein Café, da vorne an der Straßenecke ein Restaurant. Vielleicht war sie zum Mittagessen verabredet?« Sie schnippte mit den Fingern. »Wir hatten ja sowieso vor, ihr Foto hier in der Nähe herumzuzeigen. Also los.«

Das kleine Café war vollbesetzt, kein einziger der runden Tische war frei. Zwei Kellnerinnen eilten mit vollbeladenen Tabletts durch den Gastraum, eine weitere Mitarbeiterin hantierte hinter der Theke an der Kaffeemaschine.

Sina sah Sven mit hochgezogenen Augenbrauen an. »Das kann ja heiter werden.«

»Die zwei Minuten Zeit werden die alle haben müssen«, gab er gelassen zurück.

Die Barista machte zwar einen überaus gestressten Eindruck, doch Sven behielt recht. Sobald Sina ihren Dienstausweis vorgezeigt hatte, ließ sie den Espresso Espresso sein und sah sich aufmerksam das Foto von Cornelia Lemke an.

Schließlich schüttelte sie den Kopf. »Nein, falls die hier war, ist sie mir nicht aufgefallen.« Sie wedelte mit dem Foto in Richtung des dichtbesetzten Gastraumes. »Sie sehen ja, was hier los ist. Das ist im Sommer um die Mittagszeit jeden Tag so. Da merkt man sich keine Gesichter mehr.« Mit dem Kinn deutete sie in Richtung einer ihrer Kolleginnen. »Fragen Sie Swantje und Elke, die werden Ihnen genau dasselbe erzählen.«

Dem war tatsächlich so. Als Sina die beiden Kellnerinnen ansprach, erntete sie von beiden nur Kopfschütteln.

»Dann weiter zu dem Restaurant. Wenn Lemke gerne im Brodersens gespeist hat, ist das sowieso erfolgversprechender als so ein kleines Café«, meinte Sven.

Sina war nicht gar so optimistisch wie ihr Kollege.

Das Restaurant hieß Bistro Holt und bot typisch norddeutsche Küche an. Ein wenig neidisch blickte

Sina im Vorübergehen auf die Teller der äußerst zufrieden wirkenden Gäste.

Jetzt ein Sylter Fischtöpfchen, das wär was.

Sie unterdrückte jeden Gedanken an ihren grummelnden Magen und befragte auch hier zuerst die Barista.

»Ja, klar, das ist die Conny«, kam die prompte Reaktion auf das Foto.

Schlagartig besserte sich Sinas Laune.

»War Frau Lemke Stammgast bei Ihnen?«

Die Barista legte den Kopf ein wenig schräg. »Wie man's nimmt. Sie wohnt ja in Hamburg. Aber ich denke doch, dass sie uns immer mindestens einmal besucht hat, wenn sie auf Sylt war. Zuletzt war sie vor einigen Tagen hier.« Sie kniff die Augen ein wenig zusammen. »Sie hat doch hoffentlich nichts angestellt? Die Conny, das ist eine ganz Nette, der will ich keinen Ärger machen.«

Sina unterdrückte den Impuls, zu entgegnen, dass Conny nie wieder Ärger haben würde, schüttelte stattdessen nur den Kopf. »Frau Lemke ist leider tot. Wir versuchen, ihre letzten Tage zu rekonstruieren. Können Sie sich erinnern, an welchem Tag sie hier war?«

Bei Sinas Worten hatte die Barista eine Hand vor den Mund geschlagen und war einen Schritt zurückgewichen, fast so, als könne sie auf diese Weise den schlechten Nachrichten aus dem Weg gehen.

»Die Conny ist tot?«, fragte sie schließlich mit leiser Stimme nach. »Das ist doch ...« Sie trat wieder vor und stützte beide Hände auf der Theke ab. »Lassen Sie mich überlegen. Ich weiß noch ganz genau, dass sie mittags hier war. Sie hatte reserviert, war aber ein wenig zu früh da und hat hier bei einem

Aperitif gewartet. Sie war mit einem gutaussehenden Mann da, mit dem hatte ich sie schon öfter gesehen.« Sie hob die Schultern. »Ich weiß aber nicht, wer das war. Ihr Freund nehme ich mal an.«

Sinas Nervenenden vibrierten förmlich; sie fühlte sich, als hätten ihr die Worte der Barista einen Stromschlag versetzt. »Den Namen dieses Mannes haben Sie nicht mitbekommen?«

»Nein, ich habe nicht gehört, worüber die beiden sich unterhalten haben. Ich war zu beschäftigt. Wie gesagt, es war um die Mittagszeit. Eine Sekunde, ich sehe nach.«

Sie trat zu einem iPad, das an einem Ende der Theke in einer Halterung befestigt war. »Die Reservierung war vor fünf Tagen, für 12 Uhr 30. Ein Tisch für zwei Personen.« Bedauernd sah sie Sina an. »Mehr kann ich Ihnen leider nicht sagen. Ich hoffe, das hilft Ihnen ein wenig?«

»Könnten Sie den Mann beschreiben?«, mischte Sven sich ein.

Die Barista legte einen Finger gegen die Lippen. »Dunkelhaarig, gutaussehend. Kerniger Typ, hätte in jüngeren Jahren als Boss-Model anheuern können. Braungebrannt, dichte Augenbrauen.« Sie hob die Schultern. »Irgendwo in den Vierzigern, ich kann schlecht das Alter von Leuten schätzen.«

Sinas Nerven waren gespannt wie Drahtseile, als sie ihre nächste Frage stellte. »Würden Sie diesen Mann wiedererkennen?«

Kurz verdrehte die Barista die Augen nach links oben, dann nickte sie. »Ja, höchstwahrscheinlich schon.«

***

»Das war doch mal ein Erfolg«, meinte Sven. »Cornelia Lemke hat sich also mit jemandem getroffen. Und wenn die Barista dachte, dass es sich um den Freund handelt, dann werden die ziemlich vertraulich miteinander umgegangen sein.«

»Ein Geschäftsessen war das sicherlich nicht«, stimmte Sina ihm zu.

»Immerhin haben wir eine ziemlich gute Beschreibung«, sagte Sven. »Außerdem war der Mann dunkelhaarig, genau wie der Mann, mit dem sich die Frau, die Lisa Riel gewesen sein könnte, vor dem Brodersens getroffen hat.

»Jetzt müssten wir ihn nur noch finden. Ihn und Lisa Riels Vater.« Sina sah sich um. Sie standen vor dem Restaurant auf dem Bürgersteig. Es gab noch einige weitere Läden in dieser Straße, doch wie groß konnte die Wahrscheinlichkeit schon sein, dass Cornelia Lemke außer dem Wellenmarkt und dem Restaurant an ein und demselben Tag noch weitere der Geschäfte aufgesucht hatte?

»Lass uns erst morgen damit weitermachen, Lemkes Tage hier auf Sylt zusammenzusetzen. Morgen sollten wir die Inhalte ihres Smartphones erhalten, das wird uns auf jeden Fall weiterhelfen.« Sina sah Sven an. »Wie sieht es überhaupt mit deinem Training aus? Ist nicht demnächst der Wettkampf?«

»Ja, morgen. Ich war heute früh Kiten.«

Sina wäre fast der Unterkiefer heruntergeklappt. »Heute früh? Aber du warst doch vor neun im Revier. Wann bist du da denn aufgestanden?«

Sven sah fast ein wenig betreten drein. »Um halb sechs. Kurz nach sechs war ich am Strand, danach wieder heim, duschen und frühstücken.«

Sina staunte. »Das nenne ich Hingabe. Ich hoffe, das zahlt sich morgen aus. Wann geht der Wettkampf denn los?«

Ihr Kollege grinste sie an. »Willst du wirklich kommen? Es geht um 11 Uhr los.«

»Was, um 11 Uhr schon? Aber ...«

»Ich bin erst am Nachmittag dran«, unterbrach Sven sie. »Bis dahin arbeite ich ganz normal.« Er hob eine Augenbraue. »Aber um 16 Uhr lasse ich den Löffel fallen.«

Sina blies die Backen auf. »Was, wenn ich dich morgen Nachmittag dringend brauche, weil wir einen Durchbruch in den beiden Fällen erzielen?«

Abwehrend hob Sven beide Hände. »Wenn du morgen nach 16 Uhr noch losziehen und Verhaftungen durchführen willst, musst du jemand anderen mitnehmen. Eigentlich hab ich ja morgen einen Tag Urlaub. Schon vor Wochen eingereicht.«

Sina sah ein, dass sie gegen Sven nicht ankam. »Na schön. Dann danke ich dir, dass du morgen trotzdem zur Arbeit kommst.« Sie sah auf ihre Armbanduhr. »Lass uns aufs Revier zurückgehen und unsere Berichte schreiben. Mehr können wir heute nicht mehr ausrichten.«

Kapitel neun

Ungeduldig trommelte Sina mit den Fingernägeln auf die Schreibtischplatte. Am liebsten hätte sie alle fünf Sekunden ihren E-Mail-Posteingang aktualisiert.

Wo bleibt nur dieser richterliche Beschluss? Und was ist mit den Handydaten? Warum dauert das alles so lange?

Sie lehnte sich in ihrem Bürostuhl zurück und verschränkte die Hände im Nacken.

Ich hätte nicht so früh zur Arbeit kommen sollen. War doch klar, dass noch nichts vorwärtsgeht.

Sina nahm sich die Akte in Sachen Lisa Riel noch einmal vor, las alle bisher verfassten Berichte erneut durch.

Wir haben nichts, gar nichts.

Zum ersten Mal fragte Sina sich, ob sie die Ermittlungen im Fall Riel demnächst einstellen müssten.

Nein, ich bin ganz sicher, dass Riel und Lemke von ein und demselben Täter getötet worden sind. Die beiden Fälle hängen zusammen. Und was Lemke angeht, haben wir ja noch die Handydaten. Wenn die nur endlich mal kämen.

Erneut überprüfte sie ihre E-Mails. Immer noch nichts.

Sie beschloss, eine kurze Kaffeepause einzulegen.

Den Kaffee nahm sie schwarz, heute hatte sie keine Lust auf Zucker, heute wollte sie das pure Koffein, herb und dunkel.

Neben der Kaffeemaschine lagen einige Exemplare des *Sylter Boten*. Sina griff nach der obersten Zeitung, es war die Ausgabe vom Vortag.

Egal, ich will nur das Kreuzworträtsel machen. Tagesaktuelle Nachrichten interessieren mich nicht.

Zurück am Schreibtisch nahm Sina zunächst zwei große Schlucke Kaffee, genoss erst das Aroma, dann das prickelnde Gefühl, als das Koffein seine Wirkung entfaltete. Mit der freien Hand blätterte sie durch die Zeitung und überflog die Schlagzeilen. Mit Enttäuschung sah sie, dass das Kreuzworträtsel schon gelöst war.

Sie blätterte weiter, kam zur Seite mit den Traueranzeigen und Nachrufen. Die obere Hälfte wurde von einem großen Artikel mit Foto eingenommen. Ein Unternehmer aus Hamburg, der lange Jahre auf Sylt gelebt hatte, war gestorben, was dem *Sylter Boten* ganze drei Spalten und ein Foto wert gewesen war.

Sina interessierte der Werdegang des Selfmade-Millionärs Holger Nissen, der nach langer schwerer Krankheit im Alter von 76 Jahren das Zeitliche gesegnet hatte, jedoch nicht im Geringsten. Sie faltete die Zeitung wieder zusammen, legte sie beiseite und griff nach der Maus.

Ein Klick auf das Kreis-Symbol aktualisierte ihren Posteingang.

Und da war sie endlich, die E-Mail von den Kollegen in Kiel, die einen Link zu den auf einem Sicherheitsserver hinterlegten Handydaten von Cornelia Lemke enthielt.

Als Sven Sinas Büro betrat, um ihr einen guten Morgen zu wünschen, war sie gerade dabei, die Daten auf ihre Festplatte herunterzuladen.

»Du kommst genau rechtzeitig. Lemkes Handydaten sind da. Wie teilen wir die am besten auf?«

»Du liest die Nachrichten, ich schau die Fotos und Videos an«, antwortete Sven prompt.

»Das würde dir so passen«, meinte Sina. »Die Bilddateien nehme ich. Du fängst mit WhatsApp und

SMS an. Die E-Mails und alles, was es vielleicht sonst noch so auf dem Handy gibt, können wir dann aufteilen.«

Sven tat so, als sei er schlagartig um hundert Jahre gealtert und müsse gleich am Stock gehen. »Gut, dann schick mir den Link. Ich mach mich gleich an die Arbeit.« Er richtete sich wieder zu voller Größe auf und tippte auf seine Armbanduhr. »Aber denk dran: Punkt 16 Uhr ...«

»Gibst du den Löffel ab. Ja, ich weiß.« Sina funkelte ihn an.

»Du hast ja doch Humor«, murmelte Sven und ging in sein eigenes Büro.

Gespannt öffnete Sina den Ordner, der Fotos und Videos enthielt. Dann vergewisserte sie sich, dass die Files nach Datum sortiert waren, ging zehn Tage zurück und markierte alle Bilddateien mit der Maus.

»Neunzig Fotos, das geht ja noch«, sagte sie leise.

Sie öffnete das erste Foto. Ein Selfie von Cornelia Lemke, im Hintergrund ein Strandabschnitt. Es folgte ein halbes Dutzend Fotos einer schönen Strandlandschaft vor einem farbenprächtigen Sonnenuntergang. Dann ein weiteres Selfie.

Immer schneller klickte Sina sich durch die Fotos. Selfies wechselten ab mit Aufnahmen von Stränden und der Nordsee. Auch einen Wattenmeer-Spaziergang schien Lemke während ihres Urlaubs unternommen zu haben.

Was Sina jedoch vergeblich suchte, waren Fotos, auf denen Cornelia Lemke gemeinsam mit einem gutaussehenden dunkelhaarigen Mann abgebildet war.

Nicht einmal irgendwo im Hintergrund gibt es einen Mann, egal ob gutaussehend oder nicht.

Das letzte Bild zeigte einen Kite, der ausgebreitet auf dem Sandstrand lag und aussah wie ein knallbunter Halbmond.

Das war schon mal nichts.

Videodateien suchte Sina vergeblich. Das wenige, das Cornelia Lemke aus ihrem Leben dokumentiert hatte, hatte sie als Fotos verewigt. Filmen schien nicht ihr Ding gewesen zu sein.

Dann muss ich sicher gar nicht erst nachschauen, ob sie ein Konto bei TikTok hatte.

Nicht nur auf dem Social-Media-Dienst für Kurzvideos war Lemke nicht vertreten, auch bei Instagram oder Twitter war sie nicht angemeldet. Nur ein Facebook-Konto war vorhanden, das jedoch seit Monaten verwaist war. Den letzten Beitrag auf der Plattform mit dem blau-weißen Logo hatte Lemke Weihnachten hochgeladen. Ein Selfie vor einem Weihnachtsbaum.

Enttäuscht ging Sina in Svens Büro, um nachzufragen, wie weit ihr Kollege schon gekommen war.

»Ich hab nichts. Du?«

Er schüttelte den Kopf. »Die Frau hat über zweihundert Kontakte in ihrem Adressbuch. Das ist ein Fass ohne Boden. Wir werden Tage brauchen, um die alle zu überprüfen.«

»Was ist, wenn wir mit denen anfangen, die auf Sylt leben?«

Sven schüttelte den Kopf. »Das sind überwiegend Handynummern. Selbst herauszufinden, wo die dazugehörigen Teilnehmer alle wohnen, wird ewig dauern. Dazu kommt, dass bei den meisten nur Vornamen oder sogar Spitznamen eingetragen sind.«

Sina setzte sich auf die Ecke von Svens Schreibtisch. »Irgendwelche Hinweise auf eine Bekanntschaft mit Lisa Riel?«

»Null. Danach habe ich zuerst geschaut.« Er deutete auf seinen Bildschirm. »Bei WhatsApp fällt auf, dass sie die Funktion genutzt hat, dass sich die Nachrichten nach dem Lesen selbst löschen. Da finde ich aus den letzten zwei Wochen keine einzige Message.«

Sinas Herz sank. Sie hatte fest damit gerechnet, dass sie zumindest eine WhatsApp-Nachricht oder eine SMS finden würden, in der sich Lemke für das Abendessen im Brodersens verabredet hatte.

»Also auch keinerlei Hinweis auf den dunkelhaarigen Mann oder darauf, mit wem sie möglicherweise im Brodersens essen war«, sagte Sven und bestätigte das, was Sina gerade gedacht hatte.

»Gut, dann schau ich mal nach, ob der Beschluss mittlerweile eingegangen ist. Dann könnten wir zumindest die Brodersens-Frage dort vor Ort klären.«

»Soll ich veranlassen, dass wir die Daten für die gesamten Telefonnummern erhalten?«, fragte Sven. »Einerseits bleibt uns kaum etwas anderes übrig, andererseits kommen wir wahrscheinlich auch keinen Schritt weiter, wenn wir die Namen und Adressen zu den Nummern haben.«

Sina überlegte kurz. »Das hat tatsächlich keine Priorität. Klar, sobald wir einen Verdächtigen hätten, wäre es wichtig, diese Informationen zu haben.« Sie hob die Schultern. »Also warte noch, was die Tischreservierungen im Brodersens hergeben.«

Zurück an ihrem eigenen Schreibtisch, gab es ein kleines Erfolgserlebnis für Sina. Nicht nur, dass der Beschluss, der es ihnen gestattete, die Buchungen des Brodersens einzusehen, da war, er deckte auch wie beantragt die gesamten zehn Tage ab, während denen Cornelia Lemke und Lisa Riel sich auf Sylt aufgehalten hätten.

Wenn ich mir jetzt noch wünschen dürfte, dass die Telefonnummer eines der Gäste in diesem Zeitraum in Lemkes Handy gespeichert ist. Das würde uns einen Riesenschritt voranbringen.

***

Paula Jaschinski, die Geschäftsführerin des Brodersens, war alles andere als erfreut gewesen, als Sina ihr telefonisch mitgeteilt hatte, dass sie nun über einen richterlichen Beschluss zur Einsichtnahme in das Reservierungsbuch verfügte.

Auch als sie wie verabredet vor dem Restaurant eingetroffen war und Sina und Sven ins Innere der Gaststätte führte, machte sie nicht gerade einen gut gelaunten Eindruck.

»Gleich zehn Tage? Ist das nicht ein wenig übertrieben?«, fragte sie barsch, als sie das große Buch aufschlug.

»Hier geht es um Mord. Da ist nichts übertrieben«, gab Sina zurück.

Jaschinski sagte nichts mehr, trat mit verkniffenem Gesichtsausdruck ein wenig zur Seite und deutete auf die aufgeschlagene Doppelseite des Reservierungsbuches.

Sina beugte sich vor. Oben auf der linken Seite stand das Datum, darunter befanden sich mehrere Spalten. In der ersten Spalte waren handschriftlich Uhrzeiten eingetragen, in der zweiten Spalte Tischnummern und in der dritten schließlich Namen und Telefonnummern.

»Verlangen Sie von allen Gästen bei der Reservierung eine Telefonnummer?«

»Ja. Wir bestätigen die Reservierung einen Tag vorher. Auf diese Weise können wir umdisponieren, falls es sich jemand anders überlegt hat, ohne Bescheid zu geben.«

Sina blätterte bis zu dem Datum, an dem Cornelia Lemke laut Jan Ingwersens Aussage im Brodersens hatte speisen wollen. Sie überflog alle Namen, die für den Abend vermerkt waren. Der Name Lemke war für 19 Uhr 30 eingetragen. Ein Tisch für zwei Personen. Sowohl Name als auch Ziffer waren durchgestrichen.

Ich wette, die zweite Person wäre der geheimnisvolle Mann mit den dunklen Haaren gewesen.

Sie wandte sich an Sven. »Mach bitte Fotos von allen zehn Doppelseiten. Wir sehen uns das auf dem Revier genauer an.«

Sven tat wie ihm geheißen. Währenddessen musterte Sina die Geschäftsführerin, die mit verschränkten Armen neben Sven stand und wie ein Luchs aufpasste, dass der ja keine Seite abfotografierte, die nicht von dem richterlichen Beschluss erfasst war.

Ist das normal, dass jemand so hartnäckig auf der Privatsphäre seiner Gäste beharrt? Ist Jaschinski immer so verkniffen oder hat das nur mit unserem ganz speziellen Anliegen zu tun? Weiß sie am Ende ganz genau, wen wir suchen?

Sina nahm sich vor, die Geschäftsführerin des Restaurants noch einmal gesondert zu verhören, falls sie bei der Auswertung der Gästedaten auf eine Spur stoßen sollten.

»Wenn eine Reservierung durchgestrichen ist, bedeutet das, dass die Gäste abgesagt haben?«

Jaschinski nickte kühl.

Als Sven fertig fotografiert hatte, schlug Sina die Seite mit Lemkes durchgestrichener Reservierung auf. »Können Sie sich an diese Buchung erinnern?«

Jaschinski schüttelte den Kopf.

Redet die jetzt schon gar nicht mehr mit mir?

»Wissen Sie vielleicht wenigstens noch, ob diese Gäste telefonisch abgesagt haben oder ob sie einfach nicht erschienen sind?«

»Nein, ich kann mich nicht erinnern.«

»Hatten Sie einen einzelnen Gast - einen Mann - der vergeblich auf seine Verabredung gewartet hat?«

»Sicher nicht, sonst wäre die Reservierung ja nicht durchgestrichen.«

Sina hätte am liebsten die Augen verdreht, so genervt war sie von Paula Jaschinskis Art. Sie verzichtete demonstrativ darauf, sich bei Jaschinski für die Kooperation zu bedanken. Stattdessen sagte sie nur in frostigem Ton, dass sie allein hinausfänden.

»Bemühen Sie sich nicht«, waren ihre letzten Worte.

Als sie auf ihren geparkten Wagen zugingen, lachte Sven leise.

»Was ist?«

»Bemühen Sie sich nicht«, wiederholte Sven, immer noch lachend. »Der hast du's ganz schön gegeben. Die hat geschaut, als hätte sie in eine Zitrone gebissen.«

Jetzt grinste auch Sina. »Hat sie wahrscheinlich auch. Die Gute sollte sich mal ein wenig locker machen.«

***

Im Revier setzten Sina und Sven sich gemeinsam an Sinas Schreibtisch und verglichen alle im Reservierungsbuch eingetragenen Telefonnummern mit dem auf dem Handy von Cornelia Lemke gespeicherten Adressbuch.

»Keine Übereinstimmungen«, sagte Sven schließlich. Seine Stimme klang zutiefst enttäuscht.

Sina massierte sich den verspannten Nacken. »Lass uns noch schnell die Eintragungen aus Lisa Riels Telefonverzeichnis vergleichen, das sind ja nicht viele. Wenn das auch keinen Treffer ergibt, dann müssen wir ab morgen das gesamte Adressbuch von Lemke durchackern.«

Sven stöhnte leise auf. Dann streckte er den Arm aus und hielt Sina seine Armbanduhr unter die Nase.

Es war 15 Uhr 40.

»Ah ja, der Wettbewerb. Weißt du was? Den Abgleich schaffen wir gemeinsam in zehn Minuten. Dann machen wir hier Feierabend, weil mehr können wir heute nicht mehr ausrichten.« Sie lächelte Sven an. »Dann fahren wir zusammen zum Strand. Deinen Wettkampf will ich mir nicht entgehen lassen.«

Außerdem ist Jan Ingwersen auch am Start. Gegen ein Wiedersehen mit dem hätte ich ganz und gar nichts einzuwenden.

***

Als Sina und Sven am Brandenburger Strand eintrafen, war der Wettbewerb bereits in vollem Gange. Während Sven davoneilte, um sich umzuziehen und seine Ausrüstung startklar zu machen, schlenderte Sina zwischen den Zuschauern hindurch.

Sie kaufte sich an einem Stand ein Eis und richtete ihre Aufmerksamkeit auf die beiden Kiter, die gerade ihre Kräfte maßen. Beide trugen über ihren dunklen Neoprenanzügen neonpinke Westen, auf denen zwischen den Logos der Sponsoren ihre Startnummern aufgedruckt waren.

»Schlechte Windverhältnisse heute«, hörte sie einen Zuschauer in ihrer Nähe sagen. Sie warf einen kurzen Blick zur Seite. Zwei Männer begutachteten mit fachmännischen Blicken die Darbietung der beiden Wettkampfteilnehmer. »Ja, trotzdem der Hammer, was der Will draus macht. Ich hoffe, er kommt weiter.«

Scheinen richtige Experten zu sein, die beiden. Oder sie haben keine Ahnung und labern nur Müll. Ich kann das ja schließlich nicht beurteilen.

Sina für ihren Teil war schlichtweg fasziniert von dem Schauspiel, das sich ihr bot. Atemberaubende Sprünge und Kapriolen in der Luft und jedes Mal landeten die Kiter wieder mit traumhafter Sicherheit mit ihrem Brett auf den Wellen.

Wie machen die das, dass sie ihr Board nicht verlieren? Das ist echt unglaublich.

Die beiden Wettkämpfer waren fertig und kamen aus dem Wasser. Nach einer kurzen Pause waren die beiden nächsten an der Reihe.

Wie läuft das ab? Sind das immer Zweikämpfe und nur einer kommt weiter? Oder bekommen alle irgendwelche Noten und die Besten gewinnen am Ende? Oder müssen die nochmal ran?

Sina sah sich um. Gab es irgendwo einen Infostand, wo sie sich vielleicht ein wenig über die Grundlagen dieses Sports und des heutigen Wettkampfes informieren könnte?

Ich könnte ja auch die zwei Experten von grad eben fragen, aber auf ein Gespräch mit denen habe ich keine Lust.

Sina lief ein Stück auf die Promenade zu und deponierte die leere Eiswaffel in einem Mülleimer.

»Moin, Sina.« Sie sah hoch und direkt in Jan Ingwersens strahlende Augen.

Sina fühlte, wie ihr Gesicht warm wurde. *Hoffentlich werde ich nicht rot.*

»Oh, hallo.« Sie ließ ihren Blick ein wenig tiefer wandern, sah, dass auch Jan eine der pinken Starterwesten trug. »Nummer 48? Warst du schon dran?«

Er schüttelte den Kopf. »Nein, aber gleich. Ich bin direkt vor deinem Kollegen an der Reihe.« Er grinste. »Zum Glück kiten wir nicht gegeneinander, sonst würde er mich anschließend wahrscheinlich verhaften.«

Sina lachte auf. »Wieso, bist du so viel besser als Sven?«

»Ich will mich ja nicht selbst loben, aber ...« Jan sprach nicht weiter, zog nur eine Augenbraue in die Höhe. Dann reckte er das Kinn und deutete über Sinas Schulter hinweg. »Wenn man vom Teufel spricht.«

Sina drehte sich halb um und sah Sven, der - jetzt umgezogen - barfuß durch den Sand auf sie zu stapfte.

Mit einem komplizierten Handshake begrüßten sich die beiden Männer.

Jan sah in Richtung Meer. »Ich muss dann mal los. Sehen wir uns alle nachher noch? Was zusammen trinken?«

»Klar«, sagte Sven. »Egal, wie wir abschneiden, der Wettkampftag muss gefeiert werden.«

Jan sah Sina an, schien auf eine Antwort von ihr zu warten.

Erfreut nickte sie. »Gerne.«

Mit einem Winken verabschiedete Jan sich.

Sina und Sven suchten sich einen Platz zum Zuschauen und Sina ließ sich von Sven in groben Zügen erklären, wie der Wettbewerb ablief. Wie sie bereits mitbekommen hatte, traten immer zwei Kiter gegeneinander an. Dabei wurden sie von einer Jury beurteilt die Punkte vergab. »Es kommt immer auf unterschiedliche Aspekte an. Entweder die Qualität der Sprünge oder auch zum Beispiel das Abreiten der Wellen.«

»Weißt du, wer der Typ ist, gegen den Jan antritt? Oder ist der nicht von hier?«

»Doch, das ist ein echter Sylter, genau wie wir. Ein schwerer Gegner, bin gespannt, wie Jan gegen den Haikser abschneidet.«

»Wie heißt der?«

Sven lachte laut. »Das ist sein Spitzname. Abgeleitet von seinem Nachnamen. Er heißt eigentlich Erik Haiksen, aber alle nennen ihn nur den Haikser.«

Sina starrte Sven an. Sie hatte auf einmal das diffuse Gefühl, dass sie etwas Wichtiges übersehen hatte. *Haiksen, Haikser? Woran erinnert mich das jetzt?*

»Was ist? Du schaust, als hättest du einen Geist gesehen?« Sven sah sie fragend an.

Sina wollte schon den Kopf schütteln, als es sie wie ein Blitzschlag traf. *Geist. Nachruf. Spitzname abgeleitet vom Nachnamen. Nisse!*

Sie wirbelte herum und lief auf die Promenade zu. »Viel Glück! Und grüß Jan von mir«, rief sie über die Schulter.

***

Sina stürzte auf ihren Schreibtisch zu und schob Aktendeckel beiseite, bis sie die Ausgabe des *Sylter Boten* fand, mit der sie sich am Morgen die Zeit vertrieben hatte.

Mit fliegenden Fingern blätterte sie bis zu der Seite, auf der sie den Nachruf auf den Hamburger Unternehmer gelesen hatte.

Holger Nissen. Das könnte Nisse sein. Das Alter dürfte auch hinhauen.

Sie wühlte in der Akte Lisa Riel herum, bis sie das Foto gefunden hatte. Dann strich sie die Zeitungsseite glatt und legte das Foto, das höchstwahrscheinlich Lisa Riels Mutter und Vater zeigte, neben den Nachruf.

Könnte das derselbe Mann sein?

Doch in den Zügen des alten Mannes, der ihr aus dem Zeitungsfoto entgegensah, konnte sie beim besten Willen nicht den Mann erkennen, den Lisa Riels Mutter vor vielen Jahren vor einer Kamera so verliebt angesehen hatte.

Ich muss Fotos finden, auf denen Holger Nissen jünger ist.

Sina schaltete ihren Computer ein und trommelte ungeduldig auf die Tischplatte, während er hochfuhr.

Ihre Internetsuche erbrachte nur magere Beute. Holger Nissen hatte natürlich zu einer Generation gehört, die nicht einen großen Teil ihres Lebens online lebte. Dementsprechend wenige Fotos fand Sina.

Einen weiteren Nachruf mit einem Bild des alten Holger Nissen, einige wenige Fotos von Veranstaltungen seines Unternehmens, die nur wenige Jahre alt waren. Nichts aus einer Zeit vor ungefähr dreißig bis vierzig Jahren.

Sie stieß einen tiefen Seufzer aus.

Dann werde ich mich wohl an die Familie wenden müssen. Die müssen mir Fotos zeigen.

Sie schnippte mit den Fingern. *Das heißt, seine Hinterbliebenen werden ihn ja wohl auch auf dem Foto mit Nicole Riel erkennen.*

Nachdem sie den Computer wieder ausgeschaltet hatte, notierte sie sich einige Einzelheiten aus dem Nachruf.

Der Unternehmer, der vielleicht Lisa Riels leiblicher Vater gewesen war, war vor zwei Tagen in seinem Haus auf Sylt im Kreise seiner nächsten Angehörigen verstorben. Als Hinterbliebene wurden ein Sohn und dessen Ehefrau genannt.

Doppelt unterstrich Sina den Namen des Sohnes von Holger Nissen.

Mit dem unterhalten wir uns gleich morgen.

Sie sah auf die Uhr. *Aber jetzt nichts wie zurück zum Strand. Den Drink mit Jan lasse ich mir nicht einfach so entgehen.*

***

Sina hatte Sven auf dem Handy angerufen, um festzustellen, ob er und Jan überhaupt noch am Strand waren. Der Wettkampf war tatsächlich bereits vorbei und die beiden waren auf dem Weg in eine Kneipe.

Sina war zwar sofort losgefahren, doch als sie die urige Kneipe betrat, waren Sven und Jan ihr bereits je anderthalb Bier voraus. Sie holte sich an der Theke etwas zu trinken und setzte sich zu den beiden.

»Na, wie ist es gelaufen?«, fragte sie und nahm einen Schluck aus ihrer Bierflasche.

»Erklär du doch lieber erstmal, warum du plötzlich abgehaut bist, als wären tausend Teufel hinter dir her.« Sven klang ein wenig beleidigt. »Ich dachte, du wolltest dir den Wettkampf anschauen und uns unterstützen.«

Sina stellte die Flasche ab und holte tief Luft. »Nächstes Mal, versprochen. Ich hatte einen Geistesblitz.« Jetzt grinste sie. »Und der hat dazu geführt, dass ich wohl Lisa Riels Vater identifiziert habe.«

Sven riss die Augen weit auf. »Nicht dein Ernst.«

»Doch mein voller Ernst.« Sinas Grinsen wurde noch breiter.

»Dürft ihr überhaupt über eure Arbeit sprechen, wenn ich dabei bin?«, mischte Jan sich ein. »Also nicht, dass ich irgendwas weitererzählen würde, ich mein ja nur.«

Sven warf einen kurzen Seitenblick auf Jan. »Ich denke, wenn du ab sofort keine Namen mehr nennst, sollte das okay sein. Was meinst du, Sina?«

Sina lachte laut auf. »Du kannst dich auch einfach bis morgen früh gedulden.« Sie hob ihre Bierflasche an und ließ sie leicht gegen Svens Flasche klirren. »Aber ich sag dir gleich: Noch mehr Bier gibt's heute Abend nicht. Wir müssen beide morgen ausgeschlafen und unverkatert sein. Morgen kommt viel Arbeit auf uns zu.« Ihre Miene verdüsterte sich ein wenig. »Der Mann, den ich für den Vater halte, ist leider vor einigen Tagen verstorben. Ich habe zufällig einen Nachruf auf ihn im Sylter Boten entdeckt. Da steht aber drin, dass er einen Sohn hinterlässt.«

»Und mit dem reden wir morgen?«, vermutete Sven.

»Ganz genau.« Sina hob die Bierflasche. »Aber genug davon. Jetzt erzählt mir bitte, wie euer Wettkampf lief.«

»Jan ist Fünfter geworfen«, sagte Sven. »Ich bin ganz neidisch.«

»Neid ist hier keiner angebracht. Wenn du nicht Vollzeit arbeiten würdest und mehr Zeit zum Trainieren hättest, wärst du besser als ich«, sagte Jan. »Du bist viel athletischer als ich, da kann ich noch so viel Zeit im Fitnessstudio verbringen.«

»Gratuliere«, sagte Sina und lächelte Jan an. »Darf ich fragen, was du beruflich machst, wenn du so viel Zeit zum Kiten hast?«

»Jan ist quasi Kite-Profi«, sagte Sven und stand auf. »Ich geh mir ein Wasser holen, mehr Alkohol hast du mir ja verboten.« Er sah seinen Kumpel an. »Jan, du noch ein Bier?«

Jan schüttelte den Kopf und deutete auf seine Flasche. »Ich hab noch.«

Sobald Sven außer Hörweite war, hakte Sina nach. »Kite-Profi? Wie habe ich mir das vorzustellen?«

Jans Lachen wirkte ein wenig verlegen. »Nicht so toll, wie's klingt. Ich gebe halt viel Unterricht, damit verbringe ich eigentlich die meiste Zeit. Ansonsten reise ich zu so vielen Wettkämpfen wie möglich. Dafür habe ich auch Sponsoren.«

»Das klingt aber doch alles sehr gut. Sponsoren muss man erstmal finden«, meinte Sina. »Nimmst du auch an internationalen Wettkämpfen teil?«

»Ja, tue ich. Aber das mit den Sponsoren ist wirklich nicht so wild. Da denken immer alle, die zahlen mir sonst was für Beträge, nur damit ich ihr

Equipment benutze. Klar, ich kriege die Ausrüstung kostenlos gestellt, aber die Geldbeträge reichen eigentlich grad mal so für die Reisen.« Er nahm einen Schluck von seinem Bier. »Darum eben der Unterricht«, sagte er, als er die Flasche wieder abstellte. »Aber ich ziehe das natürlich einem langweiligen Schreibtischjob vor.«

Bewundernd sah Sina Jan an. »Auch wenn du mit deinem Sport vielleicht nicht reich wirst, klingt das für mich so, als hättest du deinen Traumjob.«

Jan fuhr sich mit einer Hand durch die von der Sonne gebleichten Haare. Jetzt sah er wieder ein wenig verlegen drein. »Hm ja, wenn du's so sagst. Das stimmt tatsächlich.«

»Aber du lebst auf Sylt?«

»Ja, das ist quasi meine Heimatbasis. Ich bin hier geboren und aufgewachsen. Wenn ich nicht gerade auf Reisen bin, bin ich hier.« Er lächelte Sina an, sympathische Lachfältchen bildeten sich um seine blauen Augen. »Wie sieht's mit dir aus? Warum sind wir uns eigentlich nicht schon viel früher mal begegnet?«

Als Sven mit einem großen Glas Wasser an den Tisch zurückkehrte, erklärte Sina Jan gerade, dass sie erst vor acht Monaten nach Sylt versetzt worden war und immer noch verzweifelt auf Wohnungssuche sei.

»Ja, der Immobilienmarkt hier auf der Insel ist der Wahnsinn«, meinte Jan. »Aber ich hör mich mal um. Vielleicht kenn ich ja jemanden, der was weiß.«

»Das wäre fantastisch«, sagte Sina. »Ich kann es kaum erwarten, aus dem Teil auszuziehen.«

Kapitel zehn

Genau wie Paula Jaschinski lebte Holger Nissens Sohn Stefan Nissen gemeinsam mit seiner Ehefrau Nadine in einem neu erbauten Haus, das den typischen Sylt-Stil nachahmte. Rote Klinkerfassade und Reetdach, doch innen hochmodern ausgestattet und mit einer großzügigen Raumaufteilung, nicht mit den beengten Verhältnissen eines alten Hauses. Zum Haus gehörte auch eine große Doppelgarage, vor der ein feuerrotes Mercedes Coupé parkte.

Kurz gesagt, es war die Residenz von Leuten, die Geld hatten.

Dabei war Sina nach dem, was sie bis jetzt über Stefan Nissen in Erfahrung gebracht hatte, nicht ganz klar, womit Holger Nissens einziger Sohn zu so viel Geld gekommen war. Der Mann war gerade mal vierzig und schien keiner Berufstätigkeit nachzugehen. Bis vor einigen Jahren hatte er in Hamburg bei einer Investmentgesellschaft gearbeitet, dann war er mit seiner Ehefrau nach Sylt gezogen und genoss seitdem das Leben auf der Insel. Sina hatte einige Fotos von Stefan und Nadine auf Websites mit Society-News gefunden, dort wurde Nissen Junior nur als *Privatier* bezeichnet.

Mit vierzig schon die Schäfchen im Trockenen, das muss ein gutes Gefühl sein, dachte Sina. Dabei konnte sie sich so ein Nichtstuer-Leben für sich selbst überhaupt nicht vorstellen. *Jeden Tag ins Blaue hineinleben, ohne Aufgabe? Das wäre nichts für mich. Ich brauche einen Grund, um jeden Morgen aufzustehen.*

Sina und Sven hatten ihr Kommen nicht angekündigt, wollten Stefan Nissen völlig unvorbereitet antreffen. Nur so konnten sie schließlich spontane Reaktionen auf all ihre Fragen bekommen.

Als sie an der Tür des schmucken Hauses klingelten, erwartete Sina fast, dass ihnen eine Hausangestellte mit weißer Schürze und gestärktem Häubchen öffnen würde. Doch die Frau, die an die Tür kam und sie fragend ansah, erkannte Sina von den Internet-Fotos problemlos als Nadine Nissen. Groß, schlank, in einen eleganten hellgrauen Hausanzug gekleidet, die rotbraunen Haare sorgfältig hochgesteckt.

»Ja, bitte?«

»Moin, Hauptkommissarin Sina Marten, das ist mein Kollege Sven Haycken. Wir würden uns gerne kurz mit Ihnen und Ihrem Ehemann unterhalten.«

Nadine Nissen war einen halben Schritt zurückgewichen, als sie Sinas Dienstrang hörte und hatte eine Hand auf die Brust gelegt. »Ist etwas passiert?«

»Das würden wir gerne drinnen mit Ihnen besprechen. Ist Ihr Mann ebenfalls daheim?«

»Ja, er wollte heute erst später ins Büro fahren.« Frau Nissen trat ein wenig zur Seite und hielt die Tür auf, sodass Sina und Sven eintreten konnten.

Ins Büro? Ich dachte, der Gute sei Privatier?

Als Sina und Sven hinter Nadine Nissen das Wohnzimmer betraten, erhob sich ein Mann mit kurzen dunklen Haaren von einer der beiden cremeweißen Couches.

Auch hier stellte Sina sich und Sven kurz vor und zeigte Stefan Nissen ihren Dienstausweis.

»Was haben Sie denn für Fragen?«, wollte Nissen wissen, als er sich wieder niedergelassen hatte. »Sie kommen zu einem etwas unglücklichen Zeitpunkt.« Er schlug die Augen nieder. »Morgen beerdigen wir meinen Vater. Es ist eine schwere Zeit.«

»Mein Beileid«, sagte Sina. Auch Sven, der neben ihr saß, murmelte ähnliche Worte.

»Ich verspreche, Sie nicht lange aufzuhalten«, sagte Sina, obwohl sie genau wusste, dass es sich bei diesem Satz nur um eine hohle Phrase handelte. Die Befragung des Ehepaares Nissen würde so lange dauern, bis sie alle Antworten hatte, die sie haben wollte.

Und wenn wir den ganzen Vormittag hier sitzen.

Zuerst beugte sie sich vor und reichte Stefan Nissen über den Glas-Couchtisch, der zwischen ihnen stand, eine Kopie des Fotos, das Nicole Riel und den Mann zeigte, von dem Sina vermutete, dass es Holger Nissen in jungen Jahren war.

»Kennen Sie dieses Foto?«

Erstaunen malte sich auf Stefan Nissens Gesicht ab, als er das Bild betrachtete. »Nein, das habe ich noch nie gesehen. Wer ist diese Frau?«

»Die Frau kennen Sie nicht, aber den Mann schon?«, fragte Sina nach. Gespannt wartete sie auf eine Antwort.

Stefan Nissen sah ein wenig verwirrt drein, als er das Bild auf dem Couchtisch ablegte. »Das ist mein Vater. Ein altes Bild, sicher dreißig oder sogar vierzig Jahre alt. Aufgenommen, als ich noch ein Kind war.«

Lag ich also richtig. Aus Holger Nissen wurde Nisse. Lisa Riels Vater.

Nissen Juniors Frage danach, wer die Frau sei, ignorierend, reichte sie ihm das nächste Foto. Es zeigte Lisa Riel.

Mit ausdrucksloser Miene betrachtete Nissen das Bild. Auch seine Frau ließ ihren Blick über die vergrößerte Fotografie wandern.

Erwartungsvoll beobachtete Sina die beiden, konnte jedoch kein Wiedererkennen aus den Reaktionen ihrer beiden Gegenüber lesen.

»Wer soll das sein?«, fragte Stefan Nissen schließlich und legte das Bild auf den Couchtisch.

»Sie kennen diese Frau nicht?«

Ein Schulterzucken von Stefan Nissen. »Nie gesehen.«

Sina sah Nadine Nissen an. Die schüttelte den Kopf.

Jetzt zog Sina ein vergrößertes Foto von Cornelia Lemke hervor. Wieder studierte sie genau das Mienenspiel der beiden Nissens.

In Stefans Gesicht zuckte nicht einmal ein Muskel, Nadine fuhr sich mit einer Hand über die wohlfrisierten Haare.

»Da kann ich Ihnen leider nicht weiterhelfen«, sagte Nissen und legte auch dieses Foto auf dem Tisch ab.

Seine Ehefrau biss sich auf die Unterlippe und schüttelte erneut den Kopf.

Ein wenig heftiger diesmal als bei Lisa Riel. Kennt sie Lemke wirklich nicht?

Sina versuchte, Blickkontakt zu Frau Nissen herzustellen, doch die hielt die Augen gesenkt.

Gut, dann werde ich jetzt ein wenig deutlicher.

Sina griff nach dem Foto von Lisa Riel und hielt es hoch, sodass das Ehepaar Nissen das Bild sehen konnte. »Herr Nissen, könnte es sein, dass diese Frau hier Ihre Halbschwester ist?«

Ein lautes Aufkeuchen von Nadine, die eine Hand vor den Mund schlug. Ein irritiertes Zwinkern von Stefan Nissen.

»Wie bitte? Meine Halbschwester, habe ich Sie richtig verstanden?«

»Wir haben Grund zu der Annahme, dass Ihr Vater, Holger Nissen, vor vielen Jahren in Hamburg eine Affäre hatte. Aus dieser Beziehung ging Lisa Riel hervor. Vor Kurzem nahm Ihr Vater Kontakt zu seiner illegitimen Tochter auf. Wir haben mehrere Briefe von ihm an Lisa Riel gefunden.«

Nissen zog eine Augenbraue nach oben. »Warum erzählen Sie mir das alles?«

»Lisa Riel wurde vor acht Tagen tot am Weststrand aufgefunden.«

Diese Aussage schlug bei Nadine Nissen ein wie eine Bombe. Sie erblasste sichtlich, beugte sich schweratmend nach vorne.

Ihr Mann hingegen blieb ruhig, legte seiner Frau sachte eine Hand auf die Schulter und erkundigte sich, ob er ihr ein Glas Wasser holen solle. Nadine winkte ab.

Stefan Nissen richtete seine Aufmerksamkeit wieder auf Sina. »Ich weiß immer noch nicht, was Sie eigentlich von uns wollen. Mehr als dass wir diese beiden Frauen nicht kennen, können wir Ihnen nicht sagen. Dass mein Vater eine uneheliche Tochter hatte, kann ich mir nicht vorstellen. Er war meiner Mutter jahrelang treu ergeben.«

Bei diesen geschwollenen Worten hätte Sina am liebsten die Augen verdreht. *Woher will er das überhaupt so genau wissen? Er war schließlich nur ein Kleinkind, als Lisa Riel geboren wurde.*

»Was ist mit der anderen Frau?«, meldete Nadine sich zu Wort. »Ist die auch ...«

»Ja. Es handelt sich um Cornelia Lemke aus Hamburg, eine Urlauberin, die ebenfalls hier auf Sylt zu Tode gekommen ist.« Sina machte eine kurze Kunstpause, um die dramatische Wirkung ihrer nächsten Worte zu erhöhen. »Beide Frauen wurden ermordet.«

»Furchtbar«, flüsterte Nadine Nissen. »Ich habe davon in der Zeitung gelesen. Aber ich dachte, die zweite Frau sei ertrunken. Ein Unfall.«

Sina schüttelte nur den Kopf. Einzelheiten zu Lemkes Tod würde sie Nadine natürlich nicht erzählen.

Stefan Nissen klatschte in die Hände. »Ja, ganz furchtbar, da stimme ich meiner Frau zu. Aber ich trauere um meinen Vater, der nach langer Krankheit von uns gegangen ist. Da werden Sie sicher verstehen, dass ich Ihren Mordfällen im Moment nur wenig Aufmerksamkeit entgegenbringen kann.«

Wortlos zog Sina eine Fotokopie des ersten mit *dein Vater* unterschriebenen Briefes an Lisa Riel hervor und reichte ihn Stefan Nissen. »Ist das die Handschrift Ihres Vaters?«

Mit gerunzelter Stirn musterte Nissen den Brief. »Könnte sein. Aber ich bin kein Graphologe, so etwas müsste schon ein Experte beurteilen.« Er sah Sina an. »Außerdem war mein Vater monatelang schwer krank. Seine Handschrift hat sich sehr verändert. Je näher das Ende rückte, desto unleserlicher wurde sie.«

Sina unterdrückte ein Seufzen. Was Stefan Nissen da sagte, wusste sie ja bereits. Die Schrift war wirklich von Brief zu Brief unleserlicher geworden.

Wahrscheinlich hilft mir da auch kein Graphologe weiter, dachte sie.

Sie reichte Stefan Nissen eine Karte, bat ihn, sie anzurufen, falls ihm doch noch etwas einfallen würde. Dann sammelte sie die Fotos und den kopierten Brief wieder ein und verabschiedete sich.

»Ich würde nicht grad mit angehaltenem Atem auf einen Anruf von dem warten«, meinte Sven, als sie das Haus verlassen hatten.

»Das brauchst du mir nicht erst zu erklären, das ist mir schon klar«, gab Sina ein wenig gereizt zurück. Sie war überaus enttäuscht von dem Gespräch mit den Nissens, sie hatte sich mehr erwartet.

»Wir könnten uns einen Durchsuchungsbeschluss für Holger Nissens Haus verschaffen. Vielleicht finden wir dort Briefe von Lisa an ihn«, schlug Sven vor.

Sina blieb vor ihrem Wagen stehen, die Hand schon auf dem Türgriff. »Den Beschluss kriegen wir nie im Leben.«

»Trotzdem versuchen?«

Sina öffnete die Autotür. »Kann nicht schaden. Außerdem bleibt uns kaum noch was andres übrig.«

***

Sina musste ihre Enttäuschung über das so erfolglose Gespräch mit dem Ehepaar Nissen erst einmal verarbeiten. Also schloss sie ausnahmsweise die Tür zu ihrem Büro, die sonst für alle Kollegen immer offen stand. Sie brauchte jetzt ein wenig Zeit für sich.

Erst saß sie nur an ihrem Schreibtisch, die Augen geschlossen und dachte an das Gespräch mit Stefan Nissen zurück. Dann griff sie nach einem Blatt Papier und einem Stift und notierte ihre Eindrücke. Hier schrieb sie auch Dinge auf, die nicht in ihrem Bericht landen würden. Der würde nüchtern und neutral ausfallen, diese Notizen hier waren hochemotional.

Sie war ganz in ihre Arbeit versunken, als das Telefon sie aus ihrer Konzentration riss.

Sina unterdrückte einen Fluch, legte den Stift weg und griff zum Telefonhörer.

»Sina, ein Anruf aus Hamburg. Ein Privatdetektiv, der ein Foto von Lisa Riel in der Zeitung gesehen hat. Er sagt, er sei vor Kurzem beauftragt worden, genau diese Frau zu finden«, erklärte der Kollege, der sich um die Telefonzentrale kümmerte.

Na, das klingt doch zur Abwechslung mal großartig, dachte Sina.

Laut sagte sie: »Ja, stell ihn bitte durch.«

»Mich erschreckt ja so schnell nichts, aber als ich heute dieses Gesicht in der Zeitung sah, da wär mir doch fast der Kaffee in die falsche Kehle geraten«, sagte der Mann, der sich Sina als Peter Andersen vorgestellt hatte. Der Hamburger Privatdetektiv hatte eine wohlklingende Bassstimme und klang in Sinas Ohren wie ein ausgebildeter Hörfunksprecher.

»Wie lange ist es denn her, dass Sie beauftragt worden sind, Lisa Riel zu finden?«

»Ich habe sofort alle Informationen zusammengesucht. Den Auftrag erhielt ich vor etwas über zwei Monaten. Den Namen der Dame kannte mein Auftraggeber nicht, er erklärte mir, er hätte vor vielen Jahren eine außereheliche Affäre gehabt. Als seine Freundin schwanger wurde, hätte sie sich von ihm getrennt und die Stadt verlassen. Er nannte mir den Namen Nicole Riel und sagte mir außerdem ihr Geburtsdatum und dass sie ursprünglich aus Flensburg stammte und er vermutete, dass sie wieder dorthin gezogen war. Außerdem natürlich das Datum, zu dem die Trennung stattfand und dass sich Frau Riel damals noch ganz zu Beginn der Schwangerschaft befand. Er meinte, man hätte ihr noch nichts angesehen. Mit diesen Informationen war Lisa Riel schnell gefunden. Ich habe einfach nur das Geburtenregister in Flensburg eingesehen. Sieben Monate nach der Trennung hatte Nicole Riel in Flensburg eine Tochter geboren. Das waren für mich extrem leicht verdiente fünfhundert Euro, solche Jobs hätte ich gerne öfter.«

»Sie haben also den Auftrag innerhalb kürzester Zeit abgeschlossen?«, fragte Sina nach.

»Ja, zwei Tage später hatte ich einen glücklichen Kunden mehr. Ich meinte noch, er solle mich weiterempfehlen. Dass er meine Dienste noch einmal benötigen würde, konnte ich ja ausschließen.« Er lachte dröhnend. »Außer er hätte noch mehr Affären gehabt, aber das hielt ich für unwahrscheinlich.«

»Darf ich auch nach dem Namen des Auftraggebers fragen?« Sina hoffte, dass Andersen ihr jetzt nicht mit Datenschutz kam und damit, dass er den Namen nur aufgrund eines richterlichen Beschlusses herausgeben würde.

»Dürfen Sie tatsächlich. Normalerweise gilt da ja meine Schweigepflicht, aber ich habe zuerst meinen Auftraggeber angerufen, um mich mit ihm abzusprechen. Dabei musste ich feststellen, dass seine Nummer abgemeldet ist. Nach einer kurzen Googlesuche wusste ich dann, dass er vor Kurzem verstorben ist. Also ist das mit der Schweigepflicht hinfällig.«

Sina war natürlich längst klar, wie Andersens Auftraggeber hieß, trotzdem fragte sie nach, sie wollte es aus dem Mund des Privatermittlers hören. »Und? Wie lautet der Name?«

»Holger Nissen. War hier in Hamburg Unternehmer, sehr erfolgreich. Lebte aber schon seit Jahren bei euch auf Sylt.« Er seufzte sehnsuchtsvoll. »Jaja, wenn man sich's leisten kann.«

Unwillkürlich musste Sina an das Teil denken und dass sie wohl nicht zu denjenigen gehörte, die sich ein Leben auf Sylt leisten konnten.

»Vielen Dank für Ihren Anruf, Herr Andersen. Könnten Sie mir vielleicht eine kurze Zusammenfassung per E-Mail senden, für mein Protokoll? Das ist nicht eilig.« Sina buchstabierte ihre E-Mail-Adresse, dann verabschiedete sie sich von dem Privatdetektiv mit der wohlklingenden Stimme. »Sagen Sie, haben Sie schon mal überlegt, zum Radio zu gehen? Mit dieser Stimme würden die Sie doch sofort nehmen«, sagte Sina.

Ein dröhnendes Lachen war die Antwort. »Danke für das Kompliment, aber ich bin mit meinem aktuellen Job rundum zufrieden.«

Auch Sina lächelte, als sie den Hörer auflegte. Die Informationen, die der Privatdetektiv ihr gegeben hatte, gaben ihr Auftrieb. *Zumindest weiß ich jetzt, dass Holger Nissen tatsächlich der Vater von Lisa Riel war und sie hat suchen lassen. Die nächste Frage ist jetzt, ob Stefan Nissen davon wirklich keine Ahnung hatte.*

Sina trommelte mit den Fingern auf die Schreibtischplatte. Kurz überlegte sie, sich mit Sven zusammenzusetzen, doch dann wandte sie sich erst ihrem Computer zu. Sie wollte Stefan Nissen ein wenig genauer unter die Lupe nehmen. Vor allem ging ihr immer noch im Kopf herum, dass seine Frau ein Büro erwähnt hatte.

Wieso lässt er sich von der Klatschpresse als Privatier bezeichnen, wenn er doch irgendeiner Arbeit nachgeht? Findet er das schick? Oder hat er das Büro nur, um sein Leben zu verwalten?

Nach einer Datenbankabfrage fand Sina das Gesuchte: Stefan Nissen betrieb eine kleine Anlageberatungsfirma. Er war als Geschäftsführer eingetragen, das Unternehmen beschäftigte drei Mitarbeiter, der Firmensitz befand sich in Westerland.

Ist das wirklich ein Job oder mehr ein Zeitvertreib?

Der Jahresumsatz von Stefan Nissen hätte Sina brennend interessiert, doch an diese Zahlen war nicht so einfach heranzukommen.

Und solange Stefan Nissen kein Verdächtiger ist, erhalte ich auch keinen richterlichen Beschluss.

Sina stand auf. Zeit, die Bürotür wieder zu öffnen, Sven zu erzählen, was sie herausgefunden hatte und mit ihm zu beratschlagen, wie sie weiter vorgehen sollten.

Am besten, wir verlegen diese Besprechung an die Promenade. Dann können wir das Mittagessen gleich nebenbei erledigen. So ein Krabbenbrötchen von Gosch wär mal wieder was.

***

Satt und zufrieden kehrte Sina nach der kurzerhand ins Freie verlegten Mittagsbesprechung mit Sven an ihren Schreibtisch zurück. Sie waren sich darüber einig, dass sie sich ein gutes Foto von Stefan Nissen besorgen und sowohl im Mirage Strandhotel als auch in der Sylter Oase nachfragen müssten, ob Nissen dort gesehen worden war. Auch der Geschäftsführerin des Brodersens und der Barista des Bistro Holt wollte Sina in dieser Hinsicht auf den Zahn fühlen.

Der Name Nissen tauchte zwar in den Reservierungslisten, die sie hatten einsehen dürfen, nicht auf, aber Sinas Bauchgefühl sagte ihr, dass so jemand wie Nissen Junior exakt der Klientel entsprach, die das Brodersens besuchte.

Neureich, eitel, sieht sich als Lebenskünstler und will vor allem, dass andere ihn auch so sehen.

Sina schnaubte abfällig, als ihr wieder einfiel, dass Nissen sich gerne als Privatier bezeichnen ließ. Sie weckte ihren Computer aus dem Energiesparmodus und begann eine Bildrecherche, um ein Foto zu finden, auf dem das Gesicht des Anlageberaters und Erben von Holger Nissen gut zu erkennen war.

Sie war noch nicht weit gekommen, hatte einige Browsertabs mit möglicherweise geeigneten Fotos geöffnet, als es am Rahmen ihrer nun wieder offen stehenden Tür klopfte.

Als Sina aufblickte, sah sie Sven mit einem leicht perplexen Gesichtsausdruck in der Tür stehen. »Frau Nissen ist hier, sie will mit dir sprechen. Aber nur mit dir.«

»Frau Nissen? Führ sie bitte herein.«

Rasch minimierte Sina den Browser. Stefan Nissens Ehefrau sollte nicht sehen, woran sie gerade arbeitete.

Was sie wohl will? Gibt es irgendetwas, das sie heute Vormittag vor ihrem Mann nicht erzählen wollte?

Gespannt sah Sina Nadine Nissen an, als Sven sie in ihr Büro brachte. Sie deutete auf den Besucherstuhl.

Frau Nissen saß stocksteif auf dem Stuhl, die Handtasche auf den Knien. Ihre Körperhaltung und ihre Miene drückten Entschlossenheit aus.

Bevor Sina noch fragen konnte, was sie auf dem Herzen hatte, begann Nadine Nissen zu sprechen. »Ich musste eine Weile darüber nachdenken, was ich Ihnen jetzt erzählen werde. Ich bin mir nicht sicher, ob es relevant ist. Aber wie sie ja heute Morgen schon sagten, es geht um Mord.« Tief holte sie Luft.

Was kommt jetzt? Hat sie am Ende einen wichtigen Hinweis für uns?

»Mein Mann betrügt mich.«

Sina blinzelte. Damit hatte sie nicht gerechnet. Was hatten die privaten Eheprobleme der Nissens mit den beiden Morden zu tun?

Nadine Nissen schwieg, schien sich erst sammeln zu müssen, bevor sie weitersprach. »Ich weiß das nicht erst seit Kurzem. Das geht schon seit Jahren. Es ist auch nicht nur eine Frau.«

Sina war versucht, Frau Nissen zu unterbrechen, ihr zu sagen, dass sie keine Zeit hätte, sich über die außerehelichen Aktivitäten ihres Mannes zu unterhalten. Doch sie wartete ab.

»Könnte ich die beiden Fotos, die Sie uns gezeigt haben, bitte noch einmal sehen?«

»Selbstverständlich«, sagte Sina. Nach kurzem Suchen zog sie die Fotos von Lisa Riel und Cornelia Lemke aus einem Aktendeckel.

Sie beobachtete Nadine Nissen ganz genau, während diese sich die beiden Bilder ansah.

Was kommt jetzt?

Abwechselnd betrachtete Stefan Nissens Ehefrau die beiden großformatigen Abzüge. Schließlich legte sie das Foto von Lisa Riel auf den Tisch, behielt aber Cornelia Lemkes Bild in der Hand und hielt es hoch. »Ich kann es nicht beschwören. Aber ...« Sie schluckte und legte auch das zweite Foto beiseite. Dann sprach sie mit leiser Stimme und gesenktem Blick weiter. »Letzte Woche habe ich meinen Mann in einem Straßencafé hier in Westerland gesehen. Mit einer Frau. Als ich das Foto heute Vormittag das erste Mal sah, dachte ich ganz spontan, dass das dieselbe Frau ist.« Sie hob ihren Blick ein wenig, spielte mit einer Hand nervös am Verschluss ihrer Handtasche herum. »Wie gesagt, ich kann es nicht beschwören.«

Eine Affäre? Lemke mit Nissen? Dann war Nissen der Mann, den die Barista beschrieben hat?

»Aber die Frau, die Sie gemeinsam mit Ihrem Mann sahen, sah Frau Lemke zumindest ähnlich?«, fragte Sina gespannt. »Können Sie sich noch erinnern, an welchem Tag Sie die beiden gesehen haben?«

Freudlos lachte Nadine Nissen auf. »Als ob ich so etwas je vergessen könnte. Es war vor fünf Tagen, am späten Nachmittag, gegen halb fünf. Ich dachte, Stefan sei im Büro. Aber als ich ein paar Erledigungen in Westerland machte und anschließend noch ein wenig an der Promenade sitzen wollte, da sah ich die beiden.« Sie ließ die Handtasche los, verschränkte stattdessen die Hände. »Sicher fragen Sie sich jetzt, warum ich gleich denke, mein Mann hätte eine Affäre, nur weil ich ihn mit einer Frau in einem Café sitzen sehe. Schließlich ist er Anlageberater und diese Frau hätte eine Kundin sein können.«

War sie aber nicht. Lemke war im Urlaub, da macht man keine Termine mit Anlageberatern aus.

Diesen Gedanken sprach Sina natürlich nicht laut aus, schließlich wollte sie hören, was Nadine Nissen zu sagen hatte.

»Nun, so wie diese Frau meinen Mann ansah, so sieht niemand seinen Anlageberater an.« Eine steile

Falte erschien zwischen Nadine Nissens Augenbrauen. »Auch das Verhalten meines Mannes war nicht gerade so, wie man das bei einem geschäftlichen Gespräch erwartet.« Verächtlich zog sie einen Mundwinkel nach oben. »Oder haben Sie schon einmal einen Anlageberater gesehen, der einer Kundin das Knie tätschelt?«

Sina schüttelte den Kopf. Das, was Frau Nissen ihr da erzählte, kam ihr ein wenig dünn vor. Ein wirklicher Beweis für eine Affäre zwischen Stefan Nissen und dem zweiten Mordopfer war das nicht.

Sie ist sich ja noch nicht einmal sicher, dass es wirklich Lemke war, die sie da mit ihrem Mann herumschäkern gesehen hat. Trotzdem werden wir dem Ganzen nachgehen müssen. Falls Stefan Nissen gelogen hat, als er behauptete, Lemke nicht zu kennen, könnte da sehr gut mehr dahinterstecken als nur seine Affäre.

»Danke, dass Sie gekommen sind und mir gegenüber so ehrlich waren«, sagte Sina. »Gibt es sonst noch etwas, das Sie mir sagen wollten?«

Nadine Nissen schüttelte den Kopf.

Sina stand auf und reichte Stefan Nissens Ehefrau die Hand. »Falls Ihnen doch noch etwas einfallen sollte, wissen Sie ja, wie Sie mich erreichen.«

***

Sina lehnte mit der Hüfte an Svens Schreibtischkante und brachte ihren Kollegen auf den neuesten Stand.

»Es sieht jetzt also so aus, als seien Stefan Nissens Halbschwester, sein Vater und seine Geliebte innerhalb kürzester Zeit gestorben. Zwei davon wurden ermordet. Beim Vater wurde auf natürliche Todesursache erkannt«, sagte sie abschließend.

Sven sah sie nachdenklich an. »Aber da hast du jetzt Bedenken?«

Sina seufzte. »Allerdings. Holger Nissen war schließlich steinreich. Stefan ist wahrscheinlich der Alleinerbe. Was, wenn er seine Halbschwester aus dem Weg räumte, um das Erbe nicht teilen zu müssen? Dann den Vater tötete, um eben dieses Erbe schneller zu erhalten?«

»Wie passt dann die mögliche Geliebte in dieses Bild?«, wollte Sven wissen.

Sina zuckte mit den Achseln. »Die wird zu viel gewusst haben. Schließlich hat sie Lisa Riels Leiche gefunden. Vielleicht war das gar kein Zufall? Vielleicht hat sie Stefan Nissen bei dem Mord geholfen?«

»Weil der ihr versprochen hatte, dann seine Frau für sie zu verlassen?« Sven strich sich mit einer Hand über das Kinn. »Lemke setzte ihn dann deswegen unter Druck und statt mit ihr in den Sonnenaufgang zu reiten, brachte er sie um und ließ es wie einen Unfall aussehen?«

»Wäre doch eine Möglichkeit«, meinte Sina. »Aber ich habe ein viel größeres Problem als das Motiv für den Mord an Lemke.«

»Und das wäre?«

»Das Nissen Senior morgen beerdigt werden soll. Wenn wir überprüfen wollen, ob er eines natürlichen Todes gestorben ist, müssen wir uns beeilen.«

Sven beugte sich vor und griff nach dem Telefonhörer. »Ich rufe gleich in Kiel an.«

Sina stieß sich von der Tischkante ab und sah auf die Uhr. »Weißt du was? Du findest mir einen Richter, ich fahre direkt hin und rede selbst mit ihm.«

»Überzeugungsarbeit vor Ort leisten?« Sven zog eine Augenbraue hoch. »Warte aber noch, bevor du den Autozug buchst. Vielleicht bin ich ja am Telefon überzeugend genug. Dann musst du nur noch Dr. Singer bezirzen, dass er morgen herkommt.«

Ein wenig skeptisch verließ Sina Svens Büro und kehrte an ihren eigenen Schreibtisch zurück, um sich den Fahrplan für den Autozug anzusehen.

***

Sven hatte es tatsächlich geschafft. Nur etwas über eine Stunde nach seinem Telefonat war der richterliche Beschluss der die Obduktion der sterblichen Überreste von Holger Nissen anordnete, eingetroffen.

Sina hätte ihren Kollegen am liebsten umarmt, hängte sich jedoch statt an Svens starke Schultern lieber ans Telefon und rief Dr. Singer an. Er sicherte zu, dass er sich am nächsten Tag nach Westerland begeben würde, um dort die Obduktion durchzuführen.

»So, dann bleibt uns jetzt nur noch der unangenehmste Teil. Wir müssen Stefan Nissen Bescheid sagen«, meinte Sven, der während des Telefonats mit Singer ihr Büro betreten hatte.

»Vorher fahren wir aber noch zum Bestatter«, sagte Sina. »Ich will, dass wirklich erst alle organisatorischen Einzelheiten geklärt sind. Es ist ja nicht so, als müsste Stefan Nissen uns sein Einverständnis geben. Dass wir ihn informieren, ist eine reine Höflichkeit unsererseits.«

»Naja, es geht hier immerhin darum, dass die Beerdigung morgen nicht stattfindet. Das ist schon ein wenig mehr als reine Höflichkeit«, wandte Sven ein.

»Stell dir doch mal vor, du als Angehörige tauchst morgens in der Aussegnungshalle auf und dann erst erfährst du, dass die ganze Sache verschoben wird, weil dein geliebter Verstorbener obduziert werden muss.«

Sina blies die Backen auf. »Jaja, stimmt schon. Ich geb's ja zu, mir ist die Sache auch ganz schön unangenehm. Ich möchte aber trotzdem erst alles Formelle regeln. Sobald der Bestatter den Leichnam ins Krankenhaus bringen lässt, wenden wir uns dem hochemotionalen Teil zu.«

»Unangenehm dürfte es treffen. Nissen Junior flippt sicher aus, wenn er erfährt, was wir machen.«

Sina legte den Kopf ein wenig schräg. »Vor allem, falls er beim Ableben seines Vaters nachgeholfen haben sollte.«

Sven verschränkte die Arme. »Wovon wir ja nun ausgehen müssen. Wir sollten dafür sorgen, dass Nissen nichts Unüberlegtes tun kann. Was, wenn er versucht, sich abzusetzen?«

»Dann wäre doch die ganze Mühe umsonst gewesen. Wenn er flieht, kann er sein Erbe nicht antreten.«

»Er könnte versuchen, Spuren zu verwischen. Für mich besteht da Verdunkelungsgefahr«, hielt Sven dagegen.

»Willst du ihn direkt verhaften? Dafür ist es zu früh, wir haben keine konkreten Verdachtsmomente gegen ihn.« Sina massierte sich die Schläfen, so als würde ihr das beim Nachdenken helfen. »Wir müssen sein Foto im Mirage, in der Sylter Oase und in den beiden Restaurants zeigen, aber das schaffen wir heute Abend nicht mehr. Bis wir dazu kommen und bis die Obduktion abgeschlossen ist, könnten wir ihn observieren lassen.«

Sven grinste. »Das wird den Kollegen gar nicht gefallen.«

»Teile Groß und Paulsen dafür ein. Die sollen sich abwechseln«, sagte Sina nach einem Blick auf den Dienstplan.

»Zumindest Paulsen wird sich über die Überstunden freuen«, meinte Sven.

»Na, dann haben wir wenigstens einen, der sich freut«, murmelte Sina und griff nach ihrem Autoschlüssel und dem Ausdruck des richterlichen Beschlusses.

***

Der Bestatter, der sich um Holger Nissen kümmerte, war natürlich längst im Feierabend gewesen, sodass Sina und Sven ihn telefonisch in sein Unternehmen zitieren mussten.

»Seit über dreißig Jahren arbeite ich in meinem Beruf, aber so etwas ist mir wirklich noch nie untergekommen«, hatte der sichtlich perplexe Mann gemurmelt, als er die Tür zu seinem Bestattungsunternehmen aufsperrte und Sina und Sven hereinbat.

Nun saßen sie in seinem Büro, wo er erst den Beschluss ausführlich studiert hatte und nun mehrere Telefonate führte. Schließlich legte er den Hörer auf und nickte Sina zu. »Alles veranlasst, Frau Marten. Die sterblichen Überreste von Holger Nissen werden unverzüglich ins Krankenhaus Westerland überführt.«

»Vielen Dank für Ihre Kooperation.« Sina stand auf. »Entschuldigen Sie nochmals die Störung, aber bei der Eilbedürftigkeit dieser Sache blieb uns natürlich keine andere Wahl.«

»Selbstverständlich.« Der Bestatter nickte und sah sie über den Rand seiner Lesebrille hinweg an. »Ich hoffe, Ihre Bedenken sind unbegründet und wir können Herrn Nissen bald in allen gebotenen Ehren bestatten.«

Als Sina dem Bestatter zum Abschied die Hand schüttelte, beschlich sie ein ungutes Gefühl. *Was, wenn ich mich doch getäuscht habe? Dann bekomme ich sicher massiven Ärger.*

Für die Fahrt zum Haus der Nissens überließ Sina Sven das Steuer und starrte schweigend durch das Autofenster in die Abenddämmerung.

Heute Abend war es Stefan Nissen, der die Haustür öffnete. Als er sah, wer da auf seiner Türschwelle stand, verfinsterte sich seine Miene. »Sagt Ihnen das Wort Pietät etwas?«

Geht ja gut los, dachte Sina.

»Können wir uns bitte drinnen weiter unterhalten?«, bat Sven mit ruhiger Stimme.

Stefan Nissen funkelte Sven an. »Kann das nicht bis morgen Nachmittag warten? Ich habe Ihnen doch bereits klar und deutlich gesagt, dass ich gerade eine sehr schwere Zeit durchmache. Auch dass wir morgen meinen Vater beerdigen, habe ich Ihnen bereits mitgeteilt.«

»Genau darum geht es«, sagte Sina. »Es wäre wirklich besser, wenn Sie uns ins Haus lassen. Was wir Ihnen zu sagen haben, lässt sich schwer zwischen Tür und Angel erledigen.«

Nissen zog die Augenbrauen zusammen, sagte jedoch nichts weiter und ließ die beiden Polizisten ins Haus. Soweit, sie ins Wohnzimmer zu bitten, ging er allerdings nicht. Er blieb im Hausflur stehen und lehnte sich mit ablehnend verschränkten Armen gegen eine Wand. »Ich höre.«

»Wir haben einen richterlichen Beschluss für eine Obduktion Ihres Vaters erwirkt«, sagte Sina und hielt Stefan Nissen den Ausdruck hin.

Der machte keinerlei Anstalten, nach dem Papier zu greifen, starrte nur Sina wortlos an. In seinen Augen loderte es.

Die Stille im Raum lastete bleischwer auf Sina. Schließlich zog sie den Beschluss wieder zurück und sprach weiter. »Die Beerdigung muss also verschoben werden. Wir haben bereits alles veranlasst.«

Nun sprach Nissen doch. Mit zu Schlitzen zusammengepressten Augen baute er sich direkt vor Sina auf. »Sie haben was? Sie wagen es, das Andenken meines Vaters zu beschmutzen? Was bilden Sie sich eigentlich ein?«

Trotz Nissens bedrohlichem Auftreten zuckte Sina mit keiner Wimper. »Von beschmutzen kann hier keine Rede sein. Angesichts der Umstände müssen wir uns davon überzeugen, dass Ihr Vater tatsächlich eines natürlichen Todes gestorben ist.«

Stefan Nissen stach mit einem Zeigefinger in Sinas Richtung. »Was wollen Sie da andeuten?«

»Wir deuten gar nichts an«, sagte Sven mit kühler Stimme. Er nahm Sina den Ausdruck des Beschlusses aus der Hand und legte ihn auf einer im Flur stehenden Kommode ab. »Hier haben Sie den Beschluss für Ihre Unterlagen. Sagen Sie allen geladenen Gästen für morgen ab, mehr brauchen Sie nicht zu tun.«

Sven legte eine Hand auf Sinas Ellbogen. »Wir wollen Sie dann auch nicht weiter stören. Einen schönen Abend noch.«

»Einen schönen Abend noch? Wollen Sie mich verhöhnen?«, schrie Stefan Nissen.

Nissens plötzlicher heftiger Ausbruch ließ Sina zusammenzucken. Doch schnell hatte sie sich wieder im Griff. »Keinesfalls«, entgegnete sie kühl.

»Wie soll ich mir jetzt einen schönen Abend machen, wenn ich weiß, dass Sie morgen völlig grundlos und absolut überflüssigerweise meinen Vater aufschneiden lassen? Meinen Vater, der morgen zu Grabe getragen werden sollte. Dutzende geladene Gäste, denen ich jetzt erklären muss, dass Sie, Sie ...« Abrupt brach Nissen ab, offenbar waren ihm die Worte ausgegangen.

Doch als Sina und Sven sich erneut, dieses Mal wortlos, zum Gehen wandten, sprach Nissen doch noch weiter. »Ich werde sofort mit meinem Anwalt telefonieren.« Er ballte die Rechte zur Faust und zerknüllte den richterlichen Beschluss. »Dann können Sie sich diesen Wisch dahin schieben, wo die Sonne nicht scheint.« Sein Gesicht war hochrot angelaufen, an seiner Schläfe pulsierte eine Ader. »Das wird ein Nachspiel haben für Sie. Für Sie beide. So lasse ich mit mir nicht umspringen. Hören Sie?«

Sina sah dem wutentbrannten Stefan Nissen direkt in die Augen. »Ihnen wird nichts anderes übrigbleiben«, sagte sie mit fester Stimme.

Einen Moment dachte Sina, Nissen wolle sie schlagen, als er den Arm erhob. Doch er warf nur den zerknüllten Beschluss auf den Boden. »Das werden wir ja sehen. Ich werde sämtliche Mittel ausschöpfen, um diese Ungeheuerlichkeit zu verhindern.«

Sina zuckte nur mit den Schultern. *Mit diesem Irren, der jetzt schon fast Schaum vor dem Mund hat, werde ich mich nicht weiter befassen.*

»Verlassen Sie sofort mein Haus«, brüllte Stefan Nissen.

»Danke, das hatten wir schon vor fünf Minuten vor«, entgegnete Sven und zog die Haustür auf.

Als Sina über die Türschwelle trat, konnte sie sich ein Grinsen nicht verkneifen. »Der Spruch war gut«, flüsterte sie Sven zu. Hinter ihnen fiel krachend die Tür ins Schloss.

»Ob der wohl immer so cholerisch ist?«, fragte Sven, als sie auf ihren Wagen zugingen.

Sina zuckte die Schultern. »Ich frage mich viel mehr, ob jemand, der so austickt, etwas zu verbergen hat.«

Sven deutete auf einen Wagen, der einige Meter entfernt am Straßenrand parkte. »Paulsen ist schon in Position. Unbemerkt abhauen kann Nissen auf jeden Fall nicht.«

Sina winkte Paulsen kurz zu, bevor sie die Beifahrertür ihres eigenen Wagens aufzog. »Ich bin jetzt schon gespannt, was ihm heute Nacht noch so einfällt. Ich wette, er telefoniert schon mit seinem Anwalt und wird versuchen, die Obduktion zu verhindern.«

»Das wird ihm nicht gelingen«, meinte Sven voller Zuversicht.

»Dein Wort in Gottes Ohr«, sagte Sina.

Kapitel elf

Sina war bereits um 8 Uhr auf dem Revier gewesen. Falls Stefan Nissen tatsächlich versuchen sollte, mit rechtlichen Mitteln gegen die Obduktion seines Vaters vorzugehen, wollte sie bereit sein.

Doch als sie sich gemeinsam mit Sven kurz nach halb zehn auf den Weg zum Krankenhaus von Westerland machte, wo Dr. Singer die Obduktion vornehmen würde, hatte Nissen Junior noch nichts von sich hören lassen. Auch Kollege Groß, der mittlerweile Paulsen abgelöst und die Überwachung des Hauses der Nissens übernommen hatte, meldete auf Nachfrage keine besonderen Vorkommnisse.

So ganz traue ich dem Frieden aber noch nicht, dachte Sina. *Nissen ist meiner Meinung nach nicht der Typ, der sich einfach geschlagen gibt. Wer weiß, was uns im Krankenhaus erwartet.*

»Sein Anwalt wird ihm gesagt haben, dass er keinerlei juristische Handhabe hat«, vermutete Sven, als Sina ihm auf der Fahrt zum Krankenhaus ihre Vermutung mitteilte.

»Hoffentlich hast du recht«, murmelte Sina, während Sven auf den Parkplatz des Krankenhauses fuhr.

Den Weg zum Sektionssaal legten sie schweigend zurück. Im Vorraum streiften sie die vorgeschriebene Schutzkleidung über und zogen Handschuhe an. Als Sina gerade nach einem einzeln verpackten Mundschutz griff, flog die Tür auf.

Sie fuhr herum. Im Türrahmen stand Stefan Nissen.

Bevor Sina auch nur einen klaren Gedanken fassen konnte, stürmte Nissen in den Raum. Sein Gesicht war gerötet, sein Blick flackerte.

»Ich werde das nicht zulassen«, brüllte er.

Sven stellte sich ihm in den Weg, wurde jedoch mit einem heftigen Stoß zur Seite gedrängt. Nissen strebte auf die Tür mit der Aufschrift *Sektionssaal, Zutritt nur für autorisiertes Personal* zu.

Fieberhaft überlegte Sina. Sich Nissen in den Weg zu stellen, machte keinen Sinn, wenn er sogar Sven mit solcher Leichtigkeit wegstoßen konnte, würde Sina mit ihrer geringen Körpergröße ihn erst recht nicht aufhalten können.

Doch bevor Nissen die Tür zum Sektionssaal erreicht hatte, war Sven wieder zur Stelle. Er packte Stefan Nissen von hinten an beiden Oberarmen. Der wehrte sich heftig. Klirrend fiel eine Edelstahlschüssel zu Boden.

Die Tür zum Sektionssaal öffnete sich von innen, Dr. Singer streckte den Kopf in den Vorraum. »Was ist denn hier los?«, donnerte der Rechtsmediziner.

»Sie schneiden meinen Vater nicht auf«, brüllte Stefan Nissen.

Sina trat auf Dr. Singer zu und bedeutete ihm, zurück in den Sektionssaal zu gehen. »Sperren Sie die Tür ab. Ich sage Ihnen Bescheid, sobald wir das hier geklärt haben.«

Als sie sich wieder Sven und Nissen zuwandte, hatte ihr Kollege die Lage voll im Griff.

»Schaff ihn hier raus«, sagte Sina. »Bring ihn aufs Revier und behalte ihn da, bis ich zurückkomme. Ich will mich sofort im Anschluss an die Obduktion mit ihm unterhalten.«

»Das können Sie nicht machen«, rief Nissen.

»Oh, doch, das geht ganz wunderbar«, entgegnete Sven ruhig.

In der noch offen stehenden Tür zum Gang tauchte mit hochrotem Kopf und schwer atmend Kollege Groß auf. »Sorry, der hat mich abgehängt«, schnaufte er.

»Ich hatte mich schon gewundert«, meinte Sina und schüttelte den Kopf. Das Bild, das sich ihr bot, war aber auch zu bizarr. Sven, der Nissen die Arme auf den Rücken gedreht hatte, Groß, der aussah, als hätte er einen 400-Meter-Sprint hinter sich und Nissen, der immer noch Gift und Galle spuckte.

Gemeinsam mit Groß bugsierte Sven Stefan Nissen aus dem Vorraum des Sektionssaales auf den Gang. Hinter ihnen klappte die Tür zu.

Sina atmete tief durch und wartete noch eine Minute, bis sie ganz sicher war, dass Nissen aus dem Weg geschafft war. Dann klopfte sie an die Tür zum Sektionssaal.

Ein gleichzeitig verärgert und verblüfft dreinblickender Dr. Singer öffnete ihr die Tür. »Was in aller Welt war das gerade?«

»Der Sohn des Mannes, der da drinnen auf Ihrem Tisch liegt«, entgegnete Sina. »Aber das Problem wäre gelöst. Wir können anfangen.«

***

In den sterblichen Überresten Holger Nissens hätte Sina nie und nimmer den Mann von dem Foto mit Nicole Riel erkannt. In den über dreißig Jahren, die zwischen der Aufnahme und seinem Tod gelegen hatten, hatte der Mann sich vollkommen verändert. Er hatte zugenommen, sein Gesicht war voller geworden, Kopfhaar war kaum noch vorhanden.

Von dem Foto, das bei seinem Nachruf abgedruckt war, habe ich ihn ja auch nicht erkannt. Ich habe nur geschnallt, dass er Nisse sein könnte, weil der Spitzname von seinem Nachnamen abgeleitet worden ist.

Gespannt beobachtete Sina, wie Dr. Singer die äußere Leichenschau vornahm und jeden Quadratmillimeter des Körpers sorgfältig untersuchte. Dabei diktierte er seine Erkenntnisse, wobei Sina jedoch nur hin und wieder den ein oder anderen medizinischen Fachbegriff wiedererkannte.

Als Singer etwas von wegen *Petechien* diktierte, merkte sie jedoch auf. Diesen Begriff kannte sie nur zu gut. Erwartungsvoll sah sie Dr. Singer an.

Der nickte ihr zu und lieferte ihr eine Zusammenfassung. »Nach Abschluss der äußeren Leichenschau kann ich Ihnen bereits sagen, dass es durchaus sein kann, dass der Tote erstickt wurde. Ich kann an beiden Schläfen und vereinzelt auch im Nacken Petechien feststellen. Weiterhin finden sich petechiale Blutungen in den Augenlidhäuten, insbesondere auf der linken Seite, und den Augäpfeln sowie in der Schleimhaut des Oberlippenvorhofs. Petechien können auf einen Erstickungstod hindeuten. Da keine Würgemale oder andere Anzeichen einer äußeren Gewalteinwirkung auf den Hals vorhanden sind, könnte eine Okklusion der Atemöffnungen durch Auflegen eines weichen Gegenstandes wie zum Beispiel eines Kissens vorliegen.« Dr. Singer machte eine kurze Pause, bevor er weitersprach. »Dies deutet alles nicht zwingend darauf hin, dass der Tote keines natürlichen Todes starb.«

»Aber im Falle eines verdächtigen Todesfalles sind es erste Anhaltspunkte, nicht wahr?«, fragte Sina nach.

Dr. Singer nickte. »Ich hoffe, die innere Leichenschau, insbesondere die Untersuchung der Lunge wird uns weitere Anzeichen liefern.«

Sina wappnete sich. Jetzt kam der unangenehmere Teil der Obduktion.

***

Sina stand im Vorraum des Sektionssaales. Der Mundschutz baumelte unter ihrem Kinn, die Handschuhe hatte sie ausgezogen, um ihr Smartphone besser bedienen zu können.

Als Sven sich meldete, kam sie unverzüglich zur Sache. »Nimm Stefan Nissen vorläufig fest und kläre ihn über seine Rechte auf. Dann setze ihn bitte in den Verhörraum. Mit dem, was Dr. Singer bei der Obduktion gefunden hat, möchte ich ihn direkt von Angesicht zu Angesicht konfrontieren. Ach ja, beantrage bitte auch einen Durchsuchungsbeschluss für das Haus der Nissens.«

»Wird sofort erledigt«, kam Svens knappe Antwort.

Sobald Sina das Telefonat mit Sven beendet hatte, entledigte sie sich der Schutzkleidung, stopfte sie in die dafür vorgesehene Tonne, wusch und desinfizierte sich die Hände und verließ das Krankenhaus.

Da Sven natürlich den Wagen genommen hatte, als er mit Stefan Nissen das Krankenhaus verlassen hatte und mit ihm zum Revier gefahren war, legte sie den Weg zum Polizeirevier zu Fuß zurück.

Nissen kann ruhig eine Weile im Verhörzimmer schmoren. Bis dahin überlege ich mir meine genaue Vorgehensweise.

Als Sina im Revier eintraf, hatte sie sich nicht nur eine Strategie für die Befragung zurechtgelegt, die frische Luft und die Bewegung hatten sie auch erfrischt.

Vor allem bin ich den schrecklichen Obduktionsgeruch losgeworden. So eine Nordseebrise ist doch was Schönes.

»Er hat natürlich sofort nach seinem Anwalt geplärrt«, begrüßte Sven Sina.

»Ist der schon da?«, erkundigte sie sich.

»Auf dem Weg.« Sven sah auf seine Armbanduhr. »Wird jeden Moment hier sein.«

»Gut, dann trinke ich erst noch einen Tee«, meinte Sina.

»Hey, was ist mit mir? Ich will wissen, was Singer gesagt hat.«

Sina grinste Sven an. »Und ich will nicht alles zwei Mal erzählen. Du wirst dich schon bis zur Befragung gedulden müssen.«

Maulend zog Sven ab und Sina ging in ihr Büro, wo sie sich erst bei ihrer Tasse Tee entspannte und die Füße auf den Tisch legte und dann noch rasch einige Notizen tippte und ausdruckte, die sie in das Verhörzimmer mitnehmen wollte.

Als Sven an ihre offen stehende Tür klopfte und Bescheid sagte, dass Nissen und sein Anwalt sich beraten hätten und sie jetzt mit der Befragung beginnen könnten, schob Sina die Ausdrucke in eine Mappe und begab sich gemeinsam mit Sven in den Verhörraum.

Nachdem sämtliche Formalitäten erledigt waren, informierte Sina Stefan Nissen darüber, dass er im Verdacht stand neben Lisa Riel auch Cornelia Lemke und seinen Vater getötet zu haben.

Dieses Mal brauste Stefan Nissen nicht auf. Dieses Mal starrte er Sina nur ausdruckslos an. Das Reden überließ er seinem Rechtsbeistand.

»Wie begründen Sie diesen Verdacht?«, fragte der Anwalt.

»Wie Sie ja sicher bereits von Ihrem Mandanten erfahren haben, wurde heute eine Obduktion der Leiche von Holger Nissen vorgenommen.« Sina blätterte in ihren Notizen. »Dabei ergaben sich Erkenntnisse, die eindeutig darauf hinweisen, dass Holger Nissen keines natürlichen Todes gestorben ist, sondern dass Fremdverschulden vorliegt.«

»Worin genau liegen diese Erkenntnisse?«, wollte der Anwalt wissen.

»Zunächst wurden bei der äußeren Leichenschau sogenannte petechiale Blutungen gefunden, die ein Anzeichen für einen Erstickungstod sind. Bei der inneren Leichenschau wurde dann eine Lungenblähung festgestellt.« Sina las die genaue Definition, die ihr Dr. Singer gegeben hatte, von einem ihrer Ausdrucke ab. »Dies ist eine Überdehnung des Lungengewebes durch die Bildung von immer größeren Luftblasen, welche die Wände der Lungenbläschen zerstören. Dies führt im Endeffekt zu einer durch Sauerstoffmangel hervorgerufenen Verengung der Blutgefäße.« Sie legte die Notizen beiseite. »Dr. Singer, der Rechtsmediziner, versicherte mir, dass eine solche Lungenblähung bei akut erstickten Personen häufig zu finden ist. In jedem Falle handelt es sich um einen uncharakteristischen Lungenbefund. Ihr

Vater hatte nie ein Lungenleiden, das haben wir bereits abgeglichen.« Sie richtete ihren Blick auf Stefan Nissen, der immer noch schweigend dasaß und vor sich hinstarrte. »Außerdem fand der Rechtsmediziner Textilfasern in Rachen und Lunge. Diese werden nun labortechnisch untersucht.«

Sie klappte die Mappe mit ihren Notizen zu und legte die verschränkten Hände darauf. »Also, Herr Nissen, was haben Sie uns zu sagen?«

Schweigen.

Sina beugte sich ein wenig vor. »Fangen wir doch mit dem Tod Ihres Vaters an. Laut Totenschein hat der Hausarzt Ihres Vaters vor drei Tagen kurz vor 8 Uhr morgens den Tod festgestellt. Das Ganze, nachdem die Pflegerin Ihres Vaters ihn anrief, weil sie Ihren Vater um 7 Uhr 30, als sie ihn wecken wollte, tot auffand. Die Pflegerin haben wir heute morgen noch vor der Obduktion kurz befragt. Sie sagte aus, sie hätte am Vorabend um 19 Uhr das Haus Ihres Vaters verlassen.« Intensiv sah Sina Stefan Nissen an, der ihren Blick jedoch nicht erwiderte. »Zu diesem Zeitpunkt hätten Sie und Ihre Ehefrau sich im Haus aufgehalten.«

Nissens Anwalt hob eine Hand. »Allein die Tatsache, dass mein Mandant sich im Hause seines Vaters aufgehalten hat, wenige Stunden, bevor dieser …«

»Ihr Mandant hatte nicht nur die Möglichkeit, die Tat zu begehen, sondern auch ein Motiv«, unterbrach Sina den Rechtsbeistand. »Als er erfuhr, dass er in Lisa Riel eine Halbschwester hat, fürchtete er um seinen Status als Alleinerbe. Sein Vater war schon seit Längerem krank, jederzeit war mit seinem Ableben zu rechnen. Lisa Riel musste also unbedingt sterben, bevor der Erbfall eintrat.« Wieder fixierte Sina

Nissen mit ihrem Blick. »Wie war das, Herr Nissen? Nachdem Sie Ihre Halbschwester getötet hatten, dachten Sie da, das könnten Sie doch mit Ihrem Vater wiederholen? Damit Sie schneller an sein Geld kommen?«

Stefan Nissen schüttelte den Kopf, hielt jedoch weiterhin den Blick gesenkt.

So komme ich hier nicht weiter, dachte Sina. Sie klopfte mit der Hand auf die Tischplatte. »Wir machen Pause.«

***

Eigentlich hatte Sina vorgehabt, die Vernehmungspause dazu zu nutzen, ihre Strategie für die Befragung von Stefan Nissen zu überdenken, doch als sie an ihren Schreibtisch zurückkehrte, war der Durchsuchungsbeschluss für das Haus der Nissens eingetroffen.

»Lass uns das sofort machen, dann dauert die Pause halt ein wenig länger. Aber bei der Hausdurchsuchung könnten wir wichtige Hinweise finden, die uns bei der Vernehmung helfen«, meinte Sven.

Sina nickte und prüfte den Dienstplan. »Ich will noch weitere vier Leute dabei haben. Alles, was nicht wirklich dringend ist, soll vorerst liegen bleiben.«

Wenig später machten Sina und Sven sich mit vier Kollegen auf den Weg zum Haus von Stefan Nissen.

Als Nadine Nissen die Tür öffnete, erschrak sie sichtlich beim Anblick der vielen Leute vor ihrem Haus. Der Durchsuchungsbeschluss, den Sina ihr reichte, erledigte dann den Rest.

Sichtlich blass um die Nase, ließ Frau Nissen die Polizisten eintreten.

Sina selbst nahm sich das Arbeitszimmer von Stefan Nissen vor. Akribisch sah sie alle Papiere durch, die sie in den Schubladen seines Schreibtisches fand. Informationen über Investmentmöglichkeiten, Prospekte, der Jahresbericht einer Aktiengesellschaft. Ein Ordner mit Bankunterlagen.

Sina blätterte durch Kontoauszüge, sah nur auf die Datumsangabe, auf der Suche nach Auszügen aus den letzten Wochen.

»Sina, das musst du dir ansehen.«

Sie blickte auf. Sven stand in der Tür und bedeutete ihr, ihm zu folgen.

Hastig legte Sina den Ordner auf den Schreibtisch, dabei flatterte ein loses Blatt zu Boden. Sie hob es auf und wollte es schon unbesehen weglegen, als ihr ein bekannter Name ins Auge stach.

Thomas Brand.

Ein Einzahlungsformular.

»Und du musst dir das hier ansehen. Stefan Nissen hat Thomas Brand, unserem vorbestraften Hotelgast, zweitausend Euro in bar auf sein Konto eingezahlt. Davon hat er die Hotelrechnung im Mirage bezahlt. Wofür wohl der Rest war?«

»Großartig«, sagte Sven. »Aber was ich hier im Schlafzimmer gefunden habe, schlägt das noch um Meilen.«

Mit schnellen Schritten durchquerte Sina das Arbeitszimmer und folgte Sven ins angrenzende Schlafzimmer. »Was ist es? Ein handschriftliches Tagebuch mit detailliertem Geständnis?«

Sven ging vor einem großen Einbauschrank in die Hocke. »Da.«

Sina kniete sich neben ihren Kollegen auf den hochflorigen Teppichboden und spähte in den

Schrank. Dort lag ein unförmiger, dunkler Gegenstand, den sie auf den ersten Blick nicht identifizieren konnte.

Sven griff mit seiner behandschuhten Rechten in den Schrank und zog ein wenig an dem unförmigen Ding. Etwas Hellgrünes blitzte auf. Hellgrün mit weißen Punkten.

»Eine Sporttasche, darin ein Sommerkleid«, sagte Sven.

»An das Kleid kann ich mich erinnern. Das trug Lemke an dem Morgen, an dem sie Riels Leiche fand«, sagte Sina. Sie beugte sich vor und deutete auf ein eingesticktes Logo, das seitlich an der Tasche angebracht war. »Das Logo vom Wellenmarkt. Das ist die Tasche, in der Lemke den geliehenen Neoprenanzug befördert hat.«

»Die Tasche, nach der wir in ihrem Hotelzimmer in der Sylter Oase vergeblich gesucht haben«, meinte Sven.

Sina stand auf und sah nachdenklich auf die Tasche zu ihren Füßen. Dann hob sie den Einzahlungsbeleg hoch, den sie immer noch in der Hand hielt. »Was für Schlüsse ziehen wir jetzt aus unseren Funden? Was hat Stefan Nissen mit Thomas Brand zu tun? Für gerade mal zweitausend Euro wird der ja wohl keinen Auftragsmord begangen haben. Und die Tasche? Die beweist zumindest, dass Nissen eiskalt gelogen hat, als er behauptet hat, er kenne Lemke nicht. Entweder sie war hier im Haus oder er hat die Tasche mitgenommen, nachdem er sie ermordet hat.«

»Wobei mir absolut schleierhaft ist, warum er das getan haben sollte«, meinte Sven. »Warum hat er Tasche und Kleid nicht entsorgt?«

Sina zuckte mit den Schultern. »Gut für uns. So haben wir jetzt wenigstens eine ganz konkrete Handhabe.« Sie wandte sich zur Tür. »Gute Arbeit, Sven. Ich mache im Arbeitszimmer weiter.«

Voll motiviert durch ihre bereits so erfolgreiche Durchsuchung arbeitete Sina weiter. Der Ordner mit den Kontoauszügen gab nichts weiter her. Es sah so aus, als sei die Zahlung an Thomas Brand eine einmalige Sache gewesen.

Sina klappte den Ordner zu und legte ihn wieder an seinen Platz, nahm sich die nächste, die unterste Schreibtischschublade vor. Diese enthielt nur zwei hellgelbe Pappmappen. Als Sina die erste davon aufschlug und sah, was sie da vor sich hatte, hätte sie fast durch die Zähne gepfiffen.

Was hat das denn hier verloren?

Aufmerksam las sie das Dokument durch, dann lächelte sie.

Und hier wäre das Mordmotiv. Eindeutig. Unleugbar. Schwarz auf weiß.

***

Bei der Rückkehr ins Polizeirevier war Sina in Hochstimmung. Sie zog sich in ihr Büro zurück, um zu erarbeiten, wie sie die Ergebnisse der Hausdurchsuchung in der Fortsetzung der Vernehmung von Stefan Nissen verwenden würde.

Kaum hatte sie ihren Computer eingeschaltet, trat Sven ein, der von einem Ohr bis zum anderen grinste. »Heute kommt wirklich alles knüppeldick«, sagte er. »Paulsen hat der Barista des Bistro Holt Fotos von Stefan Nissen gezeigt. Sie hat ihn als den Mann identifiziert, der mit Lemke bei ihr im Restaurant war.«

Sina ballte die Faust wie eine Sportlerin, die gerade einen großartigen Sieg erzielt hat.

»Man muss sich nur fragen, was die Frau für einen seltsamen Männergeschmack hat«, witzelte Sven. »Nissen sieht doch wirklich nicht wie ein Model aus, oder?«

Sina lachte laut auf. »Hat sie nicht gesagt, wie ein in die Jahre gekommenes Model?«

Auch Sven lachte. »Kann sein. Aber ich sehe nicht mal das.« Er deutete zur Tür. »Soll ich Nissen und seinen Anwalt schon in den Verhörraum zitieren?«

Sina hob eine Hand. »Gib mir noch eine Viertelstunde. Ich muss mich ein wenig vorbereiten.«

Sobald Sven verschwunden war, tippte Sina eine Zusammenfassung all dessen, womit sie Stefan Nissen konfrontieren wollte. Als sie fertig war, las sie sich ihre Notizen noch einmal durch, dann legte sie die Reihenfolge fest.

Klein anfangen, dann steigern. Zuerst spreche ich ihn auf Thomas Brand an. Lemkes Kleid in der Sporttasche hebe ich mir bis zum Schluss auf.

Sina lehnte sich zurück und verschränkte die Arme.

Gut, über den Ablauf bin ich mir klar. Bleibt meine Herangehensweise. Ich muss anders mit Nissen umgehen. Wenn ich aggressiv auftrete, auf Konfrontationskurs gehe, dann führt das nur dazu, dass er auch aggressiv reagiert und dann komplett dichtmacht. Dann bekomme ich außer Leugnen und vielleicht noch ein paar Beschimpfungen nichts zu hören.

Sie richtete ihren Blick auf die Zimmerdecke. Zum Thema Verhörtechniken hatte Sina schon so manche

Schulung gemacht und auch etliches an Fachliteratur studiert.

Ich muss auf jeden Fall ruhig bleiben. Außerdem muss ich mich verständnisvoll geben. Damit könnte ich ihn vielleicht zum Reden bringen. Wenn ich ihm gegenüber so tue, als erscheine mir sein Verhalten vollkommen logisch und nachvollziehbar, dann packt er vielleicht aus. Ich halte ihn für sehr eitel, vielleicht will er dann sogar mit seinen Taten angeben? Mir zeigen, wie schlau er doch ist?

Nachdenklich richtete Sina ihren Blick wieder auf ihre Notizen.

Einen Versuch ist es wert.

Sie beugte sich vor und gab den Druckbefehl.

***

»Das war aber eine überaus lange Pause«, beschwerte sich der Anwalt von Stefan Nissen.

Sina antwortete ihm nicht, sondern vergewisserte sich stattdessen, dass ihre soeben ausgedruckten Notizen richtig sortiert waren. Dann lächelte sie Stefan Nissen aufmunternd an. »In welchem Verhältnis stehen Sie zu Thomas Brand?«

Ein herablassendes Schulterzucken. »Ich kenne keinen Thomas Brand.«

Sina zwang sich, ruhig zu bleiben. Am liebsten hätte sie Nissen mit aggressiver Geste den Einzahlungsbeleg entgegengestreckt und ihn mit ebenso aggressiver Stimme gefragt, ob er sie auf den Arm nehmen wolle.

Ruhig und verständnisvoll. Ruhig und verständnisvoll.

Sie schob eine Fotokopie des Bankbeleges über die Tischplatte.

Nissen ignorierte den Beleg.

»Laut diesem Einzahlungsbeleg haben Sie vor vier Wochen zweitausend Euro in bar auf das Konto von Herrn Thomas Brand eingezahlt. Wofür war dieser Betrag gedacht?«

Jetzt warf Nissen doch einen flüchtigen Blick auf die Fotokopie. »Woher haben Sie das?«, fragte er scharf.

»Diesen Beleg fanden wir im Rahmen der Durchsuchung Ihres Wohnsitzes«, antwortete Sina lächelnd.

Nissen lief rot an, öffnete den Mund, schloss ihn jedoch sofort wieder, als sein Anwalt eine Hand auf seinen Unterarm legte.

»Also? Sie haben keinen Bestimmungszweck eingetragen und wir hatten noch keine Gelegenheit mit Herrn Brand zu sprechen. Also erklären Sie mir bitte, warum Sie einem Busfahrer aus Kiel zweitausend Euro geben.«

»Das ist privat«, murmelte Nissen. »Kein Kommentar.«

Kurz überlegte Sina, ob sie Nissen damit konfrontieren sollte, dass sie bereits wussten, dass Brand zeitgleich mit Lisa Riel im Mirage Strandhotel gewohnt hatte.

Das bringt mich nicht weiter.

»Nun gut.« Sina blätterte in ihren Unterlagen.

Dann fahre ich eben schwerere Geschütze auf.

Auch das Dokument aus der hellgelben Pappmappe hatte sie fotokopiert. Es handelte sich um zwei Seiten, die mit einer fahrigen, schwer lesbaren Handschrift bedeckt waren.

Sorgfältig legte Sina die beiden kopierten Blätter auf die Kopie des Bankbeleges.

»Ich stelle mir das ganz schrecklich vor«, sagte sie mit leiser Stimme. »Da ist man sein ganzes Leben lang das einzige Kind, hat eine wundervolle, enge Beziehung zu seinen Eltern. Dann stirbt erst die Mutter, dann erkrankt der Vater schwer. Und als ob das alles noch nicht schlimm genug wäre, drängt sich dann plötzlich eine andere Person in diese Beziehung.«

Sina lehnte sich ein wenig vor, ließ Stefan Nissen nicht aus den Augen. Bis jetzt hatte er mit keiner Wimper gezuckt, sein Gesicht war vollkommen ausdruckslos. Leise sprach sie weiter. »Eine Fremde, die das innige Vater-Sohn-Verhältnis stört.«

Nissens Blick flackerte, doch er sagte nichts.

Sina streckte eine Hand aus, tippte auf die Fotokopie. »Und dann soll diese Fremde auch noch die Hälfte erben? Also, ich hätte damit ein Problem.«

Sie zog die Hand zurück. »Zum Glück hat ihr Vater diesen Testamentsentwurf nicht notariell beglaubigen lassen. Das wäre so ungerecht gewesen.«

Ein Muskel zuckte neben Stefan Nissens Mund.

»Wann haben Sie erfahren, dass Sie eine Halbschwester hatten?«

»Es war klar, dass es dem Ende zugeht«, sagte Nissen leise. »Ich habe damit begonnen, die Angelegenheiten meines Vaters zu ordnen. Dabei fand ich die Rechnung dieses Privatdetektivs.«

Sina wartete ab, stellte keine Zwischenfrage, ließ Nissen einfach reden.

»Als ich meinen Vater darauf ansprach, hat er mir alles erzählt.« Stefan Nissen schüttelte den Kopf, auf seinem Gesicht malte sich die Ungläubigkeit ab, die er damals gefühlt haben musste. »Die Affäre, die Schwangerschaft, die Suche. Auch dass er in regem Briefkontakt mit seiner ... seiner Tochter stehe.« Das Wort *Tochter* spuckte Nissen aus wie einen sauer gewordenen Schluck Milch. »Warum hätte die so viel bekommen sollen wie ich? Wer hat sich denn gekümmert, als es dem Ende zuging? Wo war sie denn all die Jahre? Er hat sie doch überhaupt nicht gekannt.« Nissen sah Sina direkt in die Augen. »Sie haben ganz recht: Sie war eine Fremde. Eine Fremde, die sich in unser Leben drängen wollte.«

»Ich habe die Briefe gelesen, die ihr Vater an Lisa Riel geschrieben hat. Er wollte sie unbedingt kennenlernen, hat sie nach Sylt eingeladen«, sagte Sina.

Nissen schnaubte. »Ja, der letzte Wunsch eines sterbenden Mannes. So pathetisch hat er das mir gegenüber ausgedrückt.« Er hielt kurz inne, bevor er weitersprach. »Also habe ich sie angerufen, diese Lisa Riel. Diese Fremde, mit der ich angeblich verwandt war.«

Unwillkürlich hielt Sina den Atem an. *Sprich weiter, hör jetzt nicht auf.*

Neben Stefan Nissen regte sich dessen Anwalt, machte einen beunruhigten Eindruck.

»Ich sagte ihr, Vater wolle sie unbedingt kennenlernen. Dass er eigentlich schon viel zu krank war, um noch Besuch zu empfangen und die meiste Zeit nur noch im Medikamentenrausch vor sich hindämmerte, erwähnte ich natürlich nicht. Ich schickte ihr Geld für die Zugfahrt und das Hotel. Per Post, um keine Spuren zu hinterlassen.«

Jetzt konnte der Rechtsanwalt nicht mehr an sich halten. »Herr Nissen, bitte ...«

Weiter kam er nicht, denn sein Mandant schnitt ihm das Wort ab. »Nein, ich erzähle das jetzt. Alles. Jetzt gibt es kein Zurück mehr.« Stefan Nissen lachte auf. Sein Lachen klang bitter. »Das Geld für Brand hätte ich mal lieber auch in einen Umschlag gepackt und mit der Post geschickt.«

»Wofür war das Geld denn gedacht?«, fragte Sina.

»Brand sollte Lisa Riel für mich im Auge behalten. Er sollte mir minutiös berichten, wo sie hingeht, mit wem sie Kontakt hat.« Wieder das freudlose Lachen. »Das Geld hätte ich mir sparen können. Erst hat diese Frau einen späteren Zug genommen und kam nicht vormittags an, sondern erst nachmittags. Dabei hatte ich Brand instruiert, schon einen Tag früher anzureisen, damit er ja schon rechtzeitig vor Ort und im Hotel ist. Dann saß die nach dem Check-in die ganze Zeit auf ihrem Hotelzimmer rum, bis es für sie Zeit wurde, zu unserem Treffen zu kommen.« Er schlug mit der flachen Hand auf die Tischplatte. »Brand hatte also einfach einen Kurzurlaub auf meine Kosten. Genau drei Textnachrichten habe ich von ihm bekommen. Nach ihrem Check-in, als sie in ein Café in der Nähe ging und dann noch, als sie losfuhr, um mich zu treffen.«

»Vor dem Brodersens.«

Überrascht sah Nissen Sina an. »Das haben Sie herausgefunden?«

»Wir waren nicht gerade untätig die letzten Tage«, gab Sina vage zurück.

Nach einem kurzen Kopfschütteln setzte Stefan Nissen seine Erzählung fort. »Ich habe behauptet, wir hätten eine Reservierung für vier Personen im Brodersens. Sie, mein Vater, meine Frau und ich. Ich war früh dort, parkte vor dem Restaurant und wartete, dass sie auftauchte.«

»Woher wussten Sie, wie Lisa Riel aussieht?«

»Internet. Auf der Website des Unternehmens, für das sie arbeitete, war ein Foto.«

»Sie haben sie also vor dem Restaurant abgefangen. Was haben Sie ihr dann erzählt?«

»Dass Vater leider so unpässlich wäre, dass er das Haus nicht verlassen könne. Das sei sehr kurzfristig geschehen. Ich behauptete, sie zu ihm bringen zu wollen.«

Sina nickte. *Gute Story. Die hat Riel sicher bedenkenlos geschluckt. Hat sich wahrscheinlich vor lauter Sorge um die Gesundheit ihres Vaters nicht einmal gewundert, warum Nissen sie nicht angerufen hat.*

»Wo sind Sie dann mit ihr hingefahren?«

»Zum Weststrand. Ich hatte mir vorher genau überlegt, wo dort am wenigsten los ist. Als ich auf den Strandparkplatz fuhr, war der tatsächlich so gut wie leer. Ich behauptete, wir könnten über die Dünen das Haus meines Vaters erreichen.« Er verzog das Gesicht. »Das hat die mir tatsächlich geglaubt. War wohl vorher noch nie auf Sylt.« Kurz schloss Nissen die Augen. »Nachdem wir ein paar Minuten gelaufen waren, begann sie dann doch, sich zu wundern, dass sie kein Haus sehen konnte.«

Sina schluckte schwer. Sie wusste, was jetzt kam.

»Ich habe mich vergewissert, dass niemand in der Nähe ist. Dann bin ich stehen geblieben, habe ihr eine Hand auf den Arm gelegt und behauptet, wir seien gleich da.« Er hielt sich eine Hand vor den Mund und räusperte sich. »Es hat viel länger gedauert, als ich dachte. Sie auf den Boden zu werfen und ihr Gesicht in den Sand zu pressen, war kein Problem. Aber sie hat gezappelt wie ein Fisch auf dem Trockenen, minutenlang. Kam mir vor wie eine halbe Stunde.«

»Und dann?«, fragte Sina leise.

Nissen zuckte mit den Achseln. »Ich habe noch kurz gewartet, um ganz sicher zu sein. Dann bin ich aufgestanden, hab mir den Sand abgeklopft und bin zurück zu meinem Wagen gegangen.«

Das war Nummer eins. Bleiben zwei weitere.

Sina brauchte eine kurze Verschnaufpause. Also machte sie sich einige Notizen, bevor sie die nächste Frage stellte.

»Und wie lief das Ganze bei Cornelia Lemke ab? Lemke hatte einen Tisch für zwei Personen im Brodersens reserviert. Ich nehme an, Sie waren die zweite Person.«

»Ich wäre die zweite Person gewesen. Sie hatte mich gebeten, dass ich sie abhole. Ich wollte jedoch nicht, dass wir in ihrem Hotel gemeinsam gesehen werden. Also machten wir einen Treffpunkt aus. Da ist sie nie erschienen. Ich habe zwei Mal versucht, sie anzurufen, bekam aber keine Antwort. Als sie nach einer Viertelstunde immer noch nicht da war, bin ich wieder gefahren. Dachte, sie hätte es sich anders überlegt.«

»Sie haben sich dann also später an diesem Abend mit Lemke getroffen?«

Nissen zog die Augenbrauen zusammen. »Nein. Ich habe mit ihrem Tod nichts zu tun. Fragen Sie doch lieber ihren Surflehrer. Der war sicher der Letzte, der sie lebend gesehen hat.«

Sina runzelte die Stirn. *Was erzählt der mir denn da? Wieso gibt er den Mord an Riel zu, behauptet aber, mit Lemkes Tod nichts zu tun zu haben?*

Rasch überlegte Sina, wie sie die Befragung in eine andere Richtung lenken könnte.

»Lemke hat Riels Leiche gefunden, das war doch kein Zufall, oder?«

»Sie hat mir hinterhergeschnüffelt«, sagte Nissen. »Sie hat meinen Wagen vor dem Brodersens gesehen. Als dann Lisa Riel auftauchte, war sie eifersüchtig, dachte, ich hätte ein Verhältnis mit dieser Frau.« Er schüttelte den Kopf. »Einige Tage später hat sie mich rundheraus gefragt, ob ich etwas mit dem Mord zu tun hätte. Dann erklärte sie mir, sie sei uns hinterhergefahren. Mit ihrem Leihfahrrad.« Den letzten Satz hatte er in einer Mischung aus Verächtlichkeit und Ungläubigkeit ausgesprochen. »Natürlich hat sie meinen Wagen schnell aus den Augen verloren, aber dummerweise kam sie dann an genau dem Strandparkplatz vorbei, auf dem ich geparkt hatte.« Jetzt drückten seine Stimme und seien Miene nur noch Verächtlichkeit aus. »Da dachte sie, ich sei mit meiner neuen Flamme zu einem romantischen Strandspaziergang aufgebrochen.«

»Was haben Sie Lemke dann erzählt?«

»Nichts. Ich habe behauptet, sie täusche sich, hab sie gevögelt und bin mit ihr zum Shoppen nach Kampen gefahren. Danach hat sie die Klappe gehalten.«

Sina schüttelte den Kopf. *So leicht kommst du aus dieser Nummer nicht raus.*

Zwischen ihren Notizen zog sie einen Farbausdruck hervor. Ein Foto des hellgrünen gepunkteten Kleides und eines abgeschnittenen Sicherungsgurtes, die neben der Sporttasche mit dem Logo des Wellenmarktes lagen. »Wie erklären Sie mir dann, dass wir diese Gegenstände in Ihrem Haus gefunden haben?«

»In meinem Haus?« Jetzt klang Nissen ehrlich verblüfft.

Sina kniff die Augen zusammen. *Was soll die Schauspielerei?*

»Ja, in Ihrem Haus«, sagte sie fest. »Im Schlafzimmer, im Kleiderschrank. Verdeckt von einer Wolldecke.«

»Cori war nie in meinem Haus«, sagte er. »Zumindest nicht, soweit ich das weiß.«

»Das Kleid erkennen Sie also?«, fragte Sina nach.

»Ja, das hat Cori gehört. Aber ich kann mir nicht erklären, wie dieses Kleid in mein Haus gekommen sein könnte.«

***

»Wer erbt jetzt eigentlich Holger Nissens Vermögen?«, fragte Sven.

»Keine Ahnung. Wahrscheinlich entfernte Verwandte. Aber das ist mir eigentlich auch ziemlich egal«, meinte Sina. »Ich würde viel lieber wissen, warum Stefan Nissen die Morde an seinem Vater und seiner Halbschwester gesteht, aber dann ausgerechnet bei Lemke mauert. Was soll das?«

Sven sah ratlos drein. »Vielleicht aus emotionalen Gründen? Sie hat ihm wirklich etwas bedeutet, war mehr als nur eine Affäre, darum will er vor sich selbst nicht zugeben, dass er sie getötet hat. Er redet sich ein, er wäre es nicht gewesen.«

»Das ist aber sehr psychologisch gedacht«, meinte Sina.

»Ansonsten könnte ich dir nur noch einen Anfall geistiger Umnachtung anbieten«, sagte Sven.

Sina stöhnte laut auf und rollte mit den Augen. »Auch nicht besser.« Sie zuckte mit den Schultern. »Aber egal. Ich schreibe jetzt erstmal meinen Bericht, das muss dann alles gewesen sein für heute. Morgen sehen wir weiter.«

Sven verließ Sinas Büro und sie wandte sich den Papieren zu, die ihren Schreibtisch bedeckten. Bevor sie mit der Abfassung ihres Berichtes anfing, ordnete sie alle ihre Notizen, legte beiseite, was sie nicht benötigte, und brachte alle anderen Unterlagen in eine logische Reihenfolge.

Das Papierchaos lichtete sich, Sina legte einen Pappordner beiseite und fand darunter ein weiteres Blatt mit handschriftlichen Notizen.

Das war die Tabelle, mit der ich versucht habe, die Tagesabläufe von Riel und Lemke nachzuvollziehen.

Vor dem Wegräumen überflog Sina das Blatt kurz.

Das brauche ich nicht mehr.

Sie war schon drauf und dran, die Tabelle in einen Aktenordner zu schieben, als sie stutzte.

Mit gerunzelter Stirn las sie die letzten Einträge durch, die sie für Cornelia Lemke gemacht hatte.

Bilde ich mir das jetzt nur ein, oder …?

Sie legte das Blatt in die Mitte ihrer Schreibtischplatte und suchte auf ihrem PC nach einem der Protokolle, die sie in den letzten Tagen angefertigt hatte.

Las die Aussage ganz genau durch, verglich sie mit der Tabelle.

Hat die sich da nur im Datum vertan? Aber ich kann mich doch noch erinnern, dass sie sich ganz sicher war. Auch was die Uhrzeit anging.

Nachdenklich lehnte Sina sich in ihrem Bürostuhl zurück. Hatte ihre Entdeckung etwas zu bedeuten?

Ein Fehler, ein Versprecher oder eine gezielte Lüge?

Sie schloss die Augen.

Stefan Nissen hat behauptet, er hätte das Kleid und die Sporttasche nicht im Schrank versteckt. Er hat auch behauptet, Cornelia Lemke sei nie in seinem Haus gewesen. Wenn er die Wahrheit sagt, bleibt nur eine Person, die das Kleid dort versteckt haben könnte.

Abrupt riss sie die Augen auf und beugte sich vor, um nach dem Telefonhörer zu greifen.

***

»Ich dachte, ich kann Feierabend machen, heute war doch wirklich anstrengend genug.« Sven war nicht gerade begeistert von Sinas Plänen.

»Wenn ich mit meiner Vermutung recht habe, dann klären wir diese Fälle heute noch lückenlos auf, dann kannst du ab morgen auf die Sekunde pünktlich Feierabend machen«, sagte Sina und gab Gas.

Sie saßen gemeinsam in Sinas Wagen und waren auf dem Weg zum Haus der Nissens.

»Hast du dir überhaupt überlegt, wie du die ganze Sache angehen willst?«, fragte Sven. »Wir sind Hals über Kopf losgestürmt, weil du diese fixe Idee hast.«

»Das ist keine fixe Idee, das wirst du sehen«, sagte Sina. »Mir kam Nissens Reaktion glaubhaft vor. Der hat wirklich keine Ahnung, wie Kleid und Tasche in sein Haus geraten sind.«

»Wie du meinst«, sagte Sven einsilbig. Den Rest der Fahrt hüllte er sich in Schweigen.

Wenig später parkte Sina vor dem Haus der Nissens.

Eine sichtlich überraschte Nadine Nissen öffnete ihnen die Tür.

»Wir hätten noch ein paar Fragen«, sagte Sina. »Fürs Protokoll«, fügte sie hinzu, um Nadine Nissen in Sicherheit zu wiegen.

Diese zögerte kurz. »Kann das nicht bis morgen warten? Ich bin ziemlich erschöpft.«

»Tut mir leid, es ist wichtig. Aber es wird nicht lange dauern.« Sina setzte ein gewinnendes Lächeln auf. Zumindest hoffte sie, dass es auf Nadine Nissen gewinnend wirkte.

»Nun gut.« Sina und Sven wurden ins Wohnzimmer geführt, doch dieses Mal wurden ihnen keine Getränke angeboten.

»Es geht um das Kleid und die Sporttasche, die wir heute im Rahmen der Hausdurchsuchung gefunden haben.« Sina kam sofort zur Sache. Während sie sprach, beobachtete sie ganz genau Nadine Nissens Körpersprache.

Hat die sich gerade ein wenig verspannt? Ist ihr das Thema unangenehm?

»Was für ein Kleid?«

Sina zog das mitgebrachte Foto hervor und reichte es Frau Nissen.

Die sah sie fragend an. »Das haben Sie bei uns gefunden?«

»Ja. Dieses Kleid gehörte Cornelia Lemke, der Geliebten Ihres Mannes.«

Nadine Nissen verzog das Gesicht. »Er hat sie mit hierher gebracht? Wie geschmacklos.« Sie warf das Foto auf den Couchtisch, so als würde es einen üblen Geruch ausströmen.

»Ihr Mann hat ausgesagt, er hätte keine Ahnung, wie dieses Kleid in Ihr Haus gekommen ist.«

Nadine Nissen verschränkte die Arme. »Dann lügt er wohl.«

Abwehrhaltung. Wie kann ich sie aus ihrer Reserve locken?

Sina beugte sich ein wenig vor, lächelte Frau Nissen erneut an. »Das dachten wir natürlich auch sofort.«

Zaghaft lächelte ihr Gegenüber zurück. Das Lächeln geriet ein wenig schief.

»Doch dann fragte ich mich: Was, wenn Ihr Mann nicht gelogen hat?« Sie machte eine Kunstpause. »Dann gäbe es nur eine weitere Person, die wissen könnte, wo dieses Kleid und diese Tasche herkommen.«

Nadine Nissens Augen weiteten sich, sie sagte jedoch nichts.

»Diese weitere Person sind Sie.«

Heftiges Kopfschütteln war die Reaktion auf Sinas Feststellung. »Ich habe dieses Kleid noch nie gesehen. Stefan lügt. Er hat sie ermordet und das Kleid behalten. Tun Mörder das nicht oft? Trophäen behalten?«

Sina zuckte mit den Schultern. »Sie haben recht. So wird es gewesen sein.«

Bemerkte sie da ein sichtliches Aufatmen bei Nadine Nissen?

Lange lass ich dich nicht verschnaufen.

»Gut, das wäre der erste Punkt. Dann hätte ich noch eine Frage zu der Aussage, die Sie mir gegenüber gestern gemacht haben. Da sagten Sie, Sie hätten Ihren Mann gemeinsam mit einer Frau, die aussah wie Cornelia Lemke, in einem Café in Westerland gesehen.« Sina zog einen Ausdruck aus der Tasche, tat so, als würde sie diesen kurz studieren. »Könnten Sie mir noch einmal sagen, an welchem Tag und um welche Uhrzeit das war?«

»Vor sechs Tagen, so gegen 16 Uhr 30«, kam prompt die Antwort.

»Da sind Sie sich ganz sicher?«

Statt zu antworten, stellte Nadine Nissen eine Gegenfrage: »Worauf wollen Sie hinaus?« Jetzt wirkte sie sichtlich nervös, ihr Blick flackerte.

»Das war also einen Tag, bevor Cornelia Lemke starb«, sagte Sina mit leiser Stimme. »Nur etwas über vierundzwanzig Stunden später hat jemand ihr Leben ausgelöscht. Hat sie überwältigt, ihr ein Kissen oder einen ähnlichen Gegenstand auf das Gesicht gedrückt und gewartet, bis sie erstickt war.«

Nadine Nissen schluckte hart. Ihr Körper war angespannt, sie wirkte, als wolle sie aus ihrem Sessel aufspringen und aus dem Zimmer rennen.

»Dann brachte dieser jemand Cornelia Lemke an den Strand, damit es so aussah, als sei sie ertrunken. Das Kleid, das sie anhatte, hat dieser jemand aus irgendeinem Grund behalten.«

Sina fixierte Nadine Nissen mit ihrem Blick. Die schloss die Augen.

»Frau Nissen, zu dem Zeitpunkt, den Sie mir genannt haben, kann Ihr Mann gar nicht mit Frau Lemke im Café gewesen sein. Frau Lemke hatte an diesem Tag nachmittags Unterricht im Kitesurfen.« Sina senkte die Stimme. »Frau Nissen, wollen Sie mir nicht sagen, was wirklich geschehen ist?«

Tiefes Schweigen senkte sich über den Raum. Geduldig wartete Sina ab. Nach einigen bleischweren Momenten wurde ihre Geduld belohnt.

»Ich konnte ihr Parfüm an ihm riechen«, sagte Nadine Nissen leise. Die Augen hielt sie weiterhin geschlossen. »Überstunden hat er angeblich auch gemacht. Das war immer das eindeutigste Anzeichen dafür, dass er eines seiner Flittchen am Start hatte. Überstunden!« Sie lachte verächtlich auf. »Das Büro, das er da hat, das ist ein besseres Hobby. Richtiger Arbeit konnte mein Mann noch nie einen Reiz abgewinnen. Lieber hat er sich auf die Großzügigkeit seines Vaters verlassen.« Sie seufzte. »Vor fünf Tagen fuhr ich nach meiner Pilates-Stunde nach Hause. Da sah ich sie. Sie hatte dieses auffällige hellgrüne Kleid mit weißen Punkten an. Genau das Kleid, das sie auch auf einem der Fotos trug, die ich auf Stefans Handy gefunden hatte.« Eine Träne bahnte sich ihren Weg durch die immer noch fest zusammengepressten Augenlider. »Sie war mit dem Fahrrad unterwegs. Sah völlig sorglos und unbeschwert aus.« Die Träne rollte Nadine Nissens Wange hinab. »Mein Mann hatte mir schon eine Nachricht geschickt, dass es diesen Abend später werden würde. Angeblich ein Abendessen mit Kunden.«

Gebannt lauschte Sina. Sie ahnte, was als Nächstes kommen würde.

»Ich fuhr langsam, aber da sie mit dem Fahrrad unterwegs war, überholte ich sie natürlich. Doch dann sah ich im Rückspiegel, dass sie abbog. In die Auffahrt zum Hotel Sylter Oase.« Flüchtig wischte Nadine Nissen sich über das Gesicht. »Ich wendete meinen Wagen. Als ich vor dem Hotel parkte, hatte sie gerade ihr Fahrrad abgestellt und war auf dem Weg ins Haus. Als sie mich sah, konnte ich an ihrer Reaktion sofort ablesen, dass sie mich erkannt hatte. Sie wusste, wer ich war.«

Sinas Hände ballten sich zu Fäusten, als Nadine Nissen verstummte. *Sprich weiter, hör jetzt nicht auf!*

»Sie wollte mir ausweichen. Als ich sie ansprach, wollte sie rasch an mir vorbei. Doch dann sagte ich ihr auf den Kopf zu, dass ich wusste, wer sie ist. Dass wir reden müssen.« Tief atmete Nadine Nissen ein. »Da hat sie mich mit auf ihr Zimmer genommen. Sie hatte diese große Tasche dabei und meinte, sie müsse zuerst kurz ins Bad. Ich sah, dass sie diesen Taucheranzug auspackte. Der müsse trocknen, sagte sie. Dann hat sie sich auf die Bettkante gesetzt und mich frech angesehen. Hat mir erzählt, dass sie zum Abendessen mit meinem Mann verabredet sei. Er würde sie ins Brodersens einladen. Für sie sei ihm nichts zu teuer. Sie hat mich provoziert.« Nadine Nissen öffnete die Augen und sah Sina direkt an. »Da habe ich rot gesehen. Ich bin auf sie losgegangen. Erst habe ich ihr nur eine Ohrfeige gegeben. Aber dann hat sie mich als alte vertrocknete Schabracke bezeichnet. Da habe ich eines der Kissen vom Bett gerissen und es ihr auf ihre hässliche, feixende Visage gedrückt.«

So lange, bis sie sich nicht mehr rührte.

Jetzt ging Nadine Nissens Blick an Sina vorbei ins Leere. »Dann stand ich da, das Kissen in der Hand, starrte ihren leblosen Körper an. Erst wollte ich davonrennen, aber dann hatte ich Angst, dass jemand meinen Wagen bemerkt hatte. Ich weiß nicht, wie lange ich dastand wie gelähmt und nicht wusste, was ich tun soll. Als schließlich in mein Bewusstsein sickerte, dass ich sie getötet hatte, wurde mir schlecht. Ich stürzte ins Bad, übergab mich. Blieb lange auf dem Fliesenboden sitzen. Da hing dieser Anzug. Das brachte mich auf die Idee, es wie einen Unfall aussehen zu lassen.«

Nadine Nissen verstummte.

»Warum haben Sie das Kleid behalten?«, fragte Sina leise.

Ein Seufzen. »Ich wollte die Tasche mit dem Kleid am Strand liegen lassen. Damit es aussah, als hätte sie sich dort umgezogen. Aber dann habe ich die Tasche in meinem Kofferraum vergessen.« Sie verbarg das Gesicht in den Händen.

Sina stand auf. Sie hatte genug gehört. Zeit, einen Haftbefehl für Nadine Nissen zu beantragen.

Kapitel zwölf

Sina las sich am Bildschirm noch einmal durch, was sie gerade geschrieben hatte.

Nadine Nissen sagte weiterhin aus, dass sie die Tote erst entkleidet und ihr dann den im Bad zum Trocknen aufgehängten Neoprenanzug angezogen hätte. Das Kleid packte sie in die Sporttasche. Dabei fand sie in der Tasche einen Sicherungsgurt für Surfbretter, den sie der Toten um den Fußknöchel legte und durchschnitt. Sie wartete, bis es dunkel wurde, dann verließ sie das Hotelzimmer, vergewisserte sich, dass sich niemand im Rezeptionsbereich aufhielt, ging auf den Parkplatz und öffnete den Kofferraum ihres Wagens. Anschließend kehrte sie in das Hotelzimmer zurück und schaffte sowohl die Leiche als auch die Sporttasche, die das Sommerkleid der Toten enthielt, aus dem Zimmer und legte sie in den Kofferraum. Sie fuhr zum Weststrand, parkte, brachte die Leiche an den Strand und fuhr nach Hause. Erst am nächsten Tag bemerkte sie, dass sie die Sporttasche vergessen hatte, die sie eigentlich ebenfalls am Strand zurücklassen wollte.

Sina nickte zufrieden und sah in ihre handschriftlichen Notizen.

Dieses Protokoll fertigschreiben und dann wäre der Papierkram für mich fürs Erste abgeschlossen. Das Ehepaar Nissen ist bereits auf dem Festland in Untersuchungshaft, jetzt kommt es nur noch darauf an, wie lange es dauert, bis die Verfahren gegen die beiden eröffnet werden.

Sina fügte einige weitere Absätze ein, speicherte und druckte ihren Bericht aus. Dann schickte sie ihn auch noch per E-Mail an die Staatsanwaltschaft Kiel.

Zufrieden schaltete sie den Computer aus, als ihr Handy klingelte.

Sinas Herz machte einen Sprung, als sie hörte, wer der Anrufer war.

Jan Ingwersen erklärte, er habe von Sven gehört, dass sie die beiden aufsehenerregenden Morde aufgeklärt hätten.

»Gratuliere«, sagte er. »Was macht man so als Polizeikommissarin, wenn man einen abgeschlossenen Fall feiern will?«

Worauf will er hinaus?

»Wie meinst du das? Stellst du dir jetzt vor, dass ich eine Magnum Champagner köpfe, oder was?«

Jan lachte. »Nein, daran dachte ich eher weniger. Wie wäre es mit einem Theaterbesuch?«

Sina hielt kurz den Atem an. *Wird das eine Einladung?*

»Ich gehe sehr gern ins Theater«, sagte sie vorsichtig. »Wenn ich denn Zeit dazu habe.«

»Jetzt hast du Zeit, oder? Das trifft sich nämlich ganz vorzüglich, weil ich habe zwei Theaterkarten für morgen Abend. Ein Freund von mir ist Schauspieler, hier an der Sylter Bühne. Da ist morgen Premiere. Hättest du Lust?«

Und ob!

»Was wird denn gegeben?« Allzu leicht wollte sie es Jan nicht machen.

»Der Vater von Florian Zeiler. Weltweit als eines der besten neuen Theaterstücke des letzten Jahrzehnts gefeiert«, kam die Antwort.

»Das klingt gut«, sagte Sina und lächelte.

»Wann hol ich dich ab?«

Sie machten eine Uhrzeit aus und verabschiedeten sich.

Als Sina das Handy weglegte, lächelte sie immer noch.

Jetzt brauche ich nur noch eine Wohnung.

Epilog

Jan hatte nicht zu viel versprochen. Das Stück war hervorragend und das Ensemble hatte alles gegeben.

Als sich der Vorhang zu tosendem Schlussapplaus senkte, hatte Sina bereits beschlossen, dass sie dieses neu eröffnete kleine Theater, das ein wenig außerhalb Westerlands lag, in Zukunft öfter besuchen würde.

Bevor sie das Theater verließen, nahm sich Sina im Foyer eines der ausliegenden Faltblätter mit dem Saison-Spielplan der Sylter Bühne mit.

»Lass uns das bald mal wiederholen«, sagte sie zu Jan.

»Gerne«, antwortete er lächelnd.

Sina ahnte nicht, dass sie sehr bald weitaus mehr als nur einige Stunden in diesem Theater verbringen würde.

Nicht zur Unterhaltung.

Beruflich.

***

Über die Autorin

Mara Tamen ist das Pseudonym einer in Deutschland geborenen, mittlerweile im Ausland lebenden Autorin.
Normalerweise in anderen Genres unterwegs, schreibt sie als Mara Tamen kurzweilige Krimis mit Wohlfühlfaktor, die in ihrer liebsten Urlaubsregion spielen: Strandlektüre, wie Mara selbst sie am liebsten liest.

Die Reihe Sina Marten ermittelt wird fortgesetzt.

Um informiert zu bleiben, folgen Sie der Autorin auf Amazon (auf den gelben Folgen-Button unter dem Profilbild klicken): https://www.amazon.de/Mara-Tamen/e/B09R2D131D oder auf Facebook: https://www.facebook.com/MaraTamenKrimi

Sylter Geheimnis: Die unbekannte Tote (Sina Marten ermittelt 1), deutsche Erstveröffentlichung 2022

Covermotiv: liveliness/Shutterstock.com

Independently published
ISBN 979-8420573198

Dies ist ein fiktiver Roman. Ähnlichkeiten mit tatsächlichen Personen sind zufällig und nicht beabsichtigt. Namen, Orte, Einrichtungen und Personen sind der Fantasie der Autorin entsprungen oder werden in fiktiver Weise verwendet. Tatsächlich existierende Schauplätze und Institutionen wurden teilweise entsprechend den Anforderungen der Romanhandlung verändert.

Printed in Poland
by Amazon Fulfillment
Poland Sp. z o.o., Wrocław

89514698R00153